« Traverser la grisaille »

Lena

Urszula SURMA, née en 1959 en Silésie, a voulu retracer l'histoire de cette région en Pologne en s'inspirant d'événements divers racontés par sa famille. Son livre « Traverser la grisaille » est le premier tome de sa saga romancée.

Urszula SURMA

« Traverser la grisaille »

Lena

Roman

Édition : BoD · Books on Demand, 31 avenue Saint-Rémy, 57600 Forbach, bod@bod.fr

Impression : Libri Plureos GmbH, Friedensallee 273, 22763 Hamburg (Allemagne)

ISBN : 978-2-3226-6192-3
Dépôt légal : mai 2025

Jamais rien n'arrive deux fois,
jamais rien ne se reproduit,
nous sommes nés sans bon usage
et sans routine, mourrons surpris.

(extrait du poème « Jamais deux fois »
de Wislawa Szymborska, prix Nobel de littérature 1996)

À ma grand-mère

Chapitre 1

— Lena, tu es née pendant un bel été 1899 et regarde-moi, chérie, nous avons à peine remarqué l'arrivée du nouveau siècle, 18 mois après ta naissance, alors qu'il est déjà bien en place et, en quelques années, il a plongé le monde dans la misère.

La jeune femme fixa sa grand-mère avec ses grands yeux verts puis jeta un coup d'œil dehors où les derniers rayons du soleil d'automne se posaient en douceur sur le parc du château. Une petite larme timide osa une descente lente sur sa joue.

— Oui, j'avoue, tout ce que tu as vécu depuis n'a pas été facile. Mais cette maudite guerre est enfin finie et nous devons prendre une décision importante. Nous en avons déjà parlé… J'ai besoin que tu m'écoutes attentivement.

— Andla, j'ai trop peur, dit Lena en se tournant vers la seule personne qui veille sur elle depuis toujours.

La femme prit le joli visage pâle de sa petite-fille entre ses mains, essuya la petite larme solitaire avec le pouce en plongeant son regard plein d'amour dans celui de Lena et la tristesse assombrit inconsciemment ses traits.

— Tu dois me faire confiance. Nous allons partir cette nuit, nous n'avons pas le choix et tu le sais bien, n'est-ce pas ? Nous allons rassembler nos minces affaires et, dès que tout le monde se sera endormi, nous allons nous glisser dehors par la fenêtre de l'arrière cuisine. C'est comme ça.

Lena frémit et chaque partie de son corps lui fit ressentir son trouble naissant car, ce moment-là, elle l'appréhendait depuis un certain temps. Sans aucun mot, comme si elle avait perdu l'usage de la parole, elle put juste poser sa main gelée sur celle de sa grand-mère adorée. En tremblotant comme une feuille, Lena sourit à la femme à qui elle faisait entièrement confiance. Ses yeux d'habitude vifs et étincelants mais à présent habités par l'angoisse s'emplirent à nouveau de larmes quand elle embrassa sa grand-mère du regard. Longtemps.

Andla, qui se faisait appeler ainsi par sa petite-fille, poussa un soupir. En vérité, elle s'appelait Adelheide Pawlik mais Lena, depuis toute petite, opta pour ce surnom un peu fantasque et c'était sans doute plus facile. Elle ne l'avait jamais appelée « mamie ». Elle n'avait jamais prononcé le mot « maman » non plus.

Emilia, unique fille d'Adelheide, accoucha à l'âge de 18 ans après avoir vécu une déchirante déception sentimentale. Très peu après, elle rencontra un homme respectable qui, tombant éperdument amoureux de la jeune femme, la demanda en mariage. L'homme ne connaissait pas tous les détails du passé de sa bien-aimée ou bien, tout simplement, il préférait ne pas les connaître. Emilia, quant à elle, probablement aveuglée par l'excellente situation financière et sociale de son prétendant, n'hésita pas à abandonner sa fille ou plutôt « la confier », comme elle justifia son geste à sa mère. Ça devait être temporaire selon elle, le temps de convaincre son mari.

En attendant, l'adorable fillette grandissait dans un petit logement d'un vieil immeuble délabré situé sur les périphéries de la ville pendant que sa mère vivait confortablement auprès de son époux, le respectable directeur de la mine.

Au début, Emilia leur rendait des visites en cachette mais petit à petit celles-ci étaient devenues de plus en plus rares.

Heureusement qu'Adelheice s'étant retrouvée seule après la mort de son mari dans un accident à l'aciérie, avait pu garder le logement de fonction attribué autrefois aux employés. Lena, entourée de l'amour de sa grand-mère qui faisait le ménage chez les gens, en l'amenant partout avec elle, s'avérait être une enfant extrêmement sage. Quand celle-ci poussa la première fois le prénom « Andla », Adelheide pleura longtemps. Depuis tout le monde appelait cette femme avec ce diminutif. Serviable, forte et débordant d'énergie, elle arrivait à assumer avec une certaine philosophie optimiste ce que la vie lui faisait subir. « Avancer ! Il le faut ! Car le temps qui nous reste ne se fait pas attendre » disait-elle souvent dans un grand sourire tout en essuyant avec son tablier ses grandes mains abîmées par le travail.

Vêtue toujours d'une jupe d'une couleur indéfinie, usée par des lavages réguliers et qui lui tombait jusqu'aux chevilles, ainsi que d'un haut sombre assorti et boutonné devant, elle ressemblait plus à une campagnarde qu'à une habitante de la ville des ouvriers. Elle attachait ses cheveux châtain clair devenus légèrement cendrés en chignon très serré avec une jolie broche. Le seul bijou qu'elle possédait.

Adelheide vint au monde en Haute-Silésie, une région située au cœur de l'Europe qui, par rapport à sa situation géographique, a toujours été l'enjeu d'une conquête de territoire par les pays voisins.

Depuis des siècles.

Au moyen âge, elle avait été peuplée de tribus slaves, les « Slézanes » qui lui auraient probablement donné son nom. L'histoire assez complexe de cette région fit que son territoire a appartenu à la Pologne pendant près de 440 ans dont plus de 200 ans en tant que principauté indépendante, plus de 270 ans au royaume de Bohême, 214 ans à l'Autriche et 182 ans à la Prusse. Pas difficile d'imaginer le déchirement constant des Silésiens balancés à droite et à gauche entre les puissances en vogue. À l'approche du 19e siècle, la région vit beaucoup de transformations dues aux exploitations de charbon et à la naissance de la métallurgie et, en 1871, elle fit partie de l'Allemagne unifiée.

Tantôt polonaise, tantôt prussienne, tantôt allemande, la Silésie a toujours essayé de garder à tout prix ses valeurs sociales et sa culture.

Ainsi Adelheide vivait en Allemagne. Née plus précisément à Königshütte, elle était donc bel et bien Silésienne et n'avait jamais quitté sa ville natale, même, si pour y vivre, ce fut parfois difficile. Avec ses établissements aux cheminées fumantes qui polluaient gravement l'air et salissaient tout, la ville affichait un visage indéniablement triste et abattu. Mais, malgré toute la grisaille de ses immeubles sinistres, malgré la poussière qui se posait constamment sur les fenêtres et qui se faufilait à l'intérieur pour couvrir les meubles que ses habitants n'arrêtaient pas d'épousseter, Königshütte attirait les gens.

Car il y avait du travail. Avec le temps, ils s'attachaient tous à cet endroit et y restaient.

Adelheide aimait cette ville qui la vit grandir, c'était la sienne. Une ville qui portait désormais les stigmates d'un passé douloureux.

Quand Lena fit ses premiers pas à l'école, sa grand-mère qui était respectée et appréciée de tous, disposait dorénavant d'un peu plus de temps pour travailler. Cependant, au fil des semaines, quand le travail commença à manquer, leur situation devint inquiétante.

Lors d'une de ses rares visites, Emilia donna à sa mère, qui semblait assez découragée, l'adresse d'une riche famille demeurant dans un village près de Nysa, à cent cinquante kilomètres de Königshütte, et lui dit :

— Les propriétaires d'un château cherchent une cuisinière et une fille de cuisine. Tu n'as que 54 ans maman et tu es une femme robuste et en parfaite santé. Vous pouvez partir toutes les deux. Lena est assez grande et dégourdie pour travailler avec toi, non ?

Adelheide dévisagea sa petite-fille qui se tenait à l'écart, toute pâle.

Helena Pawlik, que tout le monde appelait Lena et qui portait le même nom que sa grand-mère, avait tout juste 15 ans et huit années d'école primaire. D'ailleurs, elle venait de la terminer avec de très bonnes notes. Adelheide veillait toujours à son éducation même si, à l'époque, il n'y avait pas d'analphabétisme en Silésie car, depuis le 19e siècle, les Silésiens, en tant que citoyens allemands, étaient obligés de suivre une école allemande de huit classes. En langue polonaise, il fallait se contenter uniquement des cours de religion. La plupart des habitants étaient quand-même bilingues voire trilingues, le silésien pouvant être un dialecte du polonais ou même une langue à part entière. Même les enfants jonglaient avec beaucoup de facilité entre allemand, polonais et silésien.

En ce mois de juin 1914, la tension politique était si oppressante qu'Adelheide et Lena sautèrent sur l'occasion sans trop réfléchir. Se mettre à l'abri dans un endroit plus tranquille et avoir un travail. Quelle merveilleuse opportunité !

— Vous attendez quoi, alors ? leur demanda Emilia trop agitée en voyant sa mère hésiter.

Le lendemain, elle leur apporta une vieille valise cartonnée qu'elles remplirent de vêtements ainsi que de quelques objets personnels qu'elles possédaient. Adelheide et Lena se mirent en route avec une certaine appréhension jusqu'au château et furent acceptées.

Un mois après seulement, toute l'Europe bascula vers la Grande Guerre.

Au début les deux femmes étaient contentes se sentant à l'abri, logées, nourries avec un travail pas trop difficile. Mais, alors que la guerre ravageait progressivement l'Europe, la situation au château évolua. Elle changeait partout d'ailleurs. Une grande partie des hommes en âge de porter les armes répondirent à l'appel et rejoignirent les unités de l'armée de l'Empire allemand.

Le comte ainsi que son fils unique furent mobilisés aussi et la comtesse se lamentait continuellement de ne pas pouvoir tout gérer. Le jardinier n'échappa pas non plus à la mobilisation. Quand la gouvernante, à son tour quitta le château, à part Adelheide et Lena, ne restèrent plus que le valet et deux femmes de chambres.

Les jours, les semaines et les mois semblaient interminables. Les quatre saisons de l'année se relayaient d'une manière cyclique en changeant seulement leur couleur. Les cigognes revenaient naturellement dans leurs nids quand la campagne s'habillait en vert et elles repartaient avant que les feuilles ne se peignent d'une jolie teinte dorée. La nature vivait et agissait selon son ordre établi. Mais la guerre, elle, était toujours là. Effroyable et incontrôlable. Avec ses batailles, ses combats et toutes les larmes amères du monde à n'en plus finir, elle donnait l'impression d'être un monstre éternel.

Au fur et à mesure que de brèves informations sur les victimes arrivaient du front, que les messes funéraires étaient célébrées dans les églises de plus en plus souvent avec les cercueils vides, l'ambiance devenait vraiment pesante. Beaucoup de soldats étaient tombés sur les champs de bataille. Parfois sans un cri. Sans un dernier regard vers le ciel. Tant avaient succombé à leurs blessures. En souffrance. Certains hommes qu'Adelheide avait eu l'occasion de voir au château étaient rentrés chez eux infirmes.

Le découragement, la fatigue et le désespoir ainsi que toutes les difficultés liées à l'approvisionnement alimentaire s'intensifiaient.

La situation devenait alarmante.

La nourriture au château manquait régulièrement et Adelheide se démenait afin de concevoir des repas avec le strict minimum.

En plus de son travail à la cuisine, on obligea Lena à cultiver le jardin.

— Tu sais, Andla, dit-elle un jour, au moins il y a des pommes de terre, des rutabagas et des carottes dans l'assiette.

Le comte et son fils furent portés disparus. Quant à la comtesse, elle finit par perdre la tête. Pendant des mois, les deux femmes ne reçurent aucune paie. L'hystérie incontrôlable de la malheureuse maîtresse du domaine leur donnait des sueurs froides.

La guerre à présent finie, il fallait partir. Rentrer à Königshütte avant que la neige ne tombe.

Il leur fallait pourtant être prudentes et le faire en douce, l'instable propriétaire des lieux n'étant pas en état de comprendre quoi que ce soit. Elle risquait de piquer une de ces terribles crises en essayant de les retenir contre leur volonté.

Adelheide regarda sa courageuse petite-fille avec beaucoup de tendresse. Lena avait désormais 19 ans et était devenue une très belle jeune femme. Svelte, plus grande que sa grand-mère, elle se tenait toujours droite et se déplaçait avec beaucoup de grâce, une habitude qu'elle avait adoptée sans doute en observant les habitants du château. Elle avait hérité de la couleur de cheveux de sa grand-mère et se coiffait pareil qu'elle, avec une broche que la comtesse lui avait offerte lors de leur premier Noël au domaine.

— Andla, tu m'apprendras comment la mettre dans mes cheveux ? lui demanda Lena ce soir-là. Je vais faire comme toi, ajouta-t-elle les yeux brillants dans lesquels scintillaient les couleurs de toutes les boules accrochées sur les branches d'un énorme sapin.

Durant les deux premières années de leur séjour au château, les femmes reçurent des vêtements et des chaussures, dont de beaux manteaux d'hiver. Maintenant, elles ne pouvaient que se féliciter d'être aussi bien équipées pour prendre la route vers Königshütte. Trouveraient-elles seulement une charrette ou bien seraient-elles obligées de marcher jusqu'à la gare qui n'était pas tout près ? Et puis… il y aurait-il un train ? La courageuse Adelheide n'en était pas certaine. Partout la guerre avait laissé derrière elle des routes abimées et des champs ravagés. Même s'il n'y avait pas eu de batailles en Haute-Silésie et qu'aucune ligne de front n'avait traversé la région, la guerre avait grandement affecté le sort de ses habitants durant ces quatre longues années.

Malgré tous ses doutes, Adelheide prit sa décision. Elle avait un peu d'argent économisé et surtout l'envie d'aller retrouver sa ville natale.

— Lena, nous ne pouvons plus rester ici, dit-elle tout bas en touchant avec douceur le bras de sa petite fille.

— Je suis prête, réussit à répondre la jeune femme, la gorge serrée.

Son visage devenu presque blanc et ses mâchoires se contractèrent. Elle tourna son regard embrumé vers le magnifique parc qui allait tellement lui manquer.

Chapitre 2

Georg avait mal partout. Tout son corps était endolori.

À moitié allongé, il leva les yeux vers le ciel plombé de nuages et ressenti un étrange mélange de tristesse et de joie l'envahir. Un sentiment surprenant dilué dans ces belles lumières automnales. La voiture roulait sur la route boueuse en sursautant régulièrement sur les trous présents dans la chaussée. Depuis combien de temps ? Il ne savait plus. Les hameaux apparaissaient de temps en temps, comme des fantômes. La fumée s'échappant des cheminées et les chiens amaigris qui couraient après leur camion en aboyant témoignaient que ces bourgades étaient toujours habitées. Un léger brouillard de cette fin novembre s'allongeait sur les champs et l'odeur de pommes de terre cuites dans les feux de camp chatouillait les narines.

Georg et ses camarades de guerre rentraient chez eux. Serrés les uns contre les autres car cela permettait au moins de se tenir chaud, ils repensaient tous à ce qu'ils allaient retrouver sur place. Quel sort leur réserverait la vie une fois arrivés ? Ils avaient hâte de laisser derrière eux ces années marquées par l'horreur de la cruauté humaine.

Les unités venues de Silésie faisaient partie de la 5e armée qui avait bataillé en France. La Grande Guerre avait projeté les soldats partout. Ils étaient présents lors de la première étape de la bataille de Verdun, puis retirés pour reconstituer les troupes de combat dans la Somme pour ensuite revenir à nouveau à Verdun à l'automne 1916. Plusieurs d'entre eux étaient tombés dans les champs de Verdun et dans la Somme.

Georg partageait son destin avec ses camarades de combat qui venaient comme lui de Silésie ou bien de la Grande Pologne, de Poméranie, de Warmie ou de Mazurie. On leur avait mis des uniformes de l'armée allemande de la couleur « feldgrau » ainsi que des casques à pic « pickelhaubs » sur la tête et on les avait envoyés à la guerre. Ils sont allés au front, se sont battus et sont parfois morts. Puis remplacés par d'autres.

Combien ? Impossible de compter exactement.

Georg entendit quelqu'un tousser. Quelqu'un d'autre chantonnait. Ses partenaires de misère entassés dans le camion se ressemblaient tous. Tous, des miraculés de Verdun. Comme les trois qui étaient assis à côté de lui et qui trainaient avec eux la douloureuse histoire de leur famille déchirée. Georg apprit qu'ils étaient quatre frères avec leur père à avoir été mobilisés au début de la guerre. Tous en même temps. L'un des deux quitta sa fratrie pour toujours. Déchiqueté par un obus. Les trois autres somnolaient à présent à côté de lui. Abimés, dévastés, absents. Le premier, qui ne parlait presque plus, avait subi de graves dommages auditifs. Le deuxième bégayait à n'en pas finir et le troisième affichait un visage marqué par une vilaine cicatrice. Quant au père, il revenait avec une jambe manquante. Mais vivant.

Georg chassa l'image de ses autres compagnons de guerre, défigurés tels des monstres. Oh, l'artillerie avait eu des effets dévastateurs. Les éclats d'obus lacéraient les corps, broyaient les membres, détruisaient les visages. Les cris de toutes ces victimes résonnaient encore dans sa tête. Oublier. Oublier toute cette violence infligée aux soldats. Le plus vite possible.

Enlever cet uniforme allemand qu'il portait depuis quatre ans, tant détesté, car dans son cœur et dans son âme, il restait Silésien et Polonais.

Georg pensa à ses quatre frères à lui. Où sont-ils ? Puis il revit sa mère, sa sœur et, une larme glissa sur son visage jusqu'à son oreille. Il l'essuya rapidement avec le revers de sa manche. Mais devait-il vraiment avoir honte parce que la famille lui manquait ? Parce que « la cruelle dame guerre » l'avait séparé de ses proches ? Parce qu'elle lui avait fait subir l'impossible pendant si longtemps ? Il n'était pas le seul et unique soldat à pleurer ainsi. Risquait-il de rester à jamais une victime de ce traumatisme énorme ? Peut-être bien. Mais, en attendant, il fallait passer à autre chose.

Oh, si seulement son esprit tourmenté pouvait accorder un peu de sommeil à son corps en souffrance.

La route se faisait longue mais il n'allait pas se plaindre, cette fois, elle menait vers la délivrance.

Il regarda défiler les arbres recroquevillés qui la bordaient, avec leurs toutes dernières feuilles accrochées ici et là, et il pensa à l'hiver qui n'allait pas tarder à arriver.

Il sourit à l'image du poêle en fonte sur lequel sa mère cuisinait, au seau de charbon qu'il fallait trimbaler de la cave jusqu'au 4ᵉ étage pour mettre le poêle en route tous les matins. Il sentit presque l'odeur de la soupe aux pois quand la voiture s'arrêta net. En changeant alors sa position pour mieux voir, il aperçut deux femmes au bord de la route. Il entendit une plaisanterie de ses camarades qu'une voix autoritaire fit taire aussitôt.

— Taisez-vous, bande d'imbéciles. Et si c'était votre femme ou votre sœur, vous feriez pareil ? Les horreurs de la guerre vous ont donc rien appris ? grommela Ewald, le père des trois frères.

Le silence qui suivit se fit pesant.

Le père ordonna à ouvrir la trappe du camion et s'adressa aux femmes qui se tenaient là, immobiles et pétrifiées.

— Bonjour, n'ayez crainte… Où allez-vous comme ça ? demanda Ewald.

L'une d'elles, la plus âgée, leva son visage emmitouflé dans un châle vers ce vieux soldat tandis que la plus jeune gardait sa tête baissée.

— Bonjour… à la gare. Nous allons à la gare.

Sa voix se fit à peine audible et sa main trembla quand elle ajusta son châle. Georg remarqua sa vieille valise en carton qu'elle tenait dans l'autre main. La deuxième femme avait un grand cabas qui pendait à son bras. Toutes les deux étaient très intimidées par ce camion plein de soldats. L'angoisse ou plutôt la peur de l'inconnu se lisait indéniablement sur leurs visages et ça, Georg comprenait trop bien pourquoi. La guerre lui avait déjà montré plusieurs fois des soldats se comportant comme des bêtes sauvages. Oui, la guerre avait bien plusieurs facettes. Soudain il eut honte et une fois de plus toutes ces horreurs firent surface.

— Alors, montez ! On va vous rapprocher, proposa Ewald. Nous allons à Gleiwitz. Il y a bien une gare là-bas mais… est-ce qu'il y aura un train ? Je n'en sais rien.

Mais comme les femmes ne bougeaient pas, il se retourna vers Georg se trouvant le plus près du bord du camion.

— Allez Georg, aide donc ces pauvres femmes à monter. La route paraît dangereuse par ces temps. On ne va pas les laisser ici, non ?

Georg sursauta, dévisagea Ewald, puis se retourna vers les femmes.

Malgré ses douleurs lancinantes dans le dos, il se leva rapidement, tendit sa main vers la plus âgée et l'aida à monter.

Ensuite ce fut le tour de la plus jeune. Quand elle souleva sa tête en montant, son regard timide se posa sur Georg.

L'espace d'un instant, il crut se noyer dans ses grands yeux tout en se laissant submerger par l'intensité inattendue de ce vert profond. La jeune femme rougit et baissa son regard immédiatement. Était-ce pour cacher une profonde émotion qui la submergeait ? Sa main était petite et moite. Curieusement, il avait envie de la garder plus longtemps dans la sienne mais la voix d'Ewald le fit revenir.

— Allez les gars ! Poussez-vous. Faites-leur un peu de place.

Les soldats étaient déjà entassés comme des sardines dans une boite mais ils réussirent quand même à dégager un tout petit espace en jetant des regards curieux vers ces nouvelles passagères. Les femmes se retrouvèrent en face de Georg et le camion reprit sa route. Ewald essaya d'entamer la conversation.

— Je suis parti à la guerre dans cet uniforme allemand mais je ne suis pas Allemand, je suis Polonais, comme les autres ici, expliqua-t-il aux femmes. Moi et tous les jeunes locaux de ma ville natale en Haute-Silésie, on a été enrôlés dans l'armée.

— Il dit la vérité, ajouta un de ses fils. Les Polonais nés en Silésie sont citoyens de l'Empire allemand et sont forcément soumis au service militaire obligatoire.

Un autre soldat poursuivit :

— Le plus dur, c'était de se retrouver face à face avec les compatriotes.

Georg savait que la plus grande tragédie entre les compatriotes n'était pas la nécessité de combattre sous des uniformes étrangers mais le fait que parfois le combat s'avérait fratricide. Il se souvenait très bien du récit d'un de ses camarades qui racontait comment les Polonais se réunissaient au début de la guerre à Arras. Dans les tranchées ennemies, malheureusement. D'un côté il y avait des conscrits polonais en uniforme allemand, de l'autre, dans les tranchées françaises, des volontaires qui servaient dans une unité de la Légion étrangère. Les Polonais en uniforme « feldgrau » et les Français se faisaient face. Ces derniers avaient déployé une banderole avec un aigle blanc et ont tenté d'établir le contact avec « les leurs ». Ils parlaient polonais et chantaient des chansons, tout cela pour encourager leurs compatriotes à rejoindre le camp allié. Il paraît que le commandant ne voulant prendre aucun risque fit transférer les conscrits polonais dans un autre secteur du front où ils ne furent pas menacés par cette tentation.

Georg chassa ses pensées noires quand il entendit Ewald dire :

— Oui, personne ne nous a demandé si nous voulions ou non faire la guerre. N'ayez pas peur…

Les femmes hochaient la tête. Elles n'étaient pas trop bavardes. Ewald apprit juste qu'elles rentraient à Königshütte. Il laissa tomber et le trajet se poursuivit en silence.

Chapitre 3

— Il fait si sombre dans cette pièce, observa Lena en sortant du lit qu'elle partageait avec sa grand-mère.

Elle enfila ses pantoufles et s'approcha de la petite fenêtre qui donnait sur la cour pavée. En tirant le rideau, elle vit un tas de poubelles et un vieux vélo à moitié rouillé qui se tenait à peine, posé contre le mur écaillé. Rien à voir avec la magnifique vue sur le parc qu'elle avait il y a encore si peu de temps. Sa chambre au château la fit rêver un instant et elle soupira.

— Andla, lève-toi, je vais faire du café.

Depuis qu'elles étaient rentrées à Königshütte, les deux femmes regrettaient souvent leur logement douillet et chaud au château mais rien ne valait mieux que leur ville natale. Même si elles la retrouvèrent un peu changée. Mais pour l'instant toujours allemande.

Le jour de leur arrivée, elles se rendirent directement à la maison d'Emilia, cependant sans grand espoir d'être bien reçues. Vu que personne n'avait ouvert la porte, elles se précipitèrent à l'aciérie mais, comme elle le redoutait, Adelheide perdit son appartement social définitivement en partant à Nysa. Cependant, le vieux directeur, qui se souvenait très bien de la brave femme, lui proposa un logement contre des heures de ménage dans les bureaux de l'aciérie.

Par un coup de chance, l'ancienne femme de ménage était partie vivre chez sa famille à la campagne en libérant sa place. Et sa chambre. Certes, pas très grande. Mais c'était mieux que rien.

Il fallait absolument trouver un toit.

Elles emménagèrent donc immédiatement.

La chambre était située au rez-de-chaussée d'un immeuble typique de quatre étages et, à part le bruit causé par tous les habitants défilant constamment devant leur fenêtre et l'odeur nauséabonde des poubelles, le logement était supportable.

La pièce leur parut assez correcte et avait même un lavabo et un coin cuisine avec un poêle.

Les toilettes par contre étaient communes. Chaque niveau en possédait une. Ceux du rez-de-chaussée se trouvaient juste au bout du couloir.

— Il ne nous reste pas beaucoup de pain, remarqua Adelheide en s'asseyant sur un tabouret brinquebalant devant la petite table couverte d'une toile cirée coupée par endroit.

Lena réchauffa ses mains autour de sa tasse. Il faisait très froid dehors et le ciel prit une couleur d'un gris profond annonçant assurément l'arrivée de la neige. Il leur manquait du bois ou du charbon pour faire fonctionner le vieux poêle qui réchauffait la pièce.

— Aujourd'hui, j'irai voir Emilia. Le mari de ma fille est quand même le directeur de la mine et nous… nous n'avons pas de charbon. Tu te rends compte ?

— Parce que tu crois vraiment qu'Emilia pourra nous aider ?

Le mot « maman » restait depuis toujours coincé dans la gorge de Lena, comme une boule remplie de peine, de chagrin, de désespoir.

Adelheide avait vraiment l'air fatiguée. Depuis deux semaines qu'elles habitaient cette chambre, elle s'était rendue chez sa fille deux fois et elle avait compris qu'évidemment le mari n'avait pas changé et, qu'Emilia pouvait seulement les aider en cachette.

Deux jours auparavant, elle leur avait apporté un pot de confiture, une boite de chicorée, un chou, quelques pommes de terre et trois oignons.

— Les temps sont durs, dit-elle d'une voix coupante. La prochaine fois, je t'apporterai quelques vêtements, ajouta-t-elle en fixant sa fille avec les mêmes yeux verts qu'elle.

Mais ce n'étaient pas des vêtements qu'il leur fallait mais bien de la nourriture et un logement décent.

Lena regardait sa mère comme si c'était une inconnue. Même si Lena lui ressemblait beaucoup, elle n'avait pourtant rien hérité de son caractère.

Emilia était une belle femme, très grande, toujours bien habillée, impeccablement coiffée, le chapeau s'harmonisant à merveille avec sa chevelure châtain mi-long ondulée, le sac et les chaussures parfaitement assortis. Quand Lena croisait dans la rue des femmes vêtues de la même façon, elle se demandait souvent comment arrivaient-elles à ne pas se sentir ridicules vis-à-vis des autres ? De celles qui, pour la plupart du temps, n'avaient pas de quoi se couvrir pour se protéger du froid.

Lena ne comprenait pas le comportement de sa mère. Elle ressentait juste de la colère et ne supportait pas d'être obligée d'accepter cette aide minime.

Cette rogne, cette rage montait en elle encore plus dès qu'elle commençait à s'imaginer sa mère en train de manger des biscuits avec son fils qu'elle avait eu avec ce Monsieur le directeur. Tous les deux assis devant la cheminée dans leur belle maison. Maman aux petits soins avec son fils, un gamin de 14 ans aujourd'hui.

Comment a-t-elle pu abandonner sa fille et basculer dans une nouvelle vie ?

Comment pouvait-elle se regarder dans le miroir ?

Lena repensait souvent à cette éprouvante situation et se demandait si sa mère, avait un quelconque sentiment pour elle ?

Car Lena, elle, ne l'avait jamais aimée.

Ni avant, ni maintenant.

Quand elle était enfant, Emilia faisait de brèves apparitions dans leur ancien appartement. Tantôt avec un petit jouet, tantôt avec un bonnet en tricot. Ou une orange pour Noël.

Pour son cinquième anniversaire, elle lui avait quand même apporté une poupée en porcelaine. Toute nue. Sa chère Andla lui avait alors confectionné de petits vêtements mais, un an après, Lena la fit tomber de la fenêtre en jouant avec elle sur le parapet. La poupée perdit ses deux bras et son crâne se cassa au milieu, laissant apparaître un grand trou béant.

— Je ne la veux plus, elle est comme Emilia, elle n'a pas de cœur, pleura une Lena traumatisée en voyant qu'à l'intérieur, la poupée était vide.

Ce fut la fin de la poupée en porcelaine. Adelheide lui en fabriqua une autre, cette fois en chiffon, avec deux jolis boutons verts à la place des yeux.

Elle avait rendu l'âme depuis.

Adelheide et Lena étaient inséparables, Lena adorait sa grand-mère qui essayait, comme elle pouvait, de remplacer sa mère, de combler le vide maternel. Mais ce vide-là, on ne le comble jamais vraiment.

Depuis leur retour à Königshütte, sa grand-mère travaillait seule pour subvenir à leurs besoins mais Lena n'aimait pas du tout cette situation.

Quand un jour elle entendit parler dans l'immeuble que le boulanger du quartier cherchait une vendeuse, elle sauta sur l'occasion. Sans attendre, elle se rendit au magasin mais, n'ayant aucune expérience en la matière, on l'éconduisit. Vu sa déception, le gentil boulanger lui apprit qu'une riche cliente, qui envoyait régulièrement sa cuisinière acheter du pain chez lui, cherchait une aide-cuisinière. Il ne fallait absolument pas rater une telle opportunité. Lena s'y rendit immédiatement et c'était incontestablement son jour de chance car elle fut acceptée. Elle devait commencer le travail dès le lendemain. Avec deux semaines d'essai.

Et maintenant il était temps de le dire à sa chère Andla.

Elle leva ses yeux au plafond et prit une grande respiration pour se donner du courage.

Le mois de décembre avait bien pointé son nez et le froid se faisait gravement ressentir.

Ce matin, Königshütte se réveillait lentement. La grisaille et la tristesse se posaient partout, tel un vieux manteau poussiéreux. Les rideaux déjà tirés dans la plupart des fenêtres dévoilaient la vie des gens à peine levés tandis que les premières lumières matinales osaient à peine caresser la ville.

Les joues rougies, Lena marchait en direction de la maison de ses futurs employeurs en repensant à sa conversation avec Andla. Quand elle lui avait annoncé avoir trouvé un emploi, sa grand-mère avait eu les larmes aux yeux. Oh, toutes les deux, elles comprenaient trop bien leur situation financière.

— Je suis sûre qu'ils vont te garder. Avec ton expérience de quatre ans dans les cuisines du château ? Bah, ils ne trouveront pas mieux, l'avait-t-elle rassuré d'une voix douce, en essuyant en même temps ses yeux avec le bout du vieux tablier qu'elle portait toujours à la maison.

À présent Lena devait tout donner pour que sa période d'essai se passe au mieux.

Elle s'arrêta devant la porte d'une grande maison de ville en briques rouges et, après un vague moment d'hésitation, elle finit par frapper à la porte avec un anneau orné d'une tête de lion. En levant les yeux vers le toit, elle vit la fumée sortir de la cheminée et ressentit presque déjà la chaleur de l'intérieur. Au moins, elle n'aurait pas froid cet hiver.

Quelques instants après, la porte s'ouvrit et Lena vit la même servante que le jour de son entretien avec la propriétaire. Habillée toujours en noir avec un joli tablier blanc brodée, la femme l'invita à l'intérieur.

— Bonjour, je viens pour le travail, je m'appelle…

— Lena, coupa la servante. Je sais bien qui tu es. Suis-moi, je te montre ton placard. Tu te changes, il y a tout ce qu'il te faut pour travailler à la cuisine. Je viens te chercher dans quelques minutes, dit-elle d'un seul trait.

Lena hocha la tête.

— Ah… je m'appelle Albina, ajouta-t-elle en réajustant son tablier pour cacher en partie quelques jolies rondeurs de son corps et en tournant les talons.

Lena se changea rapidement. Elle enfila par-dessus sa robe grise une espèce de tablier à fleurs avec des manches longues et eut juste le temps d'ajuster ses cheveux avant qu'Albina ne réapparaisse. Elle suivit la servante jusqu'au bout du couloir où se trouvait l'immense cuisine.

Une femme rondelette d'une cinquantaine d'années affublée du même vêtement fleuri leva ses yeux vers Lena en souriant et arrêta de couper les légumes.

— Madame Kolnik, je vous amène Lena, annonça Albina qui disparut aussitôt.

Lena regarda autour d'elle et se présenta timidement. La cuisinière avait l'air gentille.

— Allez, mon petit. Approche. Tiens, prends mon couteau et attaque ces légumes. On a des invités ce soir, ce qui veut dire beaucoup de travail, dit-elle.

Elle avait une telle douceur dans sa voix que Lena se sentit tout de suite en confiance.

Un peu comme avec sa grand-mère, au temps du château.

— Tu sais, Andla, dit Lena le soir en rentrant. C'était comme avant, comme avec toi. Madame Kolnik est très gentille et m'apprend plein de choses. Elle te ressemble un peu mais est plus petite et elle a les cheveux noirs comme une Tzigane. Par contre je n'ai vu ni les propriétaires, ni leurs fils. Quant à Albina, je ne sais pas trop… Je n'arrive même pas à lui donner un âge. Une petite trentaine ?

Elle posa un pot en verre sur la petite table.

— Regarde, Madame Kolnik m'a donné le reste de la soupe pour ce soir. C'est la soupe aux légumes, ceux que j'ai coupés presque toute la matinée, sourit la jeune femme. Elle est très bonne.

Le regard d'Adelheide se voila.

Chapitre 4

Le plan de démobilisation de l'armée allemande était un peu chaotique. De nombreux soldats apprenant la défaite revenaient même par leurs propres moyens.

Georg avait été démobilisé rapidement et cela faisait trois semaines qu'il était rentré à la maison. Il voyait encore sa mère lui ouvrir ses bras en pleurant.

— Tu es sain et sauf, mon fils. Tu es sain et sauf, répétait-elle en le serrant longtemps contre elle. Tu as été démobilisé juste après ton frère, ils avaient besoin de lui à l'hôpital, continua-t-elle en essuyant ses larmes avec la paume de sa main.

Sa petite sœur Gertruda pleurait aussi. Oh, celle-là, c'était une vraie fontaine à larmes.

Elle versait ses larmes depuis plusieurs jours.

Elle pleurait ses deux grand frères, Herman et Wilhelm, les jumeaux qui ne sont pas rentrés. Morts dans la Somme.

Elle pleurait son père qui était très malade.

Elle pleurait Joseph, ce frère qui voulait devenir prêtre missionnaire et qui était entré en 1915 chez les Missionnaires du Verbe Divin à Nysa pour faire ses études.

Elle pleurait le jeune Julius, trop jeune pour travailler et aussi Emanuel, le seul à avoir un emploi.

Et maintenant elle pleurait Georg car elle avait peur qu'il ne trouve pas de travail.

Une semaine après son retour, Georg consola sa sœur en caressant affectueusement sa joue.

— Truda, ne pleure plus, j'ai trouvé du travail. Dans l'aciérie. Ça va aller. On va pouvoir s'acheter de la carpe pour Noël.

Georg eut beaucoup de chance car le jour où il se présenta à « Bismarkhütte », un poste de serrurier était disponible. Le fait qu'il avait un diplôme d'avant la guerre dans la poche ainsi qu'un an d'expérience dans le métier avait fait pencher la balance pour qu'on l'engage de suite.

Oui, il avait déjà été serrurier avant.

Avant que la Grande Guerre ne les appelle tous. Les médecins, les serruriers, les instituteurs, les mineurs, les cuisiniers, les cheminots, les vendeurs, les directeurs et les simples ouvriers.

Ses frères, Herman et Wilhelm, étaient embauchés comme lui à l'époque dans cette usine.

Wilhelm envisageait même de faire des études d'ingénieur en métallurgie. Dire que son rêve ne se réaliserait jamais…

Emanuel était infirmier. Il l'était avant la guerre, il l'était sur le front et il l'était maintenant. Il travaillait à l'hôpital de la ville construit en 1901 et avait l'ambition de devenir médecin un jour. Emanuel n'avait jamais abandonné son rêve et avait hâte de poursuivre ses études qu'il avait entamées en parallèle de son emploi avant la guerre.

Quant à Joseph, ce jeune studieux allait devenir un frère religieux. Il rêvait depuis tout petit de vivre cette vie qui mène un missionnaire à l'aventure au-delà de ce qui lui est familier, vers les peuples et les cultures du monde.

Georg s'imaginait que sa mère devait sans doute se sentir très fière de ses enfants. Lui-même se considérait chanceux, ses parents les avaient toujours encouragés à faire des études, apprendre un métier et pourtant il ne fallait pas oublier que la fratrie était nombreuse.

Leur père avait donné beaucoup et aujourd'hui ses poumons refusaient de fonctionner normalement.

Étant jeune, Georg disait souvent :

— Moi, s'il le faut, je suis prêt à travailler très dur, mais jamais à la mine comme papa, à moins qu'il n'y ait des fenêtres.

Cela faisait rire tout le monde et finalement Georg avait été employé un an à l'aciérie, la fameuse Bismarkhütte, l'usine qui était devenue le moteur du développement de Königshütte et dans laquelle il venait d'être engagé à nouveau.

À l'aciérie, les directeurs et les contremaîtres étaient des Allemands. Quant aux ouvriers, c'étaient pour la plupart des Polonais.

Georg, très content d'avoir trouvé du travail au même endroit, allait enfin pouvoir aider Emanuel à nourrir la famille. De toute évidence, le seul salaire de son frère n'était pas vraiment suffisant.

Julius, le petit dernier de 12 ans, voulait devenir serrurier comme Georg. Gertruda, son ainée de deux ans, était encore à l'école comme son frère et, quant à leur père malade, il n'allait plus à la mine. Même si leur mère s'adonnait un peu à la couture ce qui rapportait de temps en temps un peu de sous, il fallait se serrer la ceinture à la fin du mois. D'ailleurs la jeune et studieuse Truda l'aidait après la classe et apprenait ainsi un métier. La vieille machine à coudre Singer, ayant survécu à la guerre sans avoir besoin d'être réparée, procurait toujours le même boucan quand sa mère l'utilisait. Ils habitaient tous dans le même appartement au 4e étage d'un vieil immeuble et ce n'était qu'un petit deux pièces avec cuisine. Impossible alors d'échapper à ce bruit régulier.

Papa et maman partageaient la même chambre, Georg et ses deux frères occupaient l'autre et Gertruda dormait dans la cuisine. Toute menue comme sa mère, elle tenait sans problème sur un sofa étroit. Au moins, elle restait au chaud, son lit avait comme voisin le poêle à charbon.

Julius, un garçon pas très grand pour son âge, fragile et assez frileux, aurait bien aimé échanger sa place contre celle de sa sœur.

— Mais que veux-tu, Julius ? C'est si difficile à comprendre que je n'irai pas dormir avec les garçons ? s'énerva sa sœur quand Julius essaya un jour et ce pour une énième fois de récupérer la place au chaud.

L'échange n'ayant pu se faire, Julius était condamné à trouver son sommeil, bercé par le doux ronflement d'Emanuel. Et d'ailleurs de celui de Georg aussi.

Il n'y avait pas de salon, tout se passait dans la grande cuisine. La vieille Singer s'était vue placée sous la fenêtre pour que leur mère puisse coudre en ayant plus de lumière.

Dans l'imposant buffet peint en blanc qui enfermait les divers ustensiles de cuisine, on trouvait également de magnifiques serviettes brodées, différentes boites métalliques aux couvercles représentant des biscuits mais contenant à la place des boutons de toutes les couleurs, des cartons remplis de photos et de lettres, des bouts de tissus et même de vieux magazines qu'on gardait pour les utiliser en allant aux toilettes partagées sur le palier. Un grand tohu-bohu mais extrêmement bien rangé. Chaque objet avait sa place car leur mère n'aimait pas le désordre.

Comme tous les Silésiens, il paraît.

Toute une vie de famille ou presque tenait indiscutablement dans ce buffet blanc.

Le peu de vêtements que possédaient les Stawietzky s'entassait dans la seule et unique armoire aux portes grinçantes dans la chambre des parents.

La deuxième chambre, plus petite, accueillait à peine trois lits et trois chaises sur lesquels les frères posaient leurs vêtements bien pliés, prêts pour le lendemain. Avant la guerre ils dormaient à deux dans un lit, un peu en fonction de leur taille. Georg partageait le sien avec Joseph, les jumeaux couchaient ensemble et le grand Emanuel se serrait avec le petit Julius. Gertruda avait un peu plus de chance. Mais tous, ils aimaient leur vie et ils n'étaient absolument pas les seuls dans cette ville à vivre ainsi.

À plusieurs sous le même toit. À partager leur quotidien, leur pain et leur amour familial.

Georg passa sa main dans ses épais cheveux châtains coupés court puis essuya une larme en pensant à ses deux frères qui avaient laissé leur lit aux autres…

Oui, cela faisait un mois qu'il était rentré et il n'avait pas vu le temps passer. Ce soir en rentrant du travail, les souvenirs l'avaient rattrapé. Le calme régnait dans la cuisine.

Il contempla Gertruda en train de tricoter, la fillette au visage rond et radieux était devenue plutôt jolie. Elle dégagea d'une main une de ses nattes blondes qui lui tombait devant, tout en restant concentrée sur son travail. Avec son tablier, sa robe sombre et ses grosses pantoufles, elle ressemblait un peu à sa mère.

Les yeux de Georg s'embrumèrent… qu'est-ce qu'il était content d'être à nouveau avec sa famille.

— Tu ne maltraites pas la Singer ce soir ? lui demanda-t-il d'un air amusé en essuyant d'un geste rapide ses yeux.

Gertruda regarda son frère avec étonnement car ses yeux bleu océan se voilaient bizarrement en reflétant une certaine tristesse.

— Tu pleures, Georg ? T'as trouvé du travail et tu pleures ?

— Ce n'est rien, Truda. C'est parce je viens à peine de rentrer et il fait froid dehors alors qu'il fait si bon ici… Mes yeux alors… c'est normal. Mais bon… continue ton tricot, c'est bien ce que tu fais.

— Tu aimes ? rougit aussitôt la fillette. Tu sais, maman dit que si je m'applique encore plus, je pourrais travailler bientôt comme couturière. Et puis, je sais aussi broder et faire des ourlets et coudre… un peu… et…

— C'est parfait, coupa-t-il, le regard perdu au loin. Maman a raison. D'ailleurs, où est-elle ?

— À la pharmacie. Papa n'avait plus de médicaments.

Gertruda reprit son travail alors Georg décida de jeter un coup d'œil dans la chambre parentale. La porte était entrouverte comme celle de la chambre voisine. On les laissait ainsi pour que l'air chaud de la cuisine puisse s'y faufiler. Allongé sur le dos avec ses grandes mains aux ongles abimés par le travail, croisées sur le ventre, son père somnolait. Georg avait l'impression qu'à chaque respiration sifflante son père vivait un supplice.

Il sortit alors discrètement.

Au milieu de la cuisine trônait une grande table en bois. Très lourde. L'endroit où la famille Stawietzky partageait ses repas, ses prières, ses peines et ses joies. Georg se jeta sur la chaise. Ses douleurs du dos avaient bien diminué et il espérait que cela s'arrangerait avec le temps. Il n'avait que 23 ans et toute la vie devant lui.

— Et Julius, où est-il ? s'enquit-il.

— À la cave. Il est descendu chercher du charbon, répondit brièvement Gertruda absorbée par son tricot.

Georg posa ses yeux sur le poêle en fonte qui occupait bien sa place dans l'angle de la cuisine. Il se tenait là depuis toujours, parfait pour chauffer l'appartement, pour servir à cuisiner ou souvent pour garder le fer à repasser bien chaud. On y brulait du bois et bien sûr du charbon. Ce charbon que son père avait ramassé pendant presque un demi-siècle, ce charbon qui faisait désormais vivre beaucoup de familles et qui se consommait tranquillement ce soir dans le coin de leur cuisine. Il sourit en imaginant Julius monter des étages avec un seau dans chaque main.

Quelques jours avant Noël, non loin de l'église, Georg crut apercevoir la jeune femme aux yeux verts qui avait fait le voyage avec lui dans le camion. Elle avait disparu beaucoup trop vite à l'angle d'une rue, alors il avança le pas mais il ne la vit plus. Il rentra à la maison avec un petit pincement au cœur et plus tard, dans son lit, il se promit de la retrouver.

Même si cela devait prendre du temps.

Tous les soirs après son travail, il prenait un autre chemin pour rentrer chez lui dans l'espoir d'apercevoir sa grande silhouette gracieuse. Il aurait pu prendre le tram qui circulait là depuis longtemps mais il préférait marcher. Georg se souvenait encore quand peu après son inauguration le jour de ses trois ans, sa mère le fit monter pour un petit trajet. Il avait été tellement excité par le tintement de la sonnette à chaque arrêt.

À présent, sa ville natale lui paraissait un peu différente et pourtant l'église dédiée à l'Assomption de la Bienheureuse Vierge Marie ainsi que l'hôpital, les deux construits quand il était petit garçon, n'avaient pas changé. Il passait presque tous les soirs devant l'école puis devant la Mairie. Il s'arrêtait un instant devant la poste et aussi devant la gare qui avaient vu le jour deux ou trois ans avant la guerre. Il continuait à pied entre tous ces immeubles construits généralement en brique pour les ouvriers, les commis, les mineurs et les sidérurgistes et qui ressemblaient exactement à celui dans lequel il habitait.

Il se rappelait encore le jour où il échangea avec son père sur la couleur des fenêtres.

— Papa, pourquoi y a t'il certaines fenêtres peintes en rouge et d'autres en vert ?

— Ah, mon petit... La couleur rouge vient du fait que divers panneaux d'avertissement sont peints dans les mines en rouge et que les travailleurs reçoivent souvent ces peintures gratuitement. Tu vois ?

— Oui, comme chez nous... les encadrements sont rouges.

— Exact. Quant à la couleur verte, c'est tout simplement parce que les ouvriers des aciéries ont accès à cette peinture dans leurs usines.

— D'accord. Alors comme ça il est possible de reconnaître tout de suite qui vit dans la maison.

— Oui, mon petit. Maintenant... peindre des cadres de fenêtres ainsi, c'est presque la tradition.

Georg se rappelait encore de l'expression triste du visage de son père quand il lui expliqua que malgré cette différence de couleurs, les immeubles avaient quand même quelque chose en commun.

— C'est quoi papa ?

— Ils sont tous couverts par la suie.

Aujourd'hui rien n'a changé, Georg se promenait parmi ces immeubles dont la plupart enfermaient la tristesse et la misère de ces habitants laissant occasionnellement entrer à l'intérieur leurs joies et leurs espoirs. Il s'imaginait la jeune femme quelque part dans une de ces maisons, assise devant une fenêtre, son joli visage ovale tourné vers le ciel étoilé, son regard vert rêveur.

De temps en temps, il croisait des ouvriers pressés de rentrer chez eux, leurs pas rapides résonnaient longtemps sur les trottoirs pavés. Ils ne trainaient pas comme Georg qui arpentait les rues, ses mains dans les poches, le col de son manteau relevé, la casquette enfoncée sur la tête.

Il rentrait de plus en plus tard à la maison et réchauffait ses mains au-dessus du poêle. Noël approchait avec le froid glacial. Il arrêta alors de chercher la jeune femme dont il ne connaissait même pas le prénom.

La famille avait besoin plutôt de sa bonne humeur pour les fêtes. Il se promit d'abandonner son air maussade.

Chapitre 5

Les jours suivants avançaient selon le même rythme, Adelheide partait tôt à l'usine pour faire son ménage dans les bureaux et Lena apprenait régulièrement à cuisiner un nouveau plat sous l'œil attentif de Madame Kolnik en ramenant avec elle tous les soirs à la maison des odeurs différentes.

Une dizaine de jours après son embauche, en quittant son travail, elle croisa dans le couloir un jeune homme. Elle inclina la tête avec un « bonjour » et ouvrit la porte, prête à partir. L'homme la devança et lui barra le passage.

— Tiens, tiens… tu dois être la nouvelle fille de cuisine.

Les mains dans les poches de sa veste dernier cri, il regarda Lena avec une intensité malsaine. Puis d'un geste rapide, il défit son nœud papillon et, d'un air amusé, il commença à jongler avec.

Lena se mit à trembler.

— Comment ça se fait que je ne t'ai pas encore vue ? Une belle fille comme toi, on ne la cache pas dans les cuisines, ironisa-t-il d'une voix trainante en s'approchant tout près de son visage.

Lena paniqua. Elle pâlit, baissa ses yeux et recula d'un pas, complétement déstabilisée. L'homme sentait l'alcool. Il posa sa main sur le menton de la jeune femme, alors, elle recula encore plus. Il grimaça et ses yeux devinrent des fentes.

Soudainement, la porte de la bibliothèque s'ouvrit, le jeune homme se retourna et, mine de rien, se dirigea d'un pas nonchalant vers l'escalier.

— Bonsoir père, lança-il en passant à côté de la silhouette de taille moyenne en costume rayé qui se tenait devant la porte.

Il fit un geste négligeant avec sa main, et, sans s'arrêter pour autant, s'engagea dans l'escalier. L'homme suivit d'un regard triste son fils mais, en se reprenant aussitôt, cligna les yeux et avança vers Lena.

— Bonsoir Monsieur le docteur, dit Lena en faisant la révérence et posa sa main sur la poignée de la porte d'entrée.

— Bonsoir Mademoiselle, répondit le propriétaire des lieux. Attendez un peu, s'il vous plait.

Lena s'arrêta immédiatement et son cœur se mit à tambouriner dans sa poitrine. « Ça y est, pensa-t-elle, je vais être renvoyée ». Ses joues prirent la couleur d'une betterave tandis que sa tête se mit à tournoyer. Elle avait la bouche sèche. Les grands portraits accrochés sur les murs ne cessaient de la fixer avec dureté. Le couloir lui parut soudain trop étroit et beaucoup trop éclairé. Aucun moyen d'échapper à cette rencontre. Elle voyait le propriétaire pour la première fois. Et dans quelles circonstances ! Il a dû penser qu'elle flirtait avec son fils. Quelle confusion ! Intimidée, elle leva la tête et osa à peine le regarder. Il devait avoir une cinquantaine d'années mais son visage rond n'était pas du tout ridé. Sa petite moustache bougeait en même temps qu'il parlait. Quant à sa voix, elle était douce et mélodieuse. Rassurante.

— N'ayez crainte, Mademoiselle. Nous n'avons pas encore eu l'occasion de nous voir. Madame Kolnik a fait des éloges à mon épouse à votre sujet. Vous travaillez bien et apprenez vite, il paraît. Votre période d'essai arrive à sa fin. Nous avons décidé de vous garder.

Lena dévisagea le propriétaire, en ouvrant grand ses magnifiques yeux émeraude.

— Vraiment ? Oh, merci, Monsieur Winkler… Merci beaucoup.

— Mais vous savez, poursuivit-il en passant sa main sur son crâne dégarni, s'il y a quoi que ce soit, si vous avez un quelconque problème un jour, n'hésitez pas à venir m'en parler. Je travaille beaucoup car je ne refuse jamais aucun patient et… avec les horaires à l'hôpital qui n'en finissent pas… Bref. Mais je trouverai toujours un moment pour vous écouter. Surtout, n'allez pas embêter Madame qui est trop prise avec ses activités caritatives. Venez me voir, moi…

— Merci Monsieur le docteur, balbutia Lena en rougissant.

— S'il y a quoi que ce soit, d'accord ? répéta-t-il en regardant en direction de l'escalier où avait disparu son fils.

Le couloir était devenu soudainement plus large et les visages moustachus sur les portraits semblaient maintenant lui sourire. Lena poussa un long soupir, ouvrit la porte d'entrée et descendit les marches du perron en courant.

La lune était déjà présente et éclairait joliment la rue jusqu'à atteindre le cœur embrumé de la jeune femme et l'illuminer à son tour.

Dorénavant, Lena Pawlik avait un vrai travail et Adelheide se faisait plaisir de raconter à tout-va comment elle était fière de sa petite-fille, de sa chère Lena, cette fille courageuse qui ne se plaignait jamais. Travailleuse. Disciplinée. Adorable.

Avec un petit salaire en plus, les fêtes de Noël de cette année s'annonçaient radieuses pour les deux femmes.

Emilia avait pu fournir à sa mère un bon pour récupérer un peu de charbon. C'était déjà ça. Et puis, un gentil voisin avait réussi à isoler la seule et unique fenêtre par laquelle le vent se faufilait le jour et la nuit avec une symphonie de sifflements désagréables.

Lena avait un travail et Adelheide semblait heureuse. Tout allait s'arranger.

Un soir en rentrant chez elle, la jeune femme crut apercevoir de loin ce gentil soldat qui était assis en face d'elle dans le camion qui les avait ramenés à la gare de Gleiwitz. Son esprit s'aventura un instant en partant à la recherche des souvenirs de ce voyage en camion.

Leurs regards furtifs, leur maladresse.

Elle se rappelait qu'il était très grand et qu'il tortillait ses longues jambes dans tous les sens pour ne pas toucher celles de Lena.

Georg.

Il s'appelait Georg.

C'est tout ce qu'elle savait de lui. Et aussi qu'il avait de la famille dans la même ville. Leurs chemins s'étaient séparés mais elle n'avait pas oublié son regard bleu. Et tout ce qu'il y avait dans ce regard. Elle sentait encore ses grandes mains qui restaient chaudes malgré le froid. Il n'était pas comme ce jeune Winkler, elle en était convaincue.

Bien évidemment, Lena n'avait rien dit à sa grand-mère de la malheureuse rencontre avec le fils de Monsieur Winkler.

Pourquoi l'inquiéter ?

Le père était un médecin renommé et avait un si bon cœur. Rien à comparer avec son fils.

Heureusement, le fils insolent, elle ne l'avait pas revu depuis et espérait de tout son cœur de ne plus le revoir. La lueur bizarre qui reflétait dans ses yeux la hantait encore en provoquant des palpitations.

Cependant, quelques jours avant Noël, le jeune homme passa la tête par la porte de la cuisine et cria avec sa voix éraillée en direction de la cuisinière :

— Vous me ferez ces bons biscuits de Noël aux épices, comme d'habitude, hein ?

Madame Kolnik hocha la tête et reprit son travail. Le lendemain, il surgit à nouveau, la chemise défaite et les cheveux en bataille.

— Et n'oubliez pas aussi ceux au chocolat avec les amandes ! ordonna-t-il, tout agité.

Cette fois, il s'attarda sur le seuil de la porte et toisa du regard Lena qui était en train de couper le chou.

— Oh ! Le chou pour Noël, oui ! J'adore ça ! C'est toi qui l'as macéré avec tes jolis pieds de fille de cuisine ? J'espère seulement qu'ils étaient propres, pouffa-t-il et repartit en riant.

La jeune femme sentit les larmes lui monter aux yeux. Elle n'osa même pas regarder Madame Kolnik qui continuait à couper le chou, elle aussi.

Il est vrai qu'en Silésie il existait la tradition de macérer le chou en le piétinant dans un tonneau.

On se lavait bien les pieds et on marchait longtemps dessus. Ensuite, le chou fermentait tranquillement dans le tonneau placé dans la cave et pouvait être servi pendant tout l'hiver.

Mais qu'avait-il en tête cet homme odieux pour la blesser ainsi ?

Avait-il le droit de la traiter de cette façon parce qu'elle était une simple fille de cuisine ?

— Méfie-toi de lui, mon petit. Ça fait trop souvent qu'il vient à la cuisine.

Lena leva sa tête et essuya une larme avec le coin de son tablier.

—   Je n'aime pas ça. La fille qui travaillait ici avant toi, a dû quitter la maison, ajouta la cuisinière sans s'arrêter de travailler.

Chapitre 6

— Regardez ce que j'ai ! lança joyeusement Emanuel en rentrant deux jours avant Noël de son travail.

Il s'arrêta sur le pas de la porte en riant et tourna le dos pour dissimuler un sac sous sa veste.

Emmanuel était un farceur hors norme, plein d'énergie et sur la positive à longueur de temps.

— Devinez, devinez !!! répéta-t-il en gloussant.

Gertruda tenta en vain de le faire se retourner mais alors Julius sauta sur le dos de son frère et fit tomber le sac par terre. Le garçon poussa un cri, un poisson se mit à sauter sur le plancher dans tous les sens.

— Eh, vous trois ! Ça suffit là, ordonna leur mère. Au lieu de faire des bêtises, ramassez-moi tout de suite cette pauvre carpe. On la met dans le seau, il faut qu'elle tienne jusqu'à Noël.

Johanna Stawietzky, c'était un tout petit bout de femme avec le don spectaculaire de se faire respecter par tout le monde. Elle se montrait sévère mais très juste en même temps et n'avait qu'une parole. Pour tout.

Son mari Franz, lui, c'était quelqu'un de calme et doux. Il ne parlait pas trop mais, quand il ouvrait sa bouche, son langage était très soutenu, ce qui était assez étonnant pour un ouvrier qui avait passé la plus grande partie de sa vie dans les mines.

Mais le secret de Franz, c'était son amour inconditionnel pour les livres. La lecture représentait pour lui une sorte de thérapie après le dur travail dans le charbon. Il entassait des livres dans son chevet ainsi que dans des cartons sous le lit, ce qui ne plaisait pas du tout à sa femme quand elle devait y passer la serpillère. Cependant, ces dernières années, ses yeux abimés par le manque permanent de lumière naturelle le privaient de son plaisir de lire longtemps le soir. Même avec des lunettes, ils se fatiguaient et devenaient rouges et gonflés.

Depuis sa retraite, c'est Gertruda qui lui faisait parfois un peu de lecture avec sa douceur habituelle dans la voix. Physiquement, elle ressemblait à sa mère mais avait hérité du doux caractère de son papa adoré.

Quant à Julius, il était moins patient pour la lecture et, dès que son père se mettait à tousser, il trouvait toujours une excuse pour fermer le livre.

— Maman, désolée, mais ce n'est pas ma faute, s'excusa Julius, je ne pouvais pas savoir qu'Emmanuel apportait un poisson. Et de plus, vivant !

Johanna hocha la tête et prit un seau pour le remplir d'eau tandis qu'Emanuel tentait de rattraper le poisson.

Dans un angle de la cuisine il y avait un petit lavabo avec un grand robinet qui ne servait que de l'eau froide. Se laver les mains, c'était déjà un peu juste alors se laver un peu plus, ça devenait compliqué. Pour ça, il fallait remplir une petite bassine avec de l'eau chauffée dans une casserole sur le poêle.

Par contre, une fois par semaine, c'était la grande fête. On ramenait de la cave une imposante bassine en fonte et on la remplissait pour se baigner. En plein milieu de la cuisine et surtout dans un ordre bien précis. Du plus jeune au plus âgé.

Sauf si le plus jeune était trop sale, alors là, il y avait une dérogation.

Johanna mit la carpe dans le seau et ordonna à Julius et Georg d'aller chercher la grande bassine. Pour y mettre le poisson.

— On le laissera nager dedans et je ne le tuerai que le 24 décembre au matin.

En gardant son air sévère, elle se tourna vers Emanuel et leva sa tête, car, avec son mètre quatre-vingt-dix, c'était le plus grand de ses fils.

— D'où il sort, ce poisson ? Je sais que tu ne l'as pas volé mon garçon, à moins, que tu ne l'ais péché à l'hôpital…

— Un patient me l'a offert. Pour me remercier. Je n'ai pas pu refuser, maman, répondit-il avec un ton enjoué tandis que sa longue mèche d'un blond foncé lui tomba sur le front.

— Je savais ! Je savais qu'on allait manger la carpe à Noël, comme Georg a dit, s'exclama Gertruda.

Johanna laissa les exclamations de sa fille sans commentaire et s'adressa de nouveau à Emmanuel.

— Tu vois encore quelque chose avec ta mèche dans les yeux ? Arrange-toi pour Noël. T'as pas vu le coiffeur depuis longtemps, lança-t-elle avec son regard bleu perçant.

Elle parla tellement vite que le plus imposant de ses fils opina du chef en essayant quand même de placer un mot mais sa mère cligna rapidement des yeux et sourit.

L'atmosphère se radoucit alors immédiatement.

Julius osa ajouter en rigolant :

— Oh, maman, pas si vite, un Polonais ne comprendrait rien.

Johanna parlait un pur dialecte silésien en mélangeant les mots allemands et polonais et son accent silésien était plus prononcé que chez les autres membres de la famille.

— Ne t'inquiète pas, mon petit. Un Polonais ne me comprendrait pas mais moi, je le comprendrais. Et même… si de ma bouche sortent parfois des mots allemands, mon âme est restée polonaise.

Le 24 décembre, comme le voulait la tradition, la famille se retrouva à table avec la toute première étoile apparue dans le ciel. Noël brillait dans les yeux de tous.

Tous étaient vêtus de leurs plus beaux habits que, d'habitude, l'on ne portait que le dimanche. Des robes d'une couleur beige avec un col blanc brodé pour les femmes, des pantalons gris et larges avec des chemises claires bien repassées pour les hommes. Un peu trop amidonnées parfois. Le plus jeune des hommes se plaignait souvent d'avoir le cou irrité.

Il faisait déjà nuit vers seize heures alors Julius et Gertruda scrutaient le ciel par la fenêtre et guettaient cette première étoile, celle qui, comme l'étoile de Bethléem selon la religion catholique, annonçait la naissance de Jésus.

— Ça y est, je la vois, s'écria Julius en montrant du doigt à sa sœur la première minuscule lumière brillant timidement dans le ciel.

La joie festive planait autour de la grande table couverte d'une nappe blanche joliment brodée et parfaitement repassée. Sous la nappe Johanna avait placé un peu de paille afin de symboliser la mangeoire de la crèche dans laquelle le petit Jésus était né.

Avant de s'assoir, Franz alluma les deux grandes bougies. Une étincelle tomba par terre, et ayant à peine le temps de scintiller, elle s'éteint avec désespoir. De ne pas pouvoir briller plus. C'est ce que pensa Georg en la suivant des yeux et en se demandant si la vie était ainsi, comme ce joli petit brin de lumière dissipée beaucoup trop vite.

La voix de sa mère le sortit de ses pensées.

— Je vous ai posé sous vos assiettes deux voire trois écailles de la carpe, n'oubliez pas de les mettre chacun dans votre porte-monnaie.

— Mais moi, je n'ai pas de porte-monnaie, maman, déclara Julius tristement.

— Bah, tant pis pour toi, déclara Emanuel. Si on veut s'attirer la bonne fortune pour les mois à venir, il faut suivre la tradition. Eh oui. Tu n'as qu'à mettre tes écailles dans le mien, je partagerai les sous avec toi, finit-il en rigolant.

Julius n'eut pas le temps de bouder car l'attention de tous se porta sur leur père qui faillit presque toucher le plafonnier en levant la tête après s'être penché pour récupérer « oplatek », qui était joliment posé dans une assiette au milieu de la table, entourée de quelques brins de paille.

Partager dès les premières apparitions des étoiles de la nuit de Noël ce morceau de pain azyme qui, par sa consistance et son goût, ressemblait à l'hostie, c'était l'une des traditions préférées des familles en Silésie. C'était le moment le plus important qu'ils appréciaient tant.

En Silésie, depuis des siècles, les religieux distribuaient « oplatek » béni aux paroissiens au cours de l'Avent. Johanna était allée le chercher une semaine auparavant à l'église.

Franz rompit alors un morceau qu'il donna à son épouse car c'est évidemment le père ou bien le plus vieux de la famille qui inaugurait le partage. Tous les Stawietzky le partagèrent ensuite entre eux en échangeant des paroles de vœux et de pardon.

Avec une larme, un sourire, une accolade.

Avec amour.

— Et que tu puisses apprendre ton métier de serrurier, mon Julius, lança Georg en ébouriffant affectueusement ses cheveux bouclés de couleur miel.

— Et que l'année prochaine, notre cher Joseph puisse nous rejoindre à Noël, murmura Johanna en joignant ses mains dans une prière.

— Et que tu guérisses, mon papa, lui souhaita Gertruda en l'embrassant.

— Et que tu deviennes un jour médecin, Emanuel ! dit Franz en serrant son fils dans ses bras.

— Et que tu te dégotes un fiancé, taquina Julius sa sœur, perplexe, en lui collant un bisou sur la joue.

— Et que tu grandisses enfin, hein ? lui répondit-elle à son tour, en rougissant quand même.

— Et que tu retrouves ta dulcinée que tu cherches depuis un moment, susurra Emanuel à l'oreille de Georg. Je vois bien que tu traverses la ville tous les soirs…

— Et toi ? T'as déjà trouvé la tienne ? s'offusqua Georg. Si c'est non, je te souhaite de te mettre à sa recherche rapidement au lieu de m'espionner, ajouta-t-il plus calmement en touchant le bras de son frère.

Les deux hommes échangèrent un sourire assez énigmatique et se retournèrent en même temps vers leur mère qui lança :

— Et surtout plus de guerre !

Les yeux brillants, ils se souhaitèrent tous de bonnes fêtes.

Johanna, ses cheveux grisonnants serrés avec un joli peigne marron en plastique qu'elle gardait depuis son mariage, balaya de son regard les trois chaises vides. Ses jumeaux que la guerre lui avait pris si brutalement, ainsi que Joseph qui passait les fêtes chez les prêtres à Nysa, lui manquaient tellement mais elle ravala ses larmes.

Ne pas pleurer !

Pas devant tout le monde, pas un soir pareil.

Surtout pas.

Elle jeta un coup d'œil à son Franz rasé de près et récita la prière habituelle.

C'est à ce moment-là seulement que le repas de la Veillée de Noël 1918 put commencer. Le premier après la guerre avec un goût si différent. Triste et joyeux, simple et compliqué à la fois.

La veillée de Noël était une occasion à laquelle on préparait en Silésie une douzaine de plats divers et ce impérativement sans viande. Le 24 décembre étant un jour encore dans la période de l'Avent, on ne mangeait de la viande qu'à partir du lendemain.

Comme le disait une vieille tradition, douze plats symbolisaient les douze apôtres.

On servait surtout du poisson, principalement de la carpe, ainsi que le bortsch, une soupe de betteraves rouges avec des raviolis farcis aux champignons. Certains préféraient cependant préparer la soupe aux champignons séchés.

Parmi tous ces plats, il ne pouvait absolument pas manquer la choucroute aux pois et aux champignons. Oui, ces derniers se glissaient dans tous les plats de Noël.

Et puis, pas de repas de Noël sans le fameux dessert fait à base de pain brioché trempé dans du lait et mélangé avec des graines de pavot macérées et, bien sûr, sans la compote de fruits secs.

Avant la guerre, Johanna essayait de suivre cette belle tradition mais ce soir, les Stawietzky devaient se contenter d'un repas plus simple. Elle put leur préparer quand même la fameuse carpe. Panée dans de la chapelure qu'elle avait fabriquée avec les restes de pain sec. Dorée sur poêle et accompagnée de chou blanc mélangée avec le pois cuit.

— Ça fait longtemps qu'on n'avait pas mangé de la soupe aux champignons. J'adore les champignons, constata tristement Gertruda.

— Espérons en trouver l'année prochaine, la consola sa mère.

— Ce n'est pas grave pour les champignons car nous avons des pommes de terre, remarqua Georg d'un air guilleret.

— Oui… mais juste une seule par personne, rétorqua Julius.

— Une seule mais grande ! s'exclama Emanuel.

Julius rit aux éclats. C'était le rire d'un enfant heureux. Son grand frère savait toujours trouver les mots justes pour détendre l'atmosphère.

— Que c'est bon ! Franz félicita sa femme.

— Fais attention aux arrêtes, suggéra-t-elle, les carpes ont beaucoup d'arêtes. Je vois que tu te penches tellement sur ton assiette. Oh, pourquoi tu ne mets pas tes lunettes, Franz ?

— Je voulais être présentable ce soir.

Cette fois tout le monde éclata de rire.

Johanna et Franz étaient particulièrement émouvants et beaux ce soir. Un drôle de couple pourtant.

Elle, si petite et lui, si grand.

Elle lui avait donné des enfants magnifiques.

Et lui, malgré ses longues journées à la mine, s'était montré toujours présent pour l'aider à les élever.

La guerre leur avait arraché pourtant deux d'entre eux mais ils avaient su se relever pour avancer, pour donner l'exemple à leurs enfants.

À présent le poêle réchauffait la cuisine tandis que l'amour d'une famille unie ravivait les cœurs.

Car un soir pareil, personne ne devait se sentir ni malheureux, ni seul, ni abandonné. Tout le monde avait droit à sa dose de chaleur et même un inconnu qui frapperait à la porte devrait être accueilli. C'est pour ça que, dans toutes les familles, on mettait une assiette en plus pour un pèlerin perdu.

Chez les Stawietzky, une assiette vide demeurait timidement au bout de la table.

Il n'y avait pas de sapin cette année.
Il n'y avait pas de cadeaux non plus.

Selon la coutume en Silésie, c'était l'enfant Jésus qui apportait des cadeaux aux enfants et les plaçait sous le sapin. Julius n'y croyait plus mais… il aurait bien aimé quand même avoir quelque chose. Malgré ses 12 ans il restait très enfantin, presque immature pour son âge.

— Pas cette année mon chéri, dit sa mère en lui caressa la tête.

Ils partirent tous à la messe de minuit.
Même Franz, bien emmitouflé, un chapeau couvrant son crane à moitié dégarni.

— Je ne vais absolument pas rater la messe, c'est la première depuis la fin de la guerre. Ecoutez ! Vous entendez ? Ils chantent déjà « Douce nuit », se réjouit-il tout essoufflé en s'approchant de l'église.

Une foule de paroissiens mêlés dans une ambiance d'allégresse s'entassait déjà sur les marches. Il leur fallut se faire un passage avec les coudes pour pouvoir placer Johanna et Franz à l'intérieur.

Habituellement, la messe de minuit durait longtemps, ils n'auraient pas été capables de tenir debout jusqu'à la fin.

— Je vais voir la crèche ! Viens, Truda, on fonce devant, ils la découvrent toujours à minuit. Viens, Julius supplia sa sœur en la tirant par la manche.

Gertruda le suivit de ses yeux émerveillés, toute fiévreuse. La magie de Noël l'enveloppa d'une joie inexplicable.

La crèche était encore couverte d'un énorme drap blanc mais tous les enfants se bousculaient déjà devant pour ne pas rater ce moment tant attendu. La venue du petit Jésus.

Georg se perdit complétement dans ses pensées. Les magnifiques chants de Noël et les orgues qui les accompagnaient résonnaient dans sa tête. Comme dans un brouillard, il vit les visages euphoriques de ses parents, mouillés par des larmes.

Il vit Emanuel qui chantait très fort à côté et qui aurait pu chanter un peu moins fort et surtout moins faux mais, visiblement, tout son être intérieur semblait se réjouir, animé par la foi.

La gorge serrée, Georg pensa à son dernier Noël dans les tranchées. Les soldats chantaient aussi tous cet émouvant chant « Douce nuit » et c'était la seule chose agréable qu'ils avaient partagé ce soir-là.

Pas de pain azyme, pas de repas de Noël. Le froid et la détresse étaient omniprésents. Mais, au moins, ce joli chant avait réussi à réchauffer un peu leurs cœurs et leurs âmes tristes. Comme une consolation, loin des familles.

Ici, ce soir, c'était la belle messe qui lui réchauffait le cœur et il savait qu'il en était de même pour tous les fidèles paroissiens rassemblés.

Plus tard, en sortant de l'église, Georg eut à nouveau l'impression de voir le visage de la jeune femme qu'il cherchait désespérément depuis des jours.

Comme un flash.

Une vision ou un rêve ?

Était-il réellement possible que ces réjouissants chants angéliques lui fassent perdre la tête à ce point-là ce soir ?

Était-ce déjà la magie de Noël qui opérait ?

Et finalement il la vit dans la foule en descendant les marches et un instant après elle avait disparu. Elle, ainsi que la femme plus âgée avec laquelle elle était dans le camion.

Les gens commençaient à se dissiper petit à petit. Les rires les suivaient comme une traîne joyeuse. Dans cette douce nuit qui remplissait tous les cœurs d'espoir.

Il se retourna vers l'église et à l'instant même il sut où il pouvait trouver la jeune femme. Il décida alors d'aller à la messe tous les dimanches.

Venait-elle seulement régulièrement à l'église ?

Les premiers flocons de neige se mirent à danser devant ses yeux.

La joie de Noël scintillait autour de lui comme l'étoile au-dessus de la crèche.

Chapitre 7

— Tu as passé une bonne soirée de Noël ?

Madame Kolnik observa Lena avec inquiétude. La jeune femme n'étant pas trop bavarde ce matin, elle essayait donc de comprendre d'où lui venait cet air maussade. Tout en continuant à préparer la pâte pour les nouilles, elle poursuivit :

— Ta grand-mère a aimé le gâteau au pavot ?

Lena se tourna lentement vers elle et ses yeux s'assombrirent.

— Oui, excusez-moi, c'est que je suis un peu fatiguée… Nous avons travaillé toute la semaine, et même toute la matinée du 24… alors je n'ai pas pu passer beaucoup de temps avec ma grand-mère.

Elle frotta ses paupières, soupira et continua.

— Oui, la journée d'hier était agréable. Nous avons assisté à la messe de minuit la veille et hier… oui, hier, nous nous sommes bien reposées. Dommage… aujourd'hui c'est encore un jour férié et je ne suis même pas allée à l'église.

— Je comprends, mon petit. Avant, moi aussi, je préférais rester avec ma famille au lieu de travailler ici tous les jours du matin au soir. Mais depuis que mon mari n'est plus là et que mes deux filles ont déménagé, il n'y a rien qui me retient à la maison. Nous avons ici les dimanches libres alors je profite à ce moment-là de mes petits-enfants.

Lena hocha la tête et prit le couteau pour couper les oignons.

Très vite, ses joues inondées de larmes, elle s'adressa à la cuisinière.

— Je ne sais même pas si je pleure à cause des oignons ou du chagrin…

Le silence envahit la cuisine, on n'entendait que l'eau frémir dans la casserole prête à accueillir les bonnes pâtes de Madame Kolnik et l'odeur d'une bonne soupe au poulet chatouillait déjà les narines.

— Alors ce gâteau ? Tu ne m'as toujours pas dit…

Lena se ressaisit et son visage doux afficha un tout petit sourire.

— Oh oui, le gâteau était parfait. Vraiment. Andla a adoré. Merci beaucoup, Madame Kolnik.

— De rien. C'est Madame Winkler qu'il faut remercier. C'est elle qui avait insisté pour qu'on prenne chacune une part pour Noël.

— Mais c'est vous qui l'avez fait, remarqua Lena. Il était vraiment délicieux. Vous savez, à l'époque, Andla faisait aussi de très bons gâteaux ! Mais là… nous n'avons pas trop les moyens. Emilia nous a déposé deux minuscules filets de carpe et un chou… et puis… elle nous a offert une paire de gants, à chacune, ajouta-elle en rougissant.

La cuisinière ne fit aucun commentaire. Connaissant déjà un peu la situation de la jeune femme, elle comprenait donc sa réticence envers sa mère biologique.

— Avec ses pauvres petits filets, il n'y avait même pas d'écailles à ranger dans le porte-monnaie. Je resterai pauvre cette année, continua-t-elle en faisant la moue.

Madame Kolnik ne put s'empêcher de sourire.

— Enfin, poursuivit Lena pour changer un peu de sujet, avec votre gâteau, c'était presque un vrai repas de Noël. Il ne nous manquait que des champignons.

Les deux jours suivants se déroulèrent dans une atmosphère plutôt calme mais le travail à la cuisine s'accéléra considérablement par la suite.

Monsieur et Madame Winkler donnaient une réception pour le soir du réveillon de la Saint Sylvestre et le menu, étant assez élaboré, les deux femmes n'avaient plus de temps pour bavarder. Les tasses et les assiettes empilées sur le buffet, les magnifiques verres à pied, les serviettes et autres objets décoratifs sortaient de partout, prêts à honorer la table du réveillon.

— Tu sembles épuisée ce soir, ma chérie, remarqua Adelheide la veille du 31 décembre en voyant sa petite-fille rentrer tard, les yeux cernés.

— Ah, ne t'inquiète pas, c'est temporaire. Après, ça va se calmer. Tu sais, demain… je risque de rentrer encore plus tard, ils donnent une réception, dit-elle tout bas. Mais toi aussi, t'as l'air fatiguée…

Adelheide lui demanda de s'approcher et la serra dans ses bras. Et il y avait tout dans ce geste affectueux. La jeune femme s'abandonna dans l'odeur légèrement fleuri de sa grand-mère qui la rassurait depuis son enfance.

À chaque fois, en sentant cette odeur qui évoquait tant de souvenirs, elle voyageait dans le temps et dans l'espace. Parée d'amour de sa grand-mère. Elle s'imaginait au château, elle entendait encore sous ses pieds le bruit des feuilles réveillées par le vent quand elle marchait dans le parc. Elle sentait le même vent caresser son visage. Elle sentait les genoux de sa grand-mère, tellement accueillants. Elle adorait s'y installer et écouter des histoires avant que le sommeil vienne la chercher quand elle était encore enfant. Elle sentait ses bisous doux dans son cou dodu de petite fille. Elle revoyait les images de tous ces Noël d'enfance, ainsi que le petit sapin décoré avec différents objets et d'indéterminables guirlandes qu'elle fabriquait en papier. Et, à chaque fois, l'odeur agréable de sa grand-mère était présente. Exactement comme ce soir. Elle se réjouissait de son amour. Qu'elle lui donnait. Pour remplir le manque d'une vraie famille, d'une mère aimante, d'une sœur pour partager des secrets, d'un frère pour se sentir en sécurité. Ce manque était souvent si présent mais intentionnellement enfoui. Très profondément.

Tous ces mots d'amour, ces mots doux et rassurant mélangés aux mots d'encouragement, ces sacrilèges d'une gentille Andla devenant « sorcière imaginaire d'un soir » pour chasser les cauchemars de ses nuits, Lena avait souvent envie de les mettre dans un panier, puis de les enterrer dans un jardin. Avec l'espoir qu'un jour, un magique et exceptionnel arbre pousserait bien à cet endroit. Un arbre à l'ombre duquel, elle n'aurait plus peur de s'endormir. Et qui la protègerait pour toujours.

Le lendemain, elle partit tôt.

Quant à Adelheide, sa journée habituelle de ménage à l'aciérie avait été gentiment raccourcie. Exceptionnellement elle finit à midi. N'ayant plus besoin de retourner à l'usine dans l'après-midi, elle rentra vite à la maison, radieuse.

Pendant la nuit, la neige avait formé des grands chapeaux sur les poubelles dans la cour qu'Adelheide contemplait à présent d'un air mi-amusé, une tasse de thé à la main. C'était beaucoup mieux que cette morosité derrière la fenêtre.

Oh, pouvoir effacer cette grisaille dehors et de son cœur…

En chauffant la pièce, le poêle ronronnait comme un vieux chat, rien d'étonnant qu'elle s'assoupit. Un toc-toc bien dynamique la fit sursauter et, un instant après, Emilia entra d'un pas décidé, en claquant la porte derrière elle. La femme enleva son beau manteau et posa un sac en papier sur la table.

— Il y a des pommes de terre, du pain, du beurre et des cornichons, annonça-t-elle en s'asseyant.

Adelheide la remercia d'un simple hochement de tête. Elle n'aimait pas toute cette mascarade, ces apparitions à l'improviste, ces quelques aliments apportés de temps à autre alors qu'elle connaissait bien les conditions de vie d'Emilia qui n'avait jamais avoué à son mari haut placé qu'elle aidait sa mère et sa fille. Et ça, Adelheide n'arrivait pas à le digérer. Mais c'était sa fille et l'amour qu'elle lui portait était inconditionnel. Ce qui n'était pas le cas d'Emilia. Elle était mère aussi et pourtant elle n'avait jamais serré Lena dans ses bras.

Se sentait-elle coupable ? Les petits cadeaux occasionnels permettaient-ils de calmer sa mauvaise conscience, de se racheter aux yeux de Lena ?

Emilia frotta son menton et regarda sa mère en affichant un air inquiet.

— Je les ai vus hier, de loin. Ça m'a fait quelque chose. Ça fait des années… et d'un seul coup, je les vois. J'ai fait ma petite enquête, ils ont déménagé par ici.

Courbée sur sa chaise, Adelheide dévisagea sa fille.

— Tu parles de qui ?

— Mais tu sais bien. Du couple.

— Ah…, fit sa mère en se redressant. Tu es sûre qu'ils habitent à nouveau dans le coin ?

— Certaine.

— Ça se complique alors ? demanda Adelheide en fermant ses yeux remplis d'angoisse.

— Je n'en sais rien ! Mais il faut faire attention.

— Faire attention ? Et c'est toi qui me le demandes ? Tu t'entends, Emilia ?

Sa fille se leva, enfila son manteau et se traina comme une âme en peine vers la porte.

— Je dois partir. Mais je te dis, il faut faire attention, répéta-t-elle.

En posant sa main sur la poignée, elle se retourna pour adresser à sa mère un bref regard anxieux puis sortit.

Adelheide resta assise un long moment sur sa chaise, le regard perdu dans le vide. Puis elle se leva, alluma la lumière et bougea un peu pour se dégourdir. Eh oui, ses articulations lui faisaient mal, surtout l'hiver. En jetant un coup d'œil au poêle, elle se rendit compte que le feu était éteint depuis un bon moment. Lena devait rentrer tard, elle avait donc assez de temps pour préparer les pommes de terre qu'elles mangeraient avec du beurre et des cornichons. Et puis, elle se réjouit en se rappelant qu'elle avait aussi quelques petits gâteaux aux épices en forme de cœur achetés à la boulangerie.

Pour le soir de la Saint Sylvestre.

Lena travaillait vite et bien en admirant tout ce que Madame Kolnik avait concocté pour le soir. Un menu parfait digne d'un grand chef. La cuisinière accepta de rester pour la soirée afin d'assurer le service. Lena était donc libre de partir mais il fallait qu'elle revienne le Jour de l'An pour nettoyer et ranger la cuisine. Tous ce qu'elle voulait à présent, c'était de retrouver très vite sa grand-mère. Elle salua la cuisinière et avança dans le couloir.

En allumant la lumière elle tomba nez à nez avec le fils Winkler.

Elle recula d'un pas en laissant échapper un petit cri.

— Te voilà, murmura le jeune homme en attrapant le bras de Lena.

— Laissez-moi passer, Monsieur, le supplia Lena en essayant de se dégager.

Elle regarda autour d'elle mais le couloir était tristement vide. À l'instant où le jeune homme allait la plaquer contre le mur, la porte de la cuisine s'ouvrit sur Madame Kolnik et la voix de Madame Winkler retentit en même temps en haut de l'escalier. L'homme desserra le bras de Lena et se volatilisa très vite. Terrifiée, Lena passa ses mains sur son visage, puis posa ses yeux de biche apeurée sur la cuisinière.

— Tu devrais aller voir Monsieur Winkler, mon petit. Tu devrais lui en parler.

Sur ces mots, elle tourna les talons et ferma la porte de la cuisine.

Lena traversa la ville d'un pas rapide. Elle n'avait jamais marché aussi vite. D'habitude elle mettait une vingtaine de minutes mais, ce soir-là, elle battit son record. La rue principale avec ses bâtiments aux carreaux troubles, ses murs sales et ses lanternes aux longs cous, lui paraissait démesurément longue. En arrivant dans la cour de son immeuble, elle s'arrêta net en essayant de reprendre son souffle. Et surtout ses esprits. Il lui était impossible de se montrer à sa grand-mère dans cet état. Elle entra dans la cour.

La neige fraîchement tombée, que personne n'avait pas encore eu le temps de dégager, craquait agréablement sous ses pieds mais Lena aimait cette sensation. Depuis son enfance, elle associait toujours cette magique couverture blanche avec la période des fêtes de fin d'année.

Elle sourit au bonhomme de neige que les enfants avaient dû faire dans l'après-midi et remit son nez-carotte bien en place car il était de travers.

— Tu as un conseil à me donner, toi ?

Elle plongea son regard dans celui du bonhomme blanc mais ses deux morceaux de charbon en guise d'yeux restaient impénétrables, elle leva donc sa tête vers le ciel. Tout en haut de l'immeuble derrière les fenêtres éclairées, des rires et des chants coupaient le silence en résonnant entre les murs de la cour. Ici, la nouvelle année organisait déjà son arrivée dans la joie.

Alors Lena franchit la porte de leur petit nid du rez-de-chaussée, parée d'un grand sourire derrière lequel elle comptait bien dissimuler son mal-être.

— Bonsoir Andla, prépare-toi ! Ce vieillard de 1918 est prêt à céder bientôt sa place au petit jeunot, s'écria-t-elle avec joie. Que va-t-il nous apporter ce 1919 ?

Adelheide se leva de sa chaise et lui ouvrit ses bras. La fenêtre était couverte de buée et le couvercle de la casserole chauffant sur le poêle sursautait joyeusement.

— Oh, je sens l'odeur des pommes de terre, se réjouit-elle en embrassant sa grand-mère.

La jeune femme chassa l'image horrifiant du jeune Winkler et décida de ne plus y penser.

Elle se contenta de défroisser un peu sa robe grise habituelle ce qui devait faire l'affaire pour leur soirée festive et se promit de profiter pleinement de leur petit repas simple mais préparé avec tant d'amour.

Même, quand les arbres n'ont plus de feuilles, quand il n'y a pas de musique, quand un visage n'affiche pas de sourire, il reste toujours un peu d'espoir.

En attente…

Que les feuilles repoussent au printemps.

Que la musique remplisse la pièce un soir.

Que le sourire revienne un jour.

Pourquoi alors est-il toujours plus facile de remarquer des choses qui manquent ? Au lieu de se contenter de ce qu'on a déjà ? Elle… elle avait sa grand-mère. Et son amour infini.

Le lendemain, pour la première fois depuis longtemps, Lena resta au lit jusqu'à neuf heures. Dans la danse matinale des lumières derrière la fenêtre, elle se frotta encore un moment aux restes de ses rêves. Mais dès qu'elle retira sa couverture et mit ses pieds par terre, l'air froid de la chambre la réveilla pour de bon. Avec le bout de la manche de sa chemise de nuit en flanelle délavée elle essuya la vitre embuée pour jeter un coup d'œil à l'extérieur. Le bonhomme de neige gardait toujours son sourire figé, le nez parfaitement droit et le manteau blanc qui couvrait à présent l'éternelle grisaille de la cour donnait une image nettement plus joyeuse que d'habitude.

— Oh, j'ai bien dormi, Andla. Et toi ? Je t'ai entendu tousser un peu…, dit Lena en préparant du thé.

Sa grand-mère restait silencieuse sous sa couette. Lena s'approcha d'elle et lui toucha le front.

— Non, je ne pense pas que tu as de la fièvre mais… tu sais… ta vilaine toux ne me plait pas.

— Oh, ce n'est rien, ma chérie, j'ai dû prendre un peu froid. Ça va passer… Je vais profiter de cette journée libre pour me reposer un peu.

— Je te fais du thé alors. Et je vais te préparer le sirop à base d'oignons. Ah, les oignons, il nous en reste encore un peu, hein ?

Quand Adelheide se leva pour prendre son thé, Lena l'enveloppa d'un plaid et ajouta ensuite du charbon dans le poêle.

— Le sirop… promets-moi d'avaler une grande cuillère dans une heure ou deux. Pas avant, il faut que ça prenne.

Adelheide hocha la tête en accueillant avec précaution entre ses mains la grande tasse chaude.

— Je vais m'habiller maintenant. Je dois aller chez les Winkler pour ranger et nettoyer la cuisine. Mais je ne vais pas rentrer tard, d'accord ? ajouta-t-elle.

La jeune femme partit à contre-cœur. En arrivant sur place, elle constata un impressionnant désordre régnant dans la cuisine, le nettoyage dura alors un peu plus qu'elle n'avait prévue. Rien que nettoyer les beaux verres en cristal lui prit un temps fou. En partant, elle se félicita de ne pas avoir croisé le jeune Winkler dans les couloirs. D'ailleurs, la maison demeurait très calme, pas étonnant après une grande fête de réveillon.

Les premiers jours de la nouvelle année, Lena se contentait de travailler silencieusement et n'osa pas aborder avec la cuisinière la désagréable situation dont elle avait été témoin. Rien que d'y penser, Lena avait des sueurs froides.

Devrait-elle vraiment aller voir Monsieur Winkler et lui en parler ? La croirait-il ? Elle risquait peut-être de perdre son emploi ?

Chaque jour elle priait pour que le jeune maître n'apparaisse pas dans la cuisine et chaque soir quand elle partait, frissonnant de peur et scrutant les alentours, elle remerciait le ciel de ne pas être tombé sur le jeune homme répugnant. Ce travail dans la cuisine, elle ne l'appréciait plus autant qu'au début, et elle n'avait qu'une envie, rentrer chez elle le soir le plus rapidement possible et retrouver sa grand-mère.

La toux d'Adelheide s'était aggravée depuis deux jours, le sirop d'oignons n'ayant eu aucun effet.

Le vendredi soir Lena était censé quitter son poste la dernière. Après avoir enlevé rapidement ses vêtements de travail, elle ferma la porte de la penderie mais n'eut pas le temps d'enfiler son manteau correctement que le jeune Winkler, surgissant de nulle part, la coinça dans l'angle mal éclairé, entre le placard et le mur.

— Oh, ma belle ! Enfin je t'ai eu ! Ça fait un moment que je te guette.

Lena poussa un petit cri mais il lui plaqua violemment sa main brûlante sur la bouche.

— Psst ! Sois sage, souffla-t-il à son oreille avec son haleine infecte empestant l'alcool. Ne crie pas, il n'y a personne de toute façon.

Rien qu'à ces mots, Lena paniqua encore plus et, les yeux écarquillés de peur, essaya de se débattre vigoureusement. En vain. Il la pressa frénétiquement contre le mur et continua de lui parler tout bas en lui caressant la nuque.

— Ah, j'ai oublié… Bonne Année ! Car je n'ai pas eu encore le temps de te la souhaiter, n'est-ce pas ? La 1919 pourrait être bien meilleure pour toi, si tu te laissais faire… comme Albina… avoir un meilleur poste, comme elle…, ajouta-t-il avec une légère note de menace.

La peur dans le regard de la jeune femme l'excita terriblement. Poussé par la perversité de son cerveau dérangé, il souleva sa main plaquée sur la bouche de Lena et se mit à caresser ses lèvres avec son doigt.

C'en était trop pour elle. Ce malade mental n'allait quand même pas abuser d'elle. Ah oui, il le faisait déjà avec Albina. C'est certain. Elle comprenait maintenant pourquoi Albina était si distante avec elle. Par jalousie ? Sans doute. Dégoutée mais déterminée Lena tenta le coup et lui mordit très fort le doigt. L'homme cria et recula d'un pas ce qui suffit à Lena pour se dégager. Elle le poussa de toutes ses forces et se jeta vers la porte, son manteau accroché sur un seul de ses bras. Elle l'entendit pester méchamment dans les couloirs :

— Tu vas me le payer !

La porte claqua, il ne l'avait pas suivi. Elle détala les marches comme une furie et, une fois dans la rue, enfila son manteau tout en courant. Au bout de dix minutes, son corps essoufflé lui demanda de s'arrêter à l'angle de sa rue. Tout d'abord pour se calmer et ensuite pour réfléchir. Que devrait-elle faire au juste ? La scène cauchemardesque qui venait de se passer la laissait sans voix et pourtant elle avait envie d'hurler, de crier sa colère et surtout son grand désespoir, tellement elle se sentait humiliée.

Les jambes en coton et les yeux débordants de larmes, elle arriva chez elle mais le calme inhabituel auquel elle se heurta en franchissant la porte l'effraya. Le souffle coupé, elle mobilisa toutes ses forces pour chasser les idées noires lui traversant l'esprit, alluma la lumière et découvrit sa grand-mère allongée sur le lit. La femme respirait avec beaucoup de difficulté. Lena se pencha sur elle et, en découvrant son visage rouge lui toucha le front. Cette fois, elle en était sure, Adelheide avait de la fièvre. Et pas n'importe quelle fièvre. D'un geste rapide, elle essuya ses yeux, enleva son manteau en le jetant sur la chaise et se précipita vers le lavabo. Une minute plus tard un torchon froid sur son front, Adelheide ouvrit les yeux et sourit faiblement.

— T'as travaillé aujourd'hui toute la journée ? Avec la fièvre ? s'enquit Lena.

— Non, j'ai demandé à partir plus tôt, je toussais trop et…

— Chut, ne dis rien. Il faut aller voir le médecin, annonça Lena fermement.

— Eh… Vendredi soir ? Tu as… tu as vu l'heure ? murmura-t-elle en reprenant conscience et en se noyant presque dans sa respiration bruyante et saccadée.

— Alors, on ira à l'hôpital. C'est tout. Tu peux te lever ?

Adelheide se souleva à peine sur ses coudes et retomba aussitôt sur son oreiller. Lena couvrit son corps frissonnant en ajoutant sur sa couverture un plaid à carreaux un peu usé mais chaud.

— J'irai toute seule, décida-t-elle. Peut-être qu'ils vont trouver un médecin là-bas pour le faire venir ici ? Reste calme, je reviens vite.

Chapitre 3

L'hôpital se trouvait à une quinzaine de minutes de marche. Arrivée dans le hall, elle essuya vivement ses chaussures pleines de neige sur le paillasson et se dirigea droit vers la réceptionniste. Une dame que la jeunesse et la joie avaient abandonnée il y a bien longtemps, vêtue d'un uniforme blanc, se tenait debout derrière un long comptoir, un dossier cartonné à la main. En plaçant ses petites lunettes au bout de son nez, elle regarda Lena par-dessus avec ses petits yeux perçants de souris.

— Bonsoir, j'ai besoin de voir un médecin. C'est urgent, dit-Lena d'une voix tremblante.

— Qu'est-ce qu'il peut y avoir de si urgent ? Vous m'avez l'air en bonne santé, lança la dame en se tournant vers la porte à l'arrière, toujours avec la chemise cartonnée sous le bras. Asseyez-vous dans la salle d'attente.

— S'il vous plaît, Madame, je vous assure que c'est urgent…

Lena ne pouvait que la supplier en tombant en larmes mais la réceptionniste disparut sans se retourner derrière la porte à deux battants. Boum et boum, boum et boum, les portes se balançaient un bon moment mais personne ne semblait se précipiter pour les basculer dans le sens inverse.

Tout à coup, une voix masculine dans son dos la fit sursauter.

— Vous venez ici parce que vous avez mal… ou pour quelqu'un qui a mal ?

Quand elle se retourna et vit un grand homme en blouse blanche qui se penchait gentiment vers elle, Lena retint son sanglot. Mais la voix de l'homme était si mélodieuse et son regard tellement franc qu'elle ne put se retenir plus longtemps et laissa les larmes inonder son visage.

— C'est ma grand-mère, lui expliqua-t-elle, le menton tremblant. Elle est très malade. Elle a beaucoup de fièvre et elle ne se lève plus. S'il vous plait, aidez-moi… je cherche un médecin qui pourrait aller la voir. Ce n'est pas trop loin d'ici, quinze minutes… je vous assure… s'il vous plaît.

— Calmez-vous… calmez-vous. Allez, asseyez-vous. Je vais voir ce que je peux faire.

Tout d'abord, l'infirmier la jugea du regard mais ne put résister longtemps à toute cette détresse qui se lisait dans ses yeux apeurés. Il l'informa alors qu'un des médecins était en train de finir sa garde et qu'il pourrait peut-être le convaincre d'aller voir sa grand-mère si, bien sûr, le médecin n'était pas trop fatigué.

Après que le gentil infirmier se volatilisa dans les couloirs d'une blancheur froide, Lena sortit un mouchoir pour essuyer ses larmes et commença à compter les minutes.

Tout à l'heure, en arrivant à la maison, elle avait eu tellement peur pour la seule femme qu'elle aimait plus que tout, qu'elle avait presque oublié ce que lui avait fait subir ce monstre de jeune Winkler. Insolant, collant, elle le revoyait encore et sentit presque son désagréable souffle sur son cou. Non, ça ne pouvait plus continuer comme ça. Elle irait voir Monsieur Winkler demain. Absolument. D'habitude, le samedi, il était à la maison. Elle quitterait son travail. Point, c'est tout.

Il lui fallut fermer les yeux un instant pour calmer les battements de son cœur de nouveau affolé.

L'immense salle d'attente beaucoup trop éclairée était pratiquement vide hormis deux bonnes femmes âgées qui discutaient tout bas entre elles, un homme d'une trentaine d'années penché sur son livre et un autre plus jeune qui n'arrêtait pas de ronger ses ongles fiévreusement en louchant à droite et à gauche.

Étaient-ils tous malades ou bien attendaient-ils quelqu'un qui était en consultation ?

Son châle qu'elle tortillait dans ses mains devint une grande boule froissée. Elle avait soif. Les minutes qu'elle se mit à compter à nouveau lui paraissaient tellement longues qu'elle avait l'impression de patienter là depuis au moins une heure. Alors, quand elle aperçut enfin la grande silhouette familière au bout du couloir, elle se leva d'un bond, le visage paré d'espoir. Son cœur se mit à cogner dans sa poitrine quand elle vit qu'un deuxième homme en blouse blanche suivait l'infirmier. Il le devançait même en arrivant dans la salle d'attente. Mais quand il s'approcha et s'immobilisa brusquement devant Lena en levant ses sourcils avec étonnement, elle plaqua sa main contre sa bouche.

— Lena ? C'est vous ?

La jeune femme resta bouche bée et, comme elle n'arrêtait pas de cligner nerveusement les yeux, l'infirmier posa sa main sur son bras pour l'encourager à parler mais celle-ci resta figée.

— Allez, n'ayez pas peur, parlez au Dr Winkler de votre grand-mère.

La voiture de Dr Winkler était garée juste devant l'hôpital. Pendant le trajet, entre deux sanglots, Lena avait réussi plus ou moins à expliquer ce qui était arrivé à sa grand-mère.

— Elle n'était pas bien depuis plusieurs jours, elle toussait beaucoup mais s'obstinait à aller travailler. Vous savez… elle fait le ménage dans les bureaux de l'aciérie. Je ne l'ai jamais vue malade, elle n'a que 62 ans.

Dr Winkler la laissa parler en scrutant la route.

— Elle est allée travailler aujourd'hui mais est rentrée plus tôt que d'habitude.

La voiture roulait doucement car la neige avait commencé à tomber à nouveau en scintillant dans la lumière des lampadaires.

— En quittant mon travail ce soir, j'ai couru comme une folle et, quand j'ai vu ma grand-mère dans son lit, si faible, si fiévreuse, j'ai… j'ai eu tellement peur. Et puis en plus… j'étais si bouleversée après cet horrible incident au travail que…

— Un horrible incident au travail ? lui coupa la parole Monsieur Winkler en lui jetant un rapide coup d'œil.

Un silence inquiétant envahit l'habitacle. On n'entendait que les essuie glaces galérer avec la neige qui tombait de plus en plus. Le visage de Lena s'assombrit et celle de l'homme à côté devint pâle.

Au bout d'une minute, elle reprit ses esprits, bien décidée à lui avouer ce qui s'était vraiment passé. Après tout, c'est ce qu'elle avait envisagé… aller lui parler du harcèlement de son fils. Et quitter son travail ensuite.

Juste au moment où elle avait fini son troublant récit, la voiture s'arrêta devant l'immeuble. Une fois le moteur coupé, les essuie-glaces s'allongèrent gentiment sur le côté en laissant les flocons de neige danser sur le pare-brise et s'accumuler petit à petit. En quelques secondes on ne voyait quasiment rien à l'extérieur.

Monsieur Winkler posa ses mains sur le volant en le serrant très fort.

— Merci de m'en avoir parlé, Lena. Je peux comprendre votre douleur comme je comprends aussi votre décision de quitter votre poste. Allons voir à présent votre grand-mère. On en reparlera plus tard.

Sans un mot de plus, ils traversèrent la cour enneigée, le bonhomme blanc affichait cette fois l'air tristounet, un œil en moins et le nez à nouveau de travers.

Il ne fallut pas longtemps au Dr Winkler, après avoir examiné Adelheide, pour constater qu'elle était atteinte d'une pneumonie.

— Je vais l'amener à l'hôpital de suite.

Lena aida sa grand-mère à s'habiller, ramassa ses quelques affaires et, avec Monsieur Winkler, ils l'installèrent dans la voiture.

— Je viens avec vous, annonça-t-elle.

Adelheide fut prise en charge rapidement par l'équipe soignante mais, selon les règles strictes de l'établissement hospitalier, on n'autorisa pas la pauvre Lena morte d'inquiétude à l'accompagner jusqu'à sa chambre.

— Revenez demain, vous en saurez plus, lui suggéra Monsieur Winkler. Et maintenant venez, je vous raccompagne. Il est très tard.

Cette fois, pendant le trajet, Lena ne fut pas trop bavarde et se contenta de plier son mouchoir en deux, en quatre puis en huit. Quand la voiture se gara devant l'immeuble, elle remercia encore une fois le médecin pour ce qu'il avait fait pour sa grand-mère.

— Ne me remerciez pas, Lena. Je vous dois bien ça. Après tout ce qu'il vous a fait, mon fils… Tenez, ajouta-t-il, en sortant quelques billets de son portefeuille. C'est votre dernière paye, vous aurez besoin de cet argent maintenant. Et lundi matin, allez voir le directeur de l'usine pour le prévenir de l'absence de votre grand-mère. Elle risque de rester à l'hôpital un bon moment.

Le samedi matin, Lena traversa à nouveau la cour en posant bien attentivement ses pieds dans les traces assez profondes déjà laissées dans la neige par quelqu'un de plus matinal qu'elle. Ses pas étaient lourds. Chacun de ses mouvements trahissait un douloureux chagrin qui était en train d'envahir tout son corps et toute son âme. Elle avançait comme une marionnette abimée, tirée par un fil invisible, et remarqua vaguement une pelle posée contre le mur. Elle se rendit à l'hôpital en ignorant la grosse couche de neige qui attendait patiemment d'être dégagée.

— L'état de Madame Pawlik est stable, lui confirma sèchement la réceptionniste en consultant ses dossiers. Mais les visites sont autorisées uniquement l'après-midi.

Lena refit alors le même chemin dans l'après-midi et, cette fois, elle put serrer la main de sa grand-mère qui lui parut soudainement très petite dans son grand lit de l'hôpital. D'ailleurs, ses cinq voisines, qui occupaient les autres lits dans la même salle, n'avaient pas l'air beaucoup mieux, toutes ou presque disparues sous leurs draps blancs.

— Oh, ma chérie, que je suis contente de te voir, chuchota sa grand-mère avec un sifflement qui suivait chacun de ses mots.

Lena serra sa main plus fort et lui sourit chaleureusement. Le visage tant aimé de sa grand-mère était d'une telle pâleur qu'on le distinguait à peine de son oreiller blanc.

— Moi aussi. Les médecins vont s'occuper de toi.

— Et mon travail ? Si je suis virée, on n'aura plus où habiter…, continua-t-elle tout bas, très inquiète.

— Ne te soucie pas de ça, Andla. Vraiment… J'irai voir le directeur lundi matin, la rassura Lena en lui caressant sa joue.

Elle resta un moment avec la femme qu'elle chérissait plus que tout et quitta sa chambre avec regret quand l'infirmière annonça d'un ton brusque la fin des visites.

Le dimanche après-midi, la jeune femme retrouva Adelheide endormie et n'eut pas le cœur de la réveiller. Elle l'observa longuement en se demandant à quel moment et surtout comment allait-elle lui expliquer qu'elle ne travaillait plus chez les Winkler.

À présent elle rentrait chez elle d'un pas lent, la tête baissée, telle un zombie, telle une âme errante sans un but précis.

Pourquoi rentrer dans cet appartement si froid, si vide ? Sans Andla à ses côtés, rien n'avait de sens. Lena n'avait jamais été séparée d'elle auparavant.

Le tram passa à côté avec son bruit habituel, les enfants jouaient avec les boules de neige en courant, un marchand cria, une dame rit, une voiture roula en laissant s'échapper une vague de fumée et elle… elle continua à marcher sans s'en rendre compte que ses pas l'amenaient en direction de l'église. Elle s'arrêta juste devant et leva la tête quand elle entendit les cloches sonner. Un signe ? « Je ne suis pas allée à la messe ce matin… Oh, je ne suis même pas allée à l'église depuis la messe de Noël. Eh oui, préoccupée comme je suis par la maladie d'Andla et tout le reste… » songea-t-elle en montant les marches, le cœur lourd.

L'église demeurait patiemment dans la pénombre et le silence, qu'elle enfermait précieusement entre ses murs épais, semblait même trop envahissant. Une légère odeur d'encens y flottait encore.

Une femme à genoux devant l'autel tournait entre ses doigts un chapelet, un léger murmure aux lèvres.

Une autre, assise au premier rang, cachait son visage entre ses mains. Priait-t-elle ou s'échappait-elle de la dure réalité de son quotidien ?

Alors sans faire trop de bruit, Lena se dirigea à droite de l'autel vers l'endroit où de longues bougies blanches se consommaient silencieusement dans une mission qu'on leur confiait douloureusement. Elle en alluma une en pensant très fort à sa grand-mère, resta agenouillée un bon moment, puis quitta l'église, plus au moins apaisée.

Se retrouvant à nouveau dans le vacarme de la rue, elle croisa une femme très élégamment habillée et évidemment cela lui fit de suite penser à Emilia.

Devrait-elle la prévenir de l'état de santé préoccupant d'Adelheide ? De son hospitalisation ? Sans doute. Mais la seule idée d'aller sonner à la porte de sa somptueuse maison la mit tout de suite mal à l'aise.

En arrivant chez elle, elle alla directement dans sa chambre et se jeta sur le lit.

Sans allumer la lumière, sans manger, en oubliant le poêle pour réchauffer les quatre murs de leur petit nid humide, elle s'enveloppa dans la couverture qui sentait si bon sa grand-mère. Avait-elle froid ou avait-elle juste besoin de chaleur ? Elle s'endormit immédiatement.

Le lundi matin, elle se leva très tôt en laissant le poids de ses cauchemars et de ses peines sous l'oreiller, traversa la cour déneigée et se précipita pour prendre le tram afin d'aller voir le directeur de l'aciérie.

L'homme qu'elle avait déjà rencontré avec Adelheide en arrivant à Königshütte l'invita à s'assoir dans son beau bureau. Grand et lumineux. On n'aurait jamais pu deviner qu'il s'agissait d'un bureau au sein d'une aciérie.

— C'est triste, Mademoiselle, c'est vraiment triste, constata-t-il d'un air navré, en faisant tourner son stylo entre ses doigts. Je comprends et je lui souhaite de guérir vite. Mais pendant qu'elle reste à l'hôpital… je n'ai personne pour la remplacer.

— Moi, s'écria Lena en se levant. Moi, je peux la remplacer.

Le directeur la toisa de son regard un instant et détecta dans ses yeux verts une telle détermination qu'il ne lui restait qu'à lui proposer ce poste.

— Vous ne travaillez nulle part ?

— Non.

— Êtes-vous alors disponible de suite ?

— Oui, opina du chef Lena.

Du jour au lendemain, tout changea pour Lena.

Pour se rendre à son travail elle adorait prendre ce tram qui traversait la ville avec un glin-glin en se brinquebalant dangereusement sur les virages et qui avalait et crachait des gens différents à chaque arrêt.

Peu importe, les ouvriers, les employés ou les marchands, les jeunes ou les âgés, bien ou mal habillés, ils étaient tous pareils. Tous, des gens pressés et coincés dans le même tram avec le même but, arriver au travail à l'heure. Tous luttant contre le froid en reniflant et essuyant des stalactites qui se formaient régulièrement sous leurs nez.

Le ménage à l'usine commençait très tôt le matin et se terminait en milieu d'après-midi ce qui lui permettait d'aller voir Adelheide à l'hôpital tous les jours pendant les temps de visites autorisées.

Elle confirma à sa grand-mère avoir prévenu la direction de son absence mais ne jugea pas utile pour l'instant de lui en dire plus. Ni de son remplacement, ni de l'affaire Winkler. Elle se promit de lui en parler plus tard. Quand ? Une fois qu'elle serait guérie… ?

Lors d'une de ses visites, elle remarqua des pommes sur le chevet de sa grand-mère. « Emilia est donc passée. J'ai bien fait de la prévenir alors », se réjouit-elle malgré tout.

Ses journées étaient denses et passaient avec une vitesse incroyable et, à vrai dire, elles se ressemblaient presque toutes. Entre son nouvel emploi et les visites quotidiennes à l'hôpital, elle n'avait plus le temps de penser à son humiliante histoire avec le fils Winkler. Elle voulait fermer ce chapitre répugnant le plus rapidement possible et, même si la honte et la colère ne faisaient que s'en aller et revenir constamment, elle se promit d'être forte et ne pas se laisser abattre. Quant au père de cet ordure, elle eut l'occasion de le croiser deux ou trois fois dans les couloirs en allant voir Adelheide. Lors de chacune de leur rencontre, il se montra très optimiste concernant l'état de santé de sa grand-mère.

— Elle se rétablit vite. C'est une femme forte et déterminée. Croyez-moi, Lena.

L'hiver cette année-là fut rigoureux et glacial. Lena appréciait son cadeau de Noël, les gants la protégeait bien du froid car la température pendant la journée variait de moins quinze à moins vingt-cinq degrés. D'ailleurs, Emilia lui procura un nouveau bon pour le charbon.

— Prends-le et ne me remercie pas, lui dit-elle d'un ton sec, je me suis débrouillée pour que tu puisses chauffer cette pièce.

Dès qu'Emilia fut partie, Lena se demanda à haute voix :
« Pourquoi les contacts avec elle sont-ils toujours tellement
compliqués ? Elle ne nous aime pas, elle nous aide uniquement
parce qu'elle a des remords. »

Pourtant en réalisant qu'avec un seul petit salaire, les
assiettes de sa fille paraissaient moins bien garnies, Emilia lui
déposa aussi deux ou trois fois un peu de nourriture.

Sans oublier des petits pots de compote déposés sur le
chevet d'Adelheide.

À la fin du mois de janvier, en allant au travail, Lena
remarqua régulièrement des ouvriers de l'usine qui discutaient
vivement rassemblés en petits groupes devant l'entrée de
l'aciérie. Elle entendit vaguement parler de grèves mais ne
comprenait pas tout. Pourquoi faire des grèves ?

Un de ses voisins dans son immeuble lui avait expliqué ce
que faisait la propagande allemande à l'étranger.

— Ma pauvre Lena, si tu penses que le retour pur et simple
de toute la Haute-Silésie à la Pologne est pour bientôt, alors là,
sache que ce n'est absolument pas sûr.

La situation devenait assez inquiétante.

Puis un jour, par une de ces belles matinées enneigées,
parmi tous ces employés regroupés habituellement devant le
portail, elle le vit.

Emmitouflé dans un manteau gris foncé, un béret bien
enfoncé sur la tête, les mains dans ses poches pour les garder
bien au chaud. C'était bien lui.

L'homme qui occupait souvent ses pensées le soir, avant que
le sommeil n'attrape son corps fatigué.

L'homme du camion.

L'homme qu'elle ne pensait plus revoir.

L'homme qu'elle ne connaissait pas.

L'homme qu'elle avait envie de connaître.

Georg.

Les yeux fixés sur son visage, il se dirigeait vers elle dans les dernières lumières des réverbères qui éclairaient la cour emprisonnée encore par la pénombre et qui laisserait bientôt place au brouillard matinal. Il avançait d'un pas lent et hésitant, comme s'il avait peur qu'elle disparaisse, qu'elle s'évapore dans la nature. Et maintenant il se tenait là, devant elle. Visiblement, employé aussi à l'aciérie.

Lena blêmit, mordilla ses lèvres et dégagea son écharpe qui lui cachait la moitié du visage. Tout en regardant Georg, elle enleva lentement un de ses gants pour repousser une mèche devant ses yeux.

— C'est bien toi ? lui demanda-t-il d'une voix bizarrement tendue en plantant son regard dans le sien.

Les yeux flamboyants, elle hocha la tête et puis la pencha sur le côté.

— Je ne connais même pas ton prénom…

— Lena…, répondit-elle d'une voix blanche mais tout son être intérieur jubilait.

Le monde autour d'elle n'existait plus. Les voix des ouvriers disparaissaient comme un écho tandis que le ciel matinal prenait sa place en laissant la pénombre se dissiper peu à peu.

Lena quitta ce décor. Sa joie la transporta ailleurs. Dans un nouveau monde, dans un monde à part, plein de promesses.

Elle laissa vivre son émotion en paix sans qu'elle ne l'affiche trop sur son visage.

Mais cette fois, elle ne baissa pas son regard

Chapitre 9

— Paula, tu as vu Anna ce matin ? demanda Oskar à sa femme dès qu'il la vit émerger de l'arrière-boutique.

Dos au comptoir, il était en train de ranger les boites d'allumettes sur l'étagère murale.

— Elle est partie chercher du pain.

Le magasin était encore fermé, Paula posa son seau rempli d'eau, s'étira un peu car, avec l'âge, le dos commençait à lui faire un peu mal, puis elle essora la serpillère et la positionna autour du balai.

Prête pour nettoyer le sol avant l'ouverture.

Elle s'adonnait tous les matins avec ferveur à cette activité pas trop réjouissante mais il fallait bien le faire, la boutique devait être impeccable s'ils voulaient garder leurs clients.

Son mari veillait avec beaucoup de sérieux à ce que leur magasin soit bien approvisionné. Les articles de tout genre se côtoyaient serrés sur les étagères en se disputant la meilleure place. Entre les produits alimentaires, les produits de nettoyage, les articles de la quincaillerie et tant d'autres, tous proposés à des prix vraiment très intéressants, les clients avaient le choix et revenaient régulièrement pour faire leurs petites courses.

Oskar savait comme personne servir les gens tout en bavardant et, sans oublier pour autant de placer ses petites blagues de temps en temps.

Le commerce, Oskar avait ça dans le sang depuis toujours.

Leur boutique était un peu excentrée alors il fallait soigner les clients surtout que la situation économique de ces premiers mois après la guerre était loin d'être satisfaisante.

— Tu as vu, ma Paula, annonça-t-il à sa femme en feuilletant le journal, ils parlent ce matin de ces manifestations ouvrières et de la grève, ici, à Königshütte. Une douzaine de personnes ont été tuées par des balles allemandes. Ils prévoient même d'instaurer l'état de siège dans de nombreuses villes de la région.

Paula essora la serpillère de nouveau et hocha la tête.

— Bah, j'ai toujours dit que la Haute-Silésie devait revenir à la Pologne. Tout de suite. Après la guerre. Point. On n'aurait pas eu besoin de faire des grèves.

— Mais voyons, la guerre n'est pas tout à fait finie ! s'exclama-t-il. Ce n'est pas si simple que ça. Tu vois bien que les Polonais qui vivent toujours en Allemagne ne veulent pas attendre les traités de paix et se soulèvent.

Pendant que son mari frottait nerveusement son crâne dégarni, Paula resta silencieuse. Elle remit la mèche lisse et indisciplinée qui s'échappait sans cesse de son chignon grisonnant et continua à laver le sol.

— Ils parlent de la publication d'un ordre spécial déclarant « comme haute trahison toute activité visant à l'annexation de la Haute-Silésie à la Pologne », cita Oskar.

Énervé, il ferma son journal, le jeta sur le comptoir et alla lever le rideau de fer. Il inspecta un instant la devanture de son magasin, fier de la grande plaque colorée invitant joyeusement les clients à entrer dans son épicerie.

Il regarda ensuite son profil dans la vitrine, content de son allure soignée malgré les quelques kilos en trop. En arrivant à la soixantaine, il ne se trouvait quand même pas trop mal.

— En fait, il ne faut pas qu'Anna traine trop. Je te dis, les temps sont difficiles. On ne sait jamais… alors il vaut mieux être prudent, lança-t-il en fermant la porte et alla vérifier les rayons en claudiquant un peu.

— Anna est une fille raisonnable et ne traine pas n'importe où et avec n'importe qui. Sa nouvelle amie est une jeune femme adorable et ses parents ont une belle position.

Deux minutes après, la jeune Anna Sobota apparut sur le seuil de la boutique, une miche de pain bien chaud dans son petit panier. Rayonnante dans son beau manteau vert qui allait tellement bien avec la couleur de ses yeux, elle posa le panier sur le comptoir.

— Il y avait une très longue queue ce matin, deux personnes après moi n'ont pas eu de pain. J'ai eu de la chance. Laura, elle a eu son pain aussi.

Sa mère ramassa le panier et lui demanda de la suivre.

— Viens, on va manger un morceau. Enlève ton manteau. On va monter d'abord et après tu vas aider un peu ton père à la boutique car moi, j'ai le ménage à faire dans l'appartement.

Anna opina du chef et suivit sa mère en penchant bien sa tête dans la cage d'escalier. Vu sa grande taille, elle risquait d'arriver à l'étage avec une bosse sur le front si elle ne faisait pas attention.

L'appartement que leur famille occupait se situait au-dessus du magasin. Un grand trois pièces pour les trois personnes. Anna avait donc sa chambre pour elle toute seule.

Elle jeta son manteau sur le lit au moment où sa mère apparut derrière elle.

— Anna, pourtant il y a un porte manteau…

— Oui, maman, j'allais le faire.

— Franchement, tu devrais ranger un peu tout ce bazar, ajouta sa mère en balayant du regard la pièce remplie de livres, posés un peu partout.

Anna était passionnée de lecture, elle avait fini son école primaire avec de très bonnes notes et aurait bien aimé poursuivre ses études mais la guerre l'en empêcha. À présent, elle aidait ses parents à tenir la boutique mais rêvait de pouvoir s'inscrire à des cours. Quels qu'ils soient. Elle en discutait souvent avec Laura, sa nouvelle et meilleure amie, qui se préparait à suivre une formation pour devenir infirmière. Mais Anna craignait que ses parents ne lui permettent jamais de faire pareil. Ils avaient besoin d'elle dans la boutique et, comme par hasard, son père déclarait souvent que les femmes devaient se contenter de leur éducation primaire.

Au début de leur connaissance, Anna était persuadée que Laura avait 20 ans, comme elle. Mais son amie avait 5 ans de plus, elle se réjouissait d'avoir déjà un fiancé et, aux dernières nouvelles, elle allait se marier. Et… son futur mari, qu'elle avait rencontré à la fin de la guerre en faisant du bénévolat à l'hôpital, n'avait rien contre le fait qu'elle suive des cours. Ce qui était extraordinaire et plutôt rare. Oh, si seulement elle aussi pouvait rencontrer quelqu'un comme lui.

— Donc tu as croisé Laura à la boulangerie ? demanda sa mère en prenant le manteau pour l'accrocher.

— Oui, répondit-elle en réfléchissant en même temps comment aborder le sujet que Laura lui avait confié le matin même.

Quand son amie lui demanda d'être sa demoiselle d'honneur, immédiatement cet horrible ciel gris d'hiver se vêtit d'un arc en ciel de toutes les couleurs. Anna était tout simplement aux anges.

Une chose pareille n'arrivait pas tous les jours !

Et maintenant, il fallait l'annoncer à sa mère.

Surtout pour la robe. Elle avait besoin d'une belle robe et il n'y avait qu'une seule personne au monde qui pouvait la confectionner et la satisfaire. Sa mère. Elle savait coudre comme personne d'autre.

— Maman, Laura Lis va se marier.

Paula s'arrêta au milieu de la chambre. Elle tourna vers sa fille son visage qui restait beau malgré les simples soucis de la vie qui l'avaient marquée en laissant des cernes sous les yeux et quelques rides autour de la bouche.

— J'espère qu'elle n'est pas obligée…

— Non, non, maman, ce n'est pas ce que tu penses. Il lui a demandé sa main il y a un moment déjà et… finalement, il y a quelques jours, ils ont fixé une date. Le mariage aura lieu en septembre.

— Dis-donc ! Ça, c'est une nouvelle…

Anna hésita un peu avant de poursuivre. Elle tourna sa tête vers la fenêtre comme pour se donner du courage. Quand elle aperçut un moineau en train de picorer sur le parapet des miettes du pain sec qu'elle lui avait laissées ce matin, elle sourit et lança sa phrase d'un coup.

— Maman, elle m'a demandé d'être sa demoiselle d'honneur.

Sa mère ne dit rien mais la regarda en plissant ses yeux. Une ride de lion apparut entre ses sourcils. Puis elle cligna des yeux et les leva au ciel.

— Et je suppose que je dois te faire une robe.

Anna hocha la tête en trépignant sur place.

Comme une petite fille gâtée qui pourrait faire n'importe quoi pour obtenir ce qu'elle voulait, elle se mit à sautiller en suppliant sa mère.

— Dis oui, s'il te plaît, maman, s'il te plaît.

Sa mère admira la jolie silhouette de sa fille, si proportionnée, si gracieuse, elle caressa ses jolis cheveux châtain clair, effleura avec sa main son visage rayonnant et sourit.

— Oui. C'est oui. Je te ferai ta robe et tu seras la plus belle demoiselle d'honneur.

La gorge serrée, Anna se jeta au cou de sa mère qui ne lui refusait jamais rien.

Depuis qu'Anna s'en souvenait, sa mère n'avait d'yeux que pour elle, elle ne la réprimandait que rarement, ce rôle étant plutôt destiné au père. Quoi que... son père aussi se laissait manipuler souvent par sa fille. Mais Anna ne manquait jamais de respect à ses parents. Elle vivait dans un cocon, la seule chose qu'elle regrettait, c'était d'être fille unique. Bien sûr, elle ne l'avait jamais reproché, ni à sa mère, ni à son père. Ses parents l'avaient eu tard, sa mère avait déjà presque 40 ans à l'époque.

Elle aurait tellement aimé pouvoir partager ses secrets avec une sœur ou un frère, avoir même une grande fratrie. Ce désir était si fort au point de la hanter par des visions inexplicables pendant son sommeil.

Afin de pouvoir combler ce vide intense, elle s'enfermait dans les livres, elle se créait des amis imaginaires avec lesquels elle faisait le tour du monde, elle leur écrivait des poèmes, elle leur confiait ses rêves. Vu que ses camarades de classe ne la comprenaient pas vraiment et la tenaient souvent à l'écart, elle avait du mal à trouver son âme sœur.

Mais avec Laura c'était différent, depuis qu'elle la connaissait, elle revivait, elle s'ouvrait comme une belle fleur au soleil.

Elle était enfin épanouie.

Les jours suivants, Anna et Laura se retrouvèrent comme d'habitude devant la boulangerie. Un peu éloignée, mais paraissait-il, la meilleure de la ville. Le pain et les pâtisseries y était tellement bons que la queue se faisait vraiment longue et, souvent, tous les amateurs de ce fameux pain n'avaient pas la chance d'en avoir. Il fallait venir tôt.

Avec leurs jolis manteaux, vert foncé pour Anna et vert plus clair pour Laura qui adorait aussi cette couleur, en piétinant sur place pour se réchauffer, les deux amies profitaient de ce moment pour discuter de tout et de rien. Radieuses comme jamais en parlant de mariage. Mais soucieuses aussi. Surtout quand Laura évoquait ses discussions avec son fiancé sur la situation compliquée d'après-guerre.

La question sur les frontières qui devenait assez complexe en Haute-Silésie était la préoccupation majeure de tous, provoquant beaucoup de tensions.

Walter Saks était un chirurgien très apprécié au sein de l'hôpital de la ville. Anna avait eu l'occasion de le croiser régulièrement avec Laura mais, jamais, elle n'avait pu échanger avec lui plus que quelques mots de politesse.

De taille moyenne, sa silhouette sportive et élégante à la fois se mariait parfaitement avec celle de Laura, petite et un peu rondelette. Il était bel homme et Anna le trouvait plutôt jeune pour son âge, son visage illuminé sûrement par ce resplendissant bonheur féminin aux yeux rieurs qui s'accrochait à son bras et lui souriait sans cesse. Laura était éperdument amoureuse de lui et s'en fichait complètement de leur différence d'âge.

— Si tu savais comment il est doux et attentionné… Mais ce qui me séduit le plus chez lui, c'est son intelligence, se confia-t-elle à Anna un jour.

— Il a quand même 35 ans… alors ça ne dérange pas tes parents ?

— Pas du tout. Maman et papa l'adorent. Et moi, je préfère avoir à mes côtés un homme mature, responsable et sérieux…

Elle fixa Anna avec cette lumière exceptionnelle dans les yeux, celle que seul l'amour pouvait provoquer.

— J'ai craqué tout de suite, continua-t-elle, le jour-même de son arrivée à l'hôpital. À la fin de la guerre, on avait tant besoin de chirurgiens, même si évidemment au front, il avait sa place aussi.

Le dimanche suivant, Laura invita Anna chez elle à prendre un thé et, par la même occasion, parler de toutes les préparations pour son mariage. Même si la date était encore bien lointaine. Évidemment, Anna savait que son amie était perfectionniste et avait constamment besoin de gérer chaque détail.

Walter Saks était présent également, toujours aussi élégant au point qu'Anna avait du mal à se l'imaginer vêtu d'une blouse blanche, penché sur une table d'opération.

À un moment donné, la discussion porta sur le sujet qui touchait tout le monde en cette fin du mois de janvier.

— Que va-t-elle devenir notre chère Haute-Silésie ? Redeviendra-t-elle polonaise ? demanda le père de Laura en croisant ses jambes.

— Les temps sont durs mais ne perdons pas l'espoir. Les Silésiens sont forts, répondit Walter.

— Vous êtes bien optimiste, Dr Saks, enchaina la mère de Laura. Mais évidemment, je comprends. C'est bien ce trait de caractère qui vous permet sans doute de traiter les cas si souvent désespérés. D'ailleurs, nous vous félicitons pour la dernière opération. Laura nous en a parlé. Vous avez sauvé la vie d'un tout petit…

— Oh... Merci Madame Lis. Vous êtes bien aimable. J'avoue que j'ai toujours été optimiste et je me dois de rester optimiste.

Il regarda Laura un instant, elle qui demeurait bien silencieuse, pelotonnée dans son fauteuil douillet, ajusta les pans de son blazer décontracté et poursuivit.

— Mais revenons à votre question Monsieur Lis, l'histoire s'est amèrement moquée de la génération des Hauts-Silésiens au travers des siècles. Le destin les avait obligés à vivre successivement dans plusieurs pays sans pourtant quitter leur domicile. Parfois, il était quand même difficile de suivre ces changements… en ce qui concerne la langue, la citoyenneté, accordée ou révoquée, les noms officiels des villes et villages à proximité immédiate, ou encore les obligations scolaires de germanisation ou de polonisation. Ça nous concerne aussi aujourd'hui. Alors nous devons prendre l'exemple de nos ancêtres et justement rester optimiste. La Haute-Silésie redeviendra polonaise. J'y crois très fort.

Les chaussures noires bien cirées de Monsieur Lis se décroisèrent pour se recroiser dans l'autre sens.

— On y arrivera. La Haute-Silésie redeviendra polonaise, affirma -t-il.

Laura, très élégante dans sa robe beige, ne quittait pas Walter des yeux tout en buvant ses paroles et jouant en même temps avec son épaisse natte dorée aux jolis reflets roux qu'elle ramena devant, sur son épaule droite. Anna jeta un rapide coup d'œil à son amie et, en remarquant des petites étincelles de bonheur danser dans ses yeux noisette, un vague sentiment de jalousie la saisit instantanément. Elle sourit tristement, déglutit et ses mains se crispèrent. Trouverait-elle seulement un jour, comme Laura, quelqu'un de si beau et de si cultivé pour l'aimer ? Quelqu'un qui s'exprimerait avec aisance, qui aurait un physique agréable et des yeux vifs et intelligents ?

La guerre lui avait pris déjà une partie de sa jeunesse mais elle avait des rêves et n'avait aucune envie d'y renoncer.

— Anna, servez-vous du thé et goutez-moi ce strudel aux pommes, lui proposa la mère de Laura.

— Merci, Madame Lis.

Elle saisit avec beaucoup de précaution la précieuse tasse en porcelaine de Dresde et la garda longtemps dans sa main en contemplant le beau service à thé posée sur la table basse.

Tout était joli chez les Lis. Les rideaux lourds en velours, le mobilier ancien, les tapis…

Gentiment, elle rendit son sourire à la mère de Laura qui semblait être coincée dans son fauteuil. Anna se demanda comment elle s'en extirperait, vu sa corpulence qu'elle cachait parfaitement sous son élégante robe noire ornée de petites perles mais chassa rapidement ses idées farfelues.

Madame Lis était une femme d'une gentillesse extraordinaire. Laura lui ressemblait tant, le même visage, la même couleur de cheveux.

Son mari, un avocat renommé, avait l'air un peu plus sévère, surtout avec sa moustache. Mais vu son métier, son comportement paraissait cohérent à Anna. Il réajustait sans cesse ses épaisses lunettes grâce auxquelles, comme Laura lui avait confié un jour, son père avait échappé à l'uniforme allemand.

Anna Sobota se sentait très à l'aise dans la vaste maison de son amie.

L'espace d'un instant, elle repensa à son chez elle au-dessus de la boutique, d'ailleurs joliment décoré aussi.

94

Sa famille n'avait peut-être pas les mêmes moyens que celle de son amie mais cela n'avait pas empêché Laura de se lier d'amitié avec elle.

Dans quelques mois, Anna allait assister au magnifique mariage d'un beau médecin renommé avec la jolie fille d'un avocat connu, que tous les curieux de Königshütte viendraient forcement voir devant l'église.

Et qui sait ?

Parmi tous ces invités qui allaient assister à la grande fête dans la salle de la mairie, elle trouverait peut-être son prince charmant ?

Car, pour l'instant, il n'y avait que l'heureuse petite rousse qui l'avait trouvé.

Quant à la grande blonde rêveuse, elle restait toujours en attente d'être réveillée à temps.

En rentrant à la maison, Anna enleva sa jolie robe en maille à col brodé qu'elle avait mise pour l'occasion.

Elle la rangea précieusement dans le placard et décida de laisser derrière elle toute cette tension contagieuse dans laquelle baignait la ville, les habitants soucieux, les ouvriers des aciéries et des mines avec leurs grèves ainsi que le froid qui régnait encore dehors.

Elle balaya tout ça pour se blottir contre son oreiller dans la chaleur de son foyer aimant.

Derrière la fenêtre, la lune lui tendait son visage clair et mystérieux. Telle une petite lampe, la belle lune éclaira tous les coins noirs de son âme perturbée.

« Les rêves existent pour être réalisés, se dit-t-elle » en s'immergeant dans un sommeil profond.

Chapitre 10

Le troisième mois de l'année arriva très vite avec les crocus et les perce-neige sur le petit bout de pelouse naissante au milieu de la triste cour de l'immeuble de Lena.

Depuis qu'elle avait rencontré Georg devant l'usine, elle flottait, elle s'envolait avec une vitesse incroyable, puis restait suspendue. En apesanteur. Et dès qu'elle touchait terre à nouveau, elle souriait à tout le monde dans la rue. Elle ne dormait plus.

Heureuse.

Peut-être même plus qu'heureuse ?

Existait-il seulement un mot pour décrire son état euphorique ? Lena n'avait jamais senti une telle joie en présence d'un homme. D'ailleurs elle n'en connaissait pas beaucoup. À part le dégoutant fils Winkler qui voulait profiter d'elle, Lena n'avait aucune expérience en la matière.

Mais Georg n'était pas comme lui. Elle le trouvait si attentionné et si agréable en conversation, il savait la faire rire, la rassurer et surtout était toujours à l'écoute. Non, elle ne pouvait pas se tromper à son sujet. Elle n'hésita donc pas à lui parler de son enfance, privée des câlins d'une mère, de ses quatre années de travail au château, de l'amour inconditionnel de sa grand-mère et de sa maladie. Mais n'avait jamais évoqué le harcèlement du jeune Winkler pour ne pas lui donner une mauvaise image d'elle. Lena avait tellement honte.

Peut-être un jour… lui expliquerait-elle ce qui s'était vraiment passé ? Mais pas maintenant. Il était trop tôt, ils se connaissaient depuis trop peu.

Le beau Georg lui raconta sa famille et son travail mais ne s'attarda pas beaucoup sur sa vie de soldat. Dévoiler les horreurs de la guerre alors qu'il voulait plutôt les oublier, ça lui était impossible. Elle le comprenait parfaitement.

— Je t'ai cherché partout, Lena. Je ne sais même pas combien de kilomètres j'ai fait à traverser cette ville… Introuvable, ma jolie inconnue que je connais un peu à présent, lui dit-il lors de leur premier rendez-vous en embrassant du regard son visage.

— J'ai pensé à toi souvent, moi aussi, répondit-elle en sentant ses joues en feu.

— Tu crois au destin ?

— Je n'y ai jamais vraiment réfléchi, dit-elle tout bas. En tout cas, s'il nous a permis de nous retrouver, ça veut dire qu'il existe… Je me demande quel sort il va nous réserver…

Ils se voyaient toujours à l'extérieur, en principe le dimanche après la messe, et arpentaient leur ville natale en riant. Tous les après-midis du septième jour de la semaine leur appartenaient.

Pour mieux se connaître.

Pour s'apprivoiser.

Petit à petit.

Lena ne l'avait jamais invité chez elle.

Lui, non plus, ne l'avait pas présentée à sa famille.

Et un jour… alors qu'elle n'avait pas envie de se lever aux aurores pour affronter la météo maussade, Lena Pawlik reçut une vraie proposition de travail.

Fini le remplacement.

Elle travaillait bien et, grâce à son esprit vif et sa gentillesse innée, le personnel l'appréciait beaucoup.

Le directeur savait qu'un simple poste de femme de ménage ne correspondait pas tout à fait à cette jeune personne au visage doux et aux yeux intelligents et qu'elle méritait mieux que de se promener dans les couloirs avec un seau et une serpillière.

Mais des postes pour les femmes, ils n'y en avaient pas tant que ça. Déjà, pendant la guerre, c'étaient bien elles qui remplaçaient les hommes partis au front pour garder ensuite leurs places quand leurs maris ne revenaient pas. Tout ce petit monde féminin avait besoin de travailler plus que jamais. Pour nourrir les familles.

Alors quand le directeur apprit que l'ambitieuse Lena avait déjà un peu d'expérience en tant qu'aide-cuisinière, il décida de lui proposer un travail plus valorisant et mieux rémunéré.

N'ayant pas la moindre idée de quoi il pouvait s'agir, Lena appréhendait un peu cette convocation à aller le voir dans son cabinet. « Pourvu qu'il ne me licencie pas », pensa-t-elle en attendant son entretien.

— Lena, j'apprécie beaucoup la façon dont vous travaillez. Un poste se libère dans un mois, dans les cuisines de l'usine. Ça vous intéresse ?

Le visage rouge d'émotion et les yeux exorbités, elle réussit juste à remuer la tête de haut en bas.

Toute l'équipe valida sans faute sa promotion imminente. Avec un salaire plus élevé, Lena pourrait subvenir aux exigences de la vie quotidienne pour elle et sa grand-mère, sans aucun problème. Plus besoin d'Emilia avec ses pauvres quatre pommes de terre et son chou parfois à moitié pourri.

Adelheide ne travaillerait plus.

Un beau jour ensoleillé mais encore un peu menacé par le froid et quelques giboulées, Georg demanda une journée de libre au travail et accompagna Lena à l'hôpital afin de l'aider à ramener sa grand-mère chez elle.

C'était indéniablement un jour merveilleux car Adelheide se sentait enfin assez bien pour regagner son domicile. La femme avait vraiment hâte de quitter son lit dans la salle blanche aseptisée pour récupérer celui qu'elle partageait avec Lena.

— Guérie, elle est guérie, elle peut rentrer chez elle, confirma Dr Winkler. C'était long mais elle s'est bien battue, la pneumonie était sévère et je ne vous cache pas aujourd'hui que les pronostics étaient…

Il ne termina pas sa phrase en voyant le visage décomposé de Lena.

— Mais bon, je vous l'ai déjà dit, c'est une brave femme. Forte. Elle vivra encore longtemps. Avez-vous besoin d'aide pour la ramener à la maison ?

— Non, non, merci. Il y a quelqu'un qui va m'aider.

En sortant, Lena tourna la tête pour saluer d'un geste de la main Dr Winkler qui se tenait toujours à l'accueil à regarder Lena et Georg soutenir Adelheide pour descendre les marches. Elle lui sourit et, en même temps, crut apercevoir au loin dans le couloir la grande silhouette de l'infirmier. Spontanément, elle leva sa main mais l'homme ne l'avait pas vu ou bien il fit semblant de ne pas la voir. Elle trouva ça bizarre car d'habitude il la saluait chaleureusement.

C'était donc ce jour-là que Lena présenta son Georg pour la première fois à sa grand-mère.

Elle lui en avait déjà parlé maintes fois, toujours avec ferveur, toujours les yeux rêveurs. Adelheide avait hâte de rencontrer ce jeune homme qui avait ensorcelé sa petite-fille mais, à vrai dire, appréhendait ce moment. Un peu. Pourtant sans aucune raison car Georg lui fit bonne impression, restant très poli, quoiqu'un peu trop réservé. Gêné peut-être ? Intimidé ? Il ne s'attarda pas non plus dans leur appartement laissant les deux femmes se retrouver au sein de leur minuscule foyer.

Une fois Georg parti, Adelheide s'allongea sur le lit.

— C'est petit chez nous mais qu'est-ce que je suis bien ! C'est chez nous. Viens m'embrasser mon ange, demanda-t-elle à sa petite-fille adorée en ouvrant grand les bras.

Lena retrouva la chaleur de son enfance en posant sa tête contre la poitrine de sa grand-mère et ferma les yeux pour empêcher ses larmes de bonheur inonder ses joues.

— Je le trouve bien ton prince charmant, chuchota Adelheide, le sourire au coin des lèvres. Gentil, discret, habillé proprement… et il a bien ciré ses chaussures…

— Andla !

Lena se sentit rougir mais, enfin détendue, elle expira dans un souffle toute sa crainte. Elle savait que Georg allait plaire à Andla, elle le savait. L'univers était de son côté.

La pluie toqua à leur fenêtre mais, un instant après, laissa sa place à un faible rayon de soleil.

— Eh oui, nous sommes déjà en mars. Je suis restée longtemps alitée, ma chérie. Assez longtemps pour retrouver de la force et retourner au travail, annonça Adelheide d'un ton ferme.

La jeune femme avala sa salive, prise au dépourvu. Elle n'avait toujours pas dit la vérité à sa grand-mère, ni sur sa démission, ni sur son travail à l'usine. Elle repoussait ce moment sans cesse ne voulant pas inquiéter Andla. Le silence s'invita dans la pièce laissant juste leur vieux réveil mécanique à cloche se manifester avec son régulier tic-tac. Adelheide se leva, un frisson parcourut son dos alors elle passa un vieux pull effiloché par-dessus son éternel haut boutonné. En s'asseyant à côté de sa petite-fille, elle souleva son menton.

— Toi, tu me caches quelque chose…

— Andla, c'est un peu compliqué. Tu n'as plus besoin d'aller travailler à l'usine.

— Comment ça ? s'étonna-t-elle en se redressant immédiatement.

— Je ne travaille plus chez les Winkler. Au début, je t'ai juste remplacé à l'usine et maintenant j'ai un vrai poste et bientôt je serai aide-cuisinière dans les cuisines de l'aciérie, dit-elle d'un trait.

Cette phrase fit un vrai remue-ménage dans la tête d'Adelheide en la laissant sans mot. Jamais sa petite-fille ne lui avait menti auparavant. Elle ouvrit la bouche pour dire quelque chose mais Lena ne lui laissa pas le temps. Les mots d'explication coupés de temps en temps par des larmes et des petits rires explosèrent dans la pièce. Comme un volcan qui fait couler son immense lave de douleurs et qui s'éteint à la fin en laissant les traces de son passage. C'est ainsi que Lena confessa toutes ses peines à sa grand-mère. Elle raconta sa malheureuse histoire avec le jeune Winkler, sa honte, son chagrin, sa solitude, ses peurs. Elle parla de ses nuits vides et sans sommeil, de son espoir et son désespoir, du temps qui se rallongeait sans cesse en attente de retrouver sa grand-mère à la maison. Dès qu'elle eut fini, elle poussa un long soupir. De soulagement. Enfin libérée de ses démons.

— Ça m'a fait du bien de te parler, Andla. Oh, tu n'imagines même pas comment ça m'a fait du bien.

Adelheide caressa son dos en regardant la fenêtre. Un nouveau rayon de soleil illumina la cour.

— Tu connais ce vieux dicton, ma chérie ? « Après la pluie vient le beau temps ».

La jeune femme tourna aussi sa tête vers la fenêtre et cligna les yeux.

Adelheide n'était plus obligée de se lever tôt le matin mais n'arrivait absolument pas à s'habituer à ce nouveau planning de la journée. Désormais elle tournait un peu en rond dans son petit taudis. Dès qu'un tout petit reflet de soleil s'invitait dans la cour, elle sortait une chaise pour en profiter.

Néanmoins, les journées lui paraissaient longues. Longues à attendre le retour de Lena, longues à attendre ses amusantes anecdotes de son nouveau poste dans les cuisines, longues à trouver une occupation quelconque. Sans travail, elle se sentait comme une vieille handicapée condamnée à écouter le chant des oiseaux ou plutôt à veiller si les pigeons ne faisaient pas trop de désordre dans la cour. Ces derniers temps, ils venaient en masse, encouragés par les passionnées qui leur jetaient des miettes.

Un jour, Emilia lui apporta tout ce qui était nécessaire pour faire du crochet. Elle entra d'un pas nonchalant et défit les boutons de son nouveau manteau couleur saumon.

— Tiens, ça t'occupera un peu, lui-annonça-elle en lui laissant sur la table un sac contenant un kit presque complet. Tu sais, le crochet est un passe-temps amusant et relaxant, ajouta-t-elle avec un petit rire nerveux.

Adelheide ouvrit le sac et l'ombre d'un sourire se posa aux coins de ses lèvres. En voyant les petits ciseaux, les trois crochets de tailles et longueurs différentes, des fils en coton de couleur blanche et beige et un mètre ruban, elle revint, l'espace d'un instant, des années en arrière. Il y a bien longtemps qu'elle n'avait eu un crochet dans sa main.

— Tu as beaucoup de patience, tu pourras faire de belles choses avec ça, dit-elle en évitant le regard de sa mère.

Adelheide la trouva ce jour un peu contrariée.

— Qu'est-ce qu'il y a ? Je te trouve bizarre.

Emilia ouvrait et fermait nerveusement son petit sac à main de la même couleur que son manteau. Clic-clac, clic-clac, clic-clac.

— Stop Emilia, je te connais bien.

— Bah, je l'ai presque croisé dans la rue avant-hier. J'ai eu un choc.

— Qui ?

— Oh, tu sais très bien qui. Non, je n'ai pas envie de t'en parler là. Une autre fois. Je suis trop bouleversée.

Elle claqua la porte en laissant sa mère avec ses accessoires de crochet. Adelheide resta longtemps pensive avant de s'emparer d'un fil blanc.

Depuis ce jour, absorbée complètement par ses pensées, ou plutôt en essayant de les occuper autrement, Adelheide se mis à créer des jolies choses.

— Oh, Andla, que c'est beau ! s'extasia sa petite-fille. Je ne savais pas que tu avais des talents cachés. Quoi que… il me semble t'avoir vu faire du crochet quand j'étais petite, non ?

Adelheide ferma ses paupières en souriant.

— Mais oui, tu m'as même fabriqué une petite robe pour ma poupée…

Les jours s'allongeaient, se succédaient, suspendus entre deux saisons, Adelheide ne s'en s'apercevait même pas, trop concentrée sur ses mains qui n'arrêtaient pas de tortiller les fils et le crochet. Des petits rideaux et quelques serviettes égayaient à présent leur petit nid du rez-de-chaussée.

Quant à Lena, on aurait dit une fée qui dégageait autour d'elle une lumière suffisamment forte pour remplacer celle du soleil qui semblait trop paresseux en ce début de printemps. La ville vêtue pourtant de quelques couleurs printanières affichait déjà un visage moins triste, les gens paraissaient plus souriants et leurs habitations moins sinistres.

Lena continuait à voir Georg tous les dimanches après la messe. À chaque fois, en arrivant, elle affichait un air un peu gêné, vêtue presque toujours de la même robe mais Georg ne semblait pas s'en apercevoir. Lui-même portait le même pantalon du dimanche en changeant simplement de chemises. Elle en avait compté trois.

Les beaux jours les invitaient à flâner dans les parcs fleuris, leurs promenades devenaient de plus en plus longues. Chaque dimanche les rapprochait un peu plus l'un de l'autre.

Ils marchaient maintenant main dans la main et c'était la seule proximité qu'ils s'étaient autorisés jusqu'à cet instant-là. Ils formaient un beau couple, attirant de temps en temps le regard curieux d'un passant.

— Ta grand-mère n'a rien contre le fait que tu disparaisses tous les dimanches pour tenir la compagnie à un serrurier que tu connais à peine ?

— Andla est la meilleure personne au monde. Elle a confiance en moi. Tu sais, je n'ai jamais été séparée d'elle... je pense que ça ne doit pas être facile pour elle de me voir sortir petit à petit de notre nid. Mais c'est une femme d'une sagesse incroyable, elle ne veut pas me priver de ces quelques moments joyeux. La guerre nous en a trop pris...

— Ne parlons pas de la guerre maintenant, s'il te plaît. Profitons du moment présent, lui coupa la parole Georg en lui prenant la main.

— T'as les mains froides. Tu veux rentrer ?

— Les tiennes sont chaudes. Non, je ne veux pas rentrer encore, répondit-elle.

— Tiens, refugions-nous alors dans l'église pour se réchauffer. Ce n'est pas loin. Il n'y a plus de messe.

Un sourire illumina le visage de Lena. Avec ses yeux remplis de douceur, elle rayonnait.

— Pourquoi pas ? Mais nous ne pourrons pas parler…

— Nous allons chuchoter…

— Et nous allons nous faire réprimander par une vieille femme aigrie…, enchaina Lena en riant.

Toujours main dans la main, ils avancèrent en laissant le brouhaha d'un après-midi de centre-ville et montèrent les marches de l'église. Le calme les accueillit dès que le grand portail se ferma derrière eux en grinçant.

Une fois à l'intérieur, profitant de la pénombre, Georg se plaça tout près de Lena, repoussa d'un geste lent une mèche qui tombait sur son visage et murmura à son oreille.

— Je t'avais parlé de mon frère qui veut devenir prêtre missionnaire ?

Lena sursauta presque.

Ce contact proche ainsi que son souffle chaud dans son cou la firent tressaillir tout en réveillant des petits papillons dans son ventre. Quelque chose de nouveau qu'elle ne connaissait pas encore. Son cœur s'emballa et elle laissa un petit rire nerveux s'échapper.

— Vaguement…

— Je vais te raconter alors…

— Chut… chut ! siffla une voix au fond.

Lena regarda Georg, amusée.

— Je t'avais pourtant prévenue…

— Je te raconterai plus tard alors.

L'église demeurait calme et paisible, on pouvait presque dire qu'elle s'était endormie. Lena toucha le bras de Georg.

— Il faut rentrer maintenant. Andla va commencer à s'inquiéter, vraiment. De toute façon…

— Oui ? De toute façon…, demanda Georg en levant le sourcil droit.

— De toute façon … il fait froid dans cette église.

Sa bouche s'étira en un sourire. Lena essaya de cacher son trouble inattendu car les joyeux papillons n'étaient absolument pas prêts à partir.

La main froide dans la main chaude, Lena et Georg quittèrent le lieu.

Le lendemain, ils se croisèrent devant l'usine.

Le décor triste de la ville couverte par la grisaille de cette période, qui jonglait entre l'hiver et le printemps, était encore plus déprimant dans la cour des aciéries ce matin-là. De nouveau, les ouvriers commençaient à se regrouper pour discuter fiévreusement. Lena n'aimait pas trop toute cette conspiration mais savait que les ouvriers étaient plus que jamais fatigués de la situation politique. La Silésie, allait-t-elle devenir un jour de nouveau polonaise ?

Georg se détacha d'un des groupes.

— Tu sais, il y a quelques jours, des nouvelles manifestations ont eu lieu dans les villes voisines. Les troupes allemandes sont intervenues une nouvelle fois, annonça-t-il à Lena, les yeux sombres.

— C'est inquiétant, non ?

— Tôt ou tard, il va y avoir un grand soulèvement, Königshütte ne peut pas rester définitivement allemande.

Chapitre 11

Le mois de juin arrivait à sa fin en faisant une belle promesse ensoleillée pour les jours suivants.

Königshütte demeurait toujours germanique.

Avec sa langue officielle allemande, laissant ses habitants communiquer entre eux en polonais ou dans leur curieux dialecte silésien.

Le traité de Versailles signé en juin 1919 prévoyait, dans un délai de deux ans, la tenue d'un plébiscite en Haute-Silésie. Tout cela pour déterminer si le territoire devait faire partie de l'Allemagne ou de la Pologne. La date du plébiscite était fixée pour le 20 mars 1921 mais en attendant, l'administration et la police allemandes avaient été laissées en place.

Malgré toute cette tension préoccupante qui régnait dans la région, Georg rentra chez lui ce soir, rêveur comme jamais. Il envisageait de proposer à Lena d'aller pique-niquer en dehors de la ville. Pourquoi ne pas le lui demander le lendemain, après la messe. Et pourquoi ne pas prendre le tram le dimanche suivant pour s'évader loin du tumulte de la ville ? Ils annonçaient de belles températures.

— A quoi tu penses ? Tout seul devant la fenêtre par une si belle soirée…

La voix d'Emanuel qui claqua la porte en entrant ramena Georg à la réalité alors qu'il pensait rester seul un moment pour réfléchir, sa mère partie chez une tante avec Gertruda, et Julius et papa somnolant à côté. L'appartement étant calme, ses pensées vagabondaient dans toutes les directions possibles.

— Tu n'es pas sorti avec ta dulcinée ? enchaina Emanuel. Je vous ai vu l'autre jour ensemble à l'hôpital.

Intrigué, Georg tourna la tête vers son frère qui se tenait debout devant lui, le sourire naissant au bout des lèvres.

— C'est bien elle ? La fille que tu cherchais ? C'est la petite-fille d'Adelheide Pawlik qui est restée chez nous longtemps… La pauvre femme, quand elle est arrivée, elle était vraiment dans un état critique. Sa petite-fille avait agi à temps.

— C'est elle.

— Ah, voilà. J'ai cru un instant que tu boudais.

— Non… c'est que…

— Arrête Georg, lui coupa la parole son frère. Je vois bien que tu es transformé, tu l'aimes ? Tu la connais d'où ?

— Oh, c'est une longue histoire. On s'est perdus de vue et on s'est retrouvés. Voilà. Je te raconterai un jour.

Sa réponse n'avait rien de romantique mais ça ne découragea pas pour autant son frère qui était absolument décidé à poursuivre l'échange. Il repoussa sa frange qui avait, comme disait leur mère, « une fâcheuse » tendance à lui tomber dans les yeux et toisa Georg.

— Mais fais gaffe, c'est une fille très gentille et je pense qu'elle mérite d'être heureuse. Elle venait voir sa grand-mère tous les jours après son travail. Elle n'a qu'elle dans sa vie.

— Je sais, coupa Georg.

Il n'avait pas besoin des conseils de son frère pour savoir comment traiter Lena.

— Bien.

— Et… dis-moi, Emanuel, pourquoi tu n'as rien dit avant ? Tu nous as vu en mars…

— Honnêtement, je ne sais pas pourquoi, je ne savais pas si c'était une simple connaissance ou si c'était elle, ta dulcinée…

— Lena, elle s'appelle Lena, glissa d'un ton ferme Georg.

— Alors quand je vous ai vu dimanche dernier main dans la main, je me suis dit que ça devait être sérieux entre vous.

— Ça l'est.

Georg n'avait visiblement pas envie de partager ses sentiments avec Emanuel. Il se retourna avec ostentation vers la fenêtre pour faire comprendre à son frère que la discussion ne l'intéressait pas.

— Une jolie fille comme elle… elle doit avoir beaucoup de prétendants. À moi aussi, elle me plaît…

Georg mit à peine une seconde pour tourner sa tête. Il fixa son frère, ses yeux lancèrent des éclairs.

— Mais non, je plaisantais. Je n'ai jamais osé lui proposer quoi que ce soit. Elle est belle, j'avoue… mais bon, maintenant qu'elle t'a choisi, toi, c'est terminé pour moi.

— Oui, elle m'a choisi, moi, déclara-t-il d'une voix stridente. Tu as fini ?

Un froutch-froutch se fit entendre dans la pièce voisine et aussitôt leur père entra dans la cuisine en trainant ses pantoufles. Il s'affala sur une chaise et lança à ses fils un sourire fatigué.

— Alors les grands ? Que racontez-vous ? Les gens attendent impatiemment un changement qui ne vient pas et il paraît qu'on parle de grèves à venir. À quoi ça sert alors, la conférence de la paix ?

Les deux frères se dévisagèrent tandis que leur père essuyait ses lunettes avec son grand mouchoir.

— Papa, ce qu'ils ont signé à Versailles permet la tenue d'un plébiscite au cours duquel les habitants de la Silésie décideront s'ils veulent appartenir à la Pologne ou à l'Allemagne, répondit Georg qui put se calmer entre temps.

— Oui, et justement il y a tout un émoi partout car compte tenu du fait que la plupart des usines en Haute-Silésie sont dirigées par les Allemands, le résultat de ce plébiscite donne de grandes chances à la partie allemande, ajouta Emanuel, les mains dans les poches.

— Oh, les gens sont conscients, ils vont se soulever…, retorqua Georg.

— Vous croyez ?

Franz avait l'air inquiet.

— Oui, la situation est tendue dehors, papa, confirma Emanuel.

— Alors à nouveau, notre chère Haute-Silésie se fait disputer, résuma Franz. À vrai dire, je comprends pourquoi. La région est riche en mines et, avec une industrie du fer bien développée, une telle perte est toujours mal vécue, finit le père en se levant.

Sa chemise à carreaux en flanelle de coton tombant sur son pantalon usé, il traina à nouveau ses pantoufles déformées jusqu'à la chambre laissant derrière lui une vague de mélancolie.

Dimanche après la messe, Lena accepta l'invitation de Georg pour un pique-nique.

Resplendissante dans sa robe d'été claire, elle descendit les marches de l'église en courant. Georg n'arrivait pas à détacher ses yeux de son visage radieux. Elle sautillait comme une enfant.

Il lui prit la main.

— Viens, on va aller se promener dans le parc. Il fait si beau.

Lena ne cachait pas sa joie, l'idée de pouvoir s'échapper avec Georg lui paraissait merveilleuse. Elle préparerait un petit panier avec des sandwichs.

— Et moi, je vais demander à ma mère de me prêter un plaid pour s'assoir sur l'herbe. Et j'apporterai aussi à boire. Tu aimes le jus de pomme ? demanda-t-il.

Oui, elle aimait le jus de pomme. Elle aimait tous les jus. Du thé. Du lait. De l'eau. Elle aimait tout en compagnie de Georg.

— D'ailleurs, est-ce que tu aimerais rencontrer ma mère ? Mes parents… en fait… ma famille ?

— Oui, Georg. Oh, oui, avec plaisir.

— Car si je demande à ma mère de nous prêter le plaid, elle va se poser des questions…

— Ah non ! C'est comme ça alors ? Vilain garçon. C'est uniquement à cause de ce plaid que tu veux me la présenter ? le taquina-t-elle à son tour.

— Evidemment, éclata-t-il de rire.

« Quel joli rire mélodieux a cette fille, je l'adore », pensa-t-il aussitôt.

Ils marchèrent longtemps. Jamais encore Georg ne s'était senti si bien. Cette jeune femme occupait toutes ses pensées, du matin au soir, la nuit dans son sommeil, au réveil, au travail. Partout. Arriverait-il à donner un nom à ce sentiment qui lui apportait une force inexpliquée et qui lui murmurait à l'oreille qu'il s'agissait là de la femme la plus extraordinaire ?

Ils s'assirent sur un banc où les roses de toutes les couleurs formaient une magnifique allée en face. Était-ce leur parfum enivrant qui l'avait mis dans cet état ? Ou bien plutôt cette boule mystérieuse qui grandissait dans sa poitrine pour éclater sous forme d'un ballon en forme de cœur rouge ? Ici, en plein jour.

Il s'approcha de Lena, serrant légèrement ses petites mains dans les siennes. Elle ne détourna pas son regard. Georg avait une seule envie, plonger dans ces grands yeux émeraude qui hantaient toutes ses nuits depuis leur première rencontre sur le camion. Il pourrait s'y noyer à jamais. Son visage frôla le sien. Il y avait quelque chose d'électrique dans cette approche, un moment qu'il attendait depuis longtemps.

Le jeune homme approcha ses lèvres, la jeune femme effleura les siennes.

Le monde entier tomba à l'envers quand il l'embrassa. Tout d'abord doucement. Puis passionnément. Leur étreinte soudaine sentit toute la douceur de vivre.

— Je t'aime, Lena.

— Georg, à tes côtés, je me sens tellement comblée. Comment ne pas t'aimer !

Un instant après le ciel se servit des quelques nuages arrivés de nulle part pour cacher le soleil. Un mauvais signe ?

Lena se dégagea lentement en se tortillant les doigts dans tous les sens.

— Avant de rentrer, je dois t'avouer quelque chose.

— Je t'écoute, mon cœur.

— Ce n'est pas facile pour moi. Laisse-moi d'abord te raconter tout… jusqu'au bout… avant de me juger.

Elle toussota, ses lèvres se mirent à trembler. Georg leva son sourcil droit, comme il avait souvent l'habitude de le faire.

— Je ne t'ai pas dit qu'avant d'être embauchée à l'usine, j'ai travaillé chez Dr Winkler comme aide-cuisinière. Ils étaient gentils avec moi et le travail me plaisait bien jusqu'au jour où leur fils a commencé à me harceler.

Georg se raidit mais ne laissa rien paraitre. Il serra les dents quand Lena cacha son visage dans ses mains et commença à pleurer.

— Tu ne peux pas imaginer comment c'était humiliant.

En sanglotant, elle lui raconta le jour où le jeune Winkler l'avait agressée et comment elle s'était enfuie en lui mordant le doigt.

— Je te jure, Georg, je ne l'ai jamais encouragé, cet homme odieux. Je ne suis plus retournée là-bas. Et puis, j'ai tout raconté au Dr Winkler. Lui, il n'est pas comme son fils…

Georg l'entoura de ses bras.

— Je suis là, maintenant je suis là pour te protéger.

Lena se blottit contre lui, contre sa bonté, contre la confiance qu'il lui accordait et contre l'amour qu'il lui offrait malgré son aveu cauchemardesque. Puis, petit à petit, elle reprit ses esprits.

Elle leva ses yeux embrumés vers lui.

— Viens, il faut rentrer. Je ne vais pas laisser Andla seule toute l'après-midi. Je trouve qu'elle est un peu bizarre en ce moment. Calme, fatiguée… je ne sais pas. De toute façon, la semaine prochaine je l'accompagne à l'hôpital pour un contrôle.

Une fois arrivés devant l'immeuble, Georg prit à nouveau son visage délicat entre ses mains et y posa un baiser. Cette fois sur sa joue. Par précaution. Ils n'étaient pas à l'abri des regards.

— Dimanche prochain je viens te chercher après la messe. Tu n'as pas changé d'avis ?

— Non. Toi non plus ?

En réponse il lui posa un autre bisou, cette fois sur le front.

— Je me réjouis déjà, chuchota-t-elle. J'espère qu'Andla n'aura rien contre.

Quand le jour même, après le dîner, il parla à sa mère de Lena, elle y vit une lumière puissante dans ses yeux. Son fils était amoureux et Johanna avait hâte de rencontrer la jeune femme.

— Oui, j'ai un plaid qui sera parfait. Et puis vous aurez des pommes. Ta tante nous a promis de nous en donner cette semaine. Ah, si tu savais, son pommier donne vraiment bien cette année. Tu n'as pas oublié qu'elle cultive des légumes et des fruits dans son petit jardin que l'aciérie met à disposition de ses ouvriers ?

— Tu vas faire du jus alors ?

— Oui, Georg.

— Elle aime le jus de pomme.

Alors, un soir, au milieu de la semaine, Georg partit en tram pour aller chercher des pommes chez sa tante. Un panier sur les genoux, tout le long du trajet il observa la rue avec tous ses immeubles qui se tenaient droit, comme des soldats fatigués. Toujours les mêmes. Ils enfermaient tant d'années d'histoire de leur ville.

Le tram s'arrêtait assez régulièrement, avec son ding-ding habituel pour accueillir des nouveaux passagers et dire au revoir aux autres. Ce ding-ding, Georg l'aimait, quoi que ce bruit anodin qui, répété sans cesse, pouvait user les nerfs de certains riverains. Mais au fond, il était sûr que les habitants de la ville s'y étaient habitués au fil des années. Le tram faisait partie de leur décor.

Egaré dans ses pensées, il eut soudainement un flash terrible.

Incompréhensible.

Il crut apercevoir Lena dehors, au bras d'un homme plus âgé. La terreur s'empara de son visage. Il se leva et courut à l'arrière du tram en écrasant les pieds d'une femme, puis d'un homme, il bouscula un sac posé par terre et se fit insulter. Tout en s'excusant, il avança au fond et ne cessa pas d'observer le couple qui marchait sur le trottoir.

Lena, c'était bien elle.

Avec un homme.

Ils parlaient, souriaient, l'homme l'embrassa sur la joue pendant que le tram avançait en faisant du bruit sur les rails et les éloignant de Georg. Elle lui avait pourtant affirmé qu'elle n'avait que sa grand-mère. Aucune autre famille. À part Emilia évidemment, sa mère indigne. Dans ce cas-là, avec qui s'affichait-elle comme ça, en pleine rue ? Surtout un soir ! Elle ne sortait jamais seule le soir…

Un grincement sur les rails, un virage de plus et le couple disparut.

Extrêmement furieux, Georg sortit à l'arrêt suivant et décida de rentrer à la maison à pied, en s'éloignant de ce ding-ding mélodieux du tram qui reprit sa route bien programmée.

Il n'irait pas chercher des pommes.

Il n'en avait plus besoin.

Il n'y aurait pas de pique-nique.

Il ne voulait plus la voir, sa Lena.

Sa Lena ?

Non.

Lena. Tout court.

Il monta l'escalier en enjambant deux marches à la fois, poussa la porte, enleva rapidement ses chaussures en les balançant dans un coin de la cuisine et se dirigea vers sa chambre. Étonnée de le voir ainsi, Johanna arrêta sa machine à coudre. Un instant après, elle le trouva affalé sur son lit, les yeux fixant le plafond.

— Georg, qu'est-ce qui t'arrives, mon fils ? Elles sont où, les pommes ?

— Laisse tomber les pommes et laisse-moi tranquille, maman. Il n'y aura pas de pommes.

— Mais…

— S'il te plaît maman…

— Mais Georg...

— ...

— Oh, parfois parler avec toi c'est comme toquer à une porte qui ne s'ouvre jamais.

La voix de Franz venant de la chambre adjacente lui coupa la parole.

— Laisse-le, Johanna, tu ne vois pas qu'il a besoin d'être seul ?

Allongé sur le lit, Georg revoyait la scène du tram, il la rembobinait comme un film auquel il manquait une fin. Et si c'était vraiment elle, alors là, elle cachait bien son jeu ! Elle se promenait avec des hommes le soir et lui, comme un imbécile, allait chercher des pommes pour leur fichu pique-nique. Il l'avait cru si gentille, innocente… Elle était unique. Oui, elle était unique pour lui.

Soudainement, il repensa à l'histoire de ce jeune Winkler. C'est sûr, elle ne lui avait pas dit toute la vérité. C'était assez étrange. Mais une belle fille comme elle… Emanuel avait raison. Elle devait avoir beaucoup de prétendants.

Une fille facile ? Sa Lena… ? Non, ça ne pouvait pas être vrai.

Pourtant il n'avait pas rêvé, il l'avait bien vue ce soir au bras d'un homme.

Chapitre 12

Lena attendait patiemment devant l'église, vêtue d'une robe légère avec des manches courtes que sa grand-mère avait gentiment transformée selon la nouvelle tendance.

La joie remplissait tout son être. Avant de partir, Andla lui avait glissé dans le panier une petite nappe à carreaux blanc et rouge. Depuis ce matin, une promesse d'un après-midi en amoureux, tant attendu, planait autour d'elle.

Elle se plaça en bas des marches, c'est là que Georg la retrouvait. D'habitude, il l'attendait déjà mais cette fois, c'est elle qui cherchait impatiemment son beau visage. Elle leva les yeux vers le ciel en plissant ses yeux. Les voix des gens quittant l'église s'éloignaient petit à petit en laissant les pigeons envahir les marches et se disputer quelques miettes traînant par terre dans un concert de joyeux « rou-hou, rou-hou ».

Les pigeons faisaient partie du paysage de la ville, comme partout en Silésie d'ailleurs. Les habitants leur vouaient un véritable culte. On assignait souvent aux ouvriers des mines ou des aciéries non seulement un appartement mais aussi un petit cabanon dans la cour qui souvent devenait un pigeonnier.

Lena se souvenait des associations d'éleveurs présentes à Königshütte avant la guerre. Les mineurs respectaient les pigeons pour leur extraordinaire capacité à revenir de lieux très éloignés, jusqu'à deux mille kilomètres. Après des journées passées au fond de sombres galeries, une fois revenus à la surface, les hommes levaient les yeux pour regarder leurs oiseaux tourner dans le ciel, libres.

Lena tourna la tête. Un rapide bruit d'ailes… et elle vit les pigeons en train de s'envoler. Pour la première fois elle eût la sensation d'être aussi légère et aussi libre qu'un oiseau. Prête pour s'envoler. Tellement forte. Heureuse d'accueillir les sentiments qui grandissaient en elle.

Y avait-il des mots pour expliquer son état d'âme ? C'était comme regarder le vent et lui permettre de danser dans ses cheveux.

— Lena ? C'est bien vous ?

La jeune femme se retourna en direction de la voix. Une femme d'un âge mur, de petite taille, les cheveux grisonnants, avançait vers elle en la dévisageant avec ce regard qui lui parut si familier. Et ses yeux ! Ses yeux d'un bleu océan, comme ceux de Georg.

— Oui, c'est moi, répondit Lena en saisissant son panier avec ses mains soudainement devenues moites.

— Bonjour Lena, je suis la mère de Georg.

Lena sentit son corps vaciller et s'appuya contre un arbre, juste à temps.

— Georg…, murmura-t-elle. Quelque chose est arrivé à Georg ?

La femme avança et dès qu'elle lui toucha le bras Lena ressentit immédiatement une sorte d'incroyable présence. Douce et apaisante. Inexplicable.

Elle ne savait pas si c'était le fait qu'elle soit habillée de la même façon que sa chère Andla mais cette femme sut mettre tout de suite Lena en confiance et désamorcer la tension.

— Non, non, il va bien. Allons-nous asseoir, insista-t-elle en lui prenant le bras. Georg ne viendra pas. J'ai besoin de vous parler.

Lena la suivit comme une somnambule, les pensées en désordre.

Un bourdonnement sourd dans ses oreilles l'empêchait d'entendre quoi que ce soit. Elle fixa la bouche de la mère de Georg mais ses paroles ne venaient pas jusqu'à ses oreilles. Elle regarda sa robe grise qui d'un seul coup était devenu toute noire.

Et puis elle ne vit plus rien. « Comment ça ? Pourquoi Georg ne viendrait pas ? Que lui est-il arrivé ? » Ces questions la harcelaient en boucle.

— Lena, vous m'entendez ?

Johanna posa sa main sur celle de Lena en s'apercevant que la jeune femme ne l'écoutait pas. Son regard devenant vitreux et absent, elle pressa alors sa main. Peu à peu, la pâleur de son visage commença à disparaître. Troublée, elle frotta ses paupières comme si elle voulait chasser un très mauvais rêve.

Un pigeon se posa sur le banc mais repartit aussitôt. Lena le suivit du regard et, l'espace d'un instant, elle regretta de ne pas pouvoir s'envoler avec lui et laisser le vent l'emporter loin d'ici pour s'évanouir dans le ciel.

— Lena ?

Lentement elle tourna sa tête vers la mère de Georg. Une énorme tristesse assombrit ses traits.

— Je suis désolée, Madame. Je n'y comprends rien. Pourquoi il ne viendra pas ?

— Est-ce qu'il vous arrive de vous promener en ce moment le soir ? lui-demanda Johanna en allant droit au but.

Lena lui jeta un regard inquiet et secoua la tête.

— Le soir ? Non. Je ne me promène pas le soir.

— Pourtant Georg vous a vue avant-hier. Au bras d'un homme. Vous sembliez très proches, affirma-t-elle en scrutant attentivement le visage de la jeune femme. Georg est dévasté.

— Quoi ? s'écria Lena les yeux exorbités. Ce n'est pas vrai. Il a dû se tromper. Non, mais non… Il a dû se tromper, mon Georg. Il a dû se tromper, répéta-t-elle. Vous devez me croire, Madame.

Elle sanglotait en couvrant avec ses mains son visage complétement décomposé. Tout à coup, le magnifique ciel de ce dimanche qui s'annonçait merveilleusement bien, n'avait plus la belle couleur océan et, entre son cœur qui battait la chamade et ses pensées confuses, elle ne comprenait absolument rien de ce qui lui arrivait. Elle n'avait plus d'ailes, on les lui avait coupées pour la faire tomber de très haut. Allait-elle se noyer maintenant dans cette immense douleur qui se répandait déjà dans sa poitrine ?

En suffoquant, elle se cramponna au regard bienveillant de la mère de Georg.

— Chut, mon enfant, chut. Moi, je te crois.

Johanna se mis à la tutoyer, le visage innocent, presque enfantin de Lena l'émut. À nouveau elle lui saisit ses mains.

— Je te crois. Mais Georg, il ne se laissera pas convaincre si facilement.

Johanna avait vu beaucoup de choses dans sa vie. Elle connaissait le visage trompant d'un mensonge parfait comme celui de la vérité mensongère, elle connaissait la peur, l'amour, la colère et la tristesse.

Le regard de Lena ne trahissait pas. C'était celui d'une femme honnête sur lequel se lisait non seulement la bonté mais aussi son amour pour Georg. Lena disait la vérité et Johanna en était convaincue.

Georg n'aurait pas voulu qu'elle vienne voir Lena après lui avoir raconté la veille ce qu'il avait vu. Jamais elle n'avait vu son fils dans une telle détresse alors elle prit la décision et sans lui dire quoi que ce soit, elle vint au rendez-vous à sa place. Pour rencontrer cette jeune femme et en avoir le cœur net.

Quelque chose dans cette histoire ne tenait pas debout. Elle le savait à présent.

Lena rentra chez elle tard dans l'après-midi, en soulevant sur ses épaules toute l'immensité de l'univers qui s'était affalé sur sa pauvre personne. C'était arrivé si soudainement, comme la pluie qui tambourine avec sa force inattendue sur le toit en zinc, en laissant ce bruit métallique et désagréable pénétrer son corps, une pluie froide et trop forte. Comme la douleur.

Dormir.

Dormir pour oublier.

Dormir et oublier.

Dormir pour ensuite se réveiller et émerger de ce cauchemar.

Comme hypnotisée, elle passa à côté de sa grand-mère assise près de la fenêtre et s'allongea sur le lit.

— Lena ?

N'ayant aucune réponse, le visage d'Adelheide se durcit. Dès qu'elle vit le panier posé à côté de la porte, avec toutes les victuailles intactes, elle se leva, tira les rideaux et s'allongea à coté de sa petite-fille.

— Dors ma fille, je suis là.

Mais ces bras, avec lesquels elle entoura Lena, pouvaient-ils protéger cette jeune femme si vulnérable de tous les malheurs du monde ? Elle attendrait le temps qu'il faut pour savoir ce qui s'était passé. Mais est-ce que Lena lui parlerait comme avant ? C'était une vraie femme à présent.

Quand la respiration de Lena redevint régulière, elle se leva, s'assit de nouveau sur sa chaise et enleva son éternel tablier. Ce tablier qui ne la quittait plus depuis longtemps. Un simple tablier de « Grand-Mère » pour protéger la robe en dessous et qui, en plus de ça, servait de gant pour retirer la casserole brulante du poêle, qui transbahutait souvent les pommes de terre, et le bois sec jusque dans la cuisine, qui servait de panier pour de nombreux légumes, qui faisait disparaître la poussière avec rapidité quand les invités arrivaient de façon impromptue, et qui était merveilleux pour essuyer les larmes des enfants.

— Andla…

La voix de sa petite-fille rompit le silence. Réveillée, elle s'appuya sur son coude. Livide, pâle comme la mort.

Adelheide, avec le vague à l'âme, tourna son visage vers elle. Voir sa petite-fille dans un tel état, la troubla. « J'ai toujours essayé de la protéger mais certaines choses dans la vie échappent à notre contrôle, nous ne pouvons rien y faire », pensa-t-elle.

— Andla, Georg n'était pas au rendez-vous. C'est sa mère qui est venu à sa place. Il ne veut plus me voir.

— Ah…

— Il prétend m'avoir vu au bras d'un homme. Il y a deux jours. Tu te rends compte ? J'ai été avec toi tous les soirs… Je n'ai pas pu me dédoubler !

Résignée, elle se laissa tomber contre son oreiller pour y enfuir son visage.

— Il a dû se tromper, ma chérie, Adelheide essaya de la rassurer, la gorge serrée. Non… tu n'as pas pu te dédoubler, ajouta-t-elle tout bas.

Mais Lena, accaparée par son chagrin tandis que ses sanglots étouffés faisaient trembler ses épaules, ne l'écoutait plus. Adelheide saisit alors ce bon vieux tablier qui servait si souvent à essuyer les larmes des tout petits et le porta à ses yeux. Cette fois, il épongea ses larmes à elle. Silencieuses. Elle pleura car une angoisse étrange venait envahir tout son corps.

Dehors, la cour se parait déjà d'ombres sombres. La lune n'allait pas tarder à l'éclairer.

La nuit se fit bien longue mais pas du tout réparatrice.

Le lendemain, Lena se força à avaler un morceau de pain et, sans un mot, partit à l'usine. Dès que sa frêle silhouette disparut dans la cour, Adelheide se rua vers la porte, décidée d'aller parler à Emilia.

Le souffle court, elle marcha longtemps en traversant presque la moitié de la ville mais son corps solide quoi qu'encore un peu fatigué, ne la lâcha pas une seconde. Elle déboutonna son haut… Elle avait chaud et froid en même temps. L'été était bien là, pourtant son cœur semblait être couvert d'une épaisse couche de glace.

La grande maison d'Emilia apparut au bout de la rue et la femme s'arrêta pour reprendre ses esprits. La sueur perlait sur son front. Elle pencha la tête sur le côté en faisant une grimace.

La belle demeure de deux étages qui en côtoyait d'autres aussi belles dans la rue, enfermait les secrets d'une famille qu'Adelheide connaissait à peine. Emilia vivait sa vie sans lui en raconter les détails.

Quelle drôle de fille avait-t-elle mis au monde ? Pourtant elle l'avait élevé dans l'honnêteté en lui enseignant la gentillesse et l'amour. Était-elle toujours si hautaine, si inaccessible avant ? Il est vrai qu'enfant, elle se montrait déjà un peu rebelle. Mais Adelheide avait eu bon espoir de la voir changée une fois adulte.

Que dire de plus ?

Sa fille unique avait choisi son propre chemin, pas toujours glorieux.

Adelheide respira profondément. Elle venait rarement sonner à la porte d'Emilia et préférait toujours venir plutôt le matin en sachant son mari au travail et son fils à l'école. La laisserait-elle entrer ?

Sa fille, en robe d'été assez moulante, l'invita pourtant au salon en lui proposant un thé mais Adelheide refusa. Tout d'abord elle balaya du regard la grande pièce dans laquelle les beaux meubles imposants criaient la richesse puis s'attarda sur la grande table ovale en acajou en apercevant une des dernières serviettes qu'elle avait faite au crochet.

— Tu as vu, maman ? J'ai posé ta jolie serviette au milieu. Ça te plaît ?

— Emilia, je ne suis pas venue jusqu'ici pour te parler de mes serviettes. Il est temps que tu romps ce silence ! Tu as déjà fait trop de dégâts ! Lena en souffre. Moi, je ne peux plus continuer comme ça.

— Mais, maman…

— Qu'est-ce qu'il y a encore que tu n'arrives pas à comprendre ?

La petite fenêtre de l'horloge murale en forme de chalet s'ouvrit brusquement et fit sursauter Adelheide. Un oisillon gris bleuté avec son bec et ses pattes jaunes surgit de son nid et sautilla neuf fois. Il bougeait joyeusement ses ailes en ouvrant et fermant son bec pendant qu'un autre mécanisme lui permettait de reproduire le cri du coucou.

Emilia serra ses mâchoires puis lança sèchement :

— Bon. Mais laisse-moi un peu de temps. C'est bientôt les vacances et nous partons deux mois à la campagne dans la famille de mon mari…

— Non, écoute-moi, ça suffit…

Jamais Adelheide ne leva sa voix si fort en parlant à sa fille. Dommage, peut-être fallait-il le faire il y a bien longtemps déjà.

— D'accord, d'accord, je viens te voir à la rentrée et nous allons décider ensemble…

— Très bien, alors j'attends encore un peu, lui coupa sa mère en se calmant un peu. Mais je te préviens, si tu ne fais rien, moi, je ne vais plus me taire ! finit-elle en tournant les talons.

Lena travaillait sans relâche depuis ce fameux dimanche où le destin avait rayé ses beaux rêves de la surface de la terre. La rencontre avec la bienveillante mère de Georg dans des circonstances qu'elle n'avait jamais imaginées, lui avait laissé un goût amer et pourtant, ce n'était pas cette femme qui était fautive. D'ailleurs qui l'était ? Lena n'avait plus abordé ce sujet avec sa grand-mère. À quoi cela aurait pu servir… de retourner volontairement le couteau dans la plaie ? Le chapitre clos ou pas, elle devait continuer, son existence ne s'arrêtait pas là. Même s'il lui était difficile d'admettre qu'elle ne verrait plus les beaux yeux de Georg plonger dans les siens. Et même si parfois elle espérait le croiser dans la rue en sortant de l'usine… Visiblement, il faisait tout pour l'éviter.

La vie ne gâta pas Lena sur ce coup-là.

Il flottait dans l'air un parfum de vacances comme un parfum de fleurs que l'on n'osait pas cueillir.

Les vacances, elle n'y avait pas droit.

De toute façon, dans son âme, le soleil ne faisait que des brèves apparitions. Quant à son corps et son cœur, ils manquaient de chaleur. Son esprit par contre voyageait sans cesse dans le temps et l'espace en créant de multiples situations improbables de sa réconciliation avec Georg.

Eh oui, ce chapitre n'était pas clos. Pas du tout. En tout cas, pas pour elle.

La ville affichait partout ses allures d'été en mélangeant dans la rue des vêtements plus légers aux divers coloris, des chapeaux de paille et des enfants avec leurs cornets de glace. Pourtant une nouvelle tension politique planait autour comme un rapace menaçant prêt à capturer ses proies. Même les troubadours de ruelles avec leurs petits spectacles, leurs boites à musique, leurs fleurs et les lapins sortant du chapeau, n'arrivaient pas à atténuer le trouble qui régnait partout.

Dans les cuisines de l'aciérie on parlait de grèves imminentes. Lena et Adelheide appréhendaient beaucoup ce soulèvement mais comme la plupart des habitants de la Silésie, elles voulaient à tout prix qu'elle devienne à nouveau polonaise.

Le 15 août 1919, Lena se rendit à l'usine et trouva ses collègues discuter avec ferveur.

— Les mineurs de la mine de Myslowice se sont mis aujourd'hui en grève.

— Ah bon ?

— Oui, pour exiger des paiements en retard.

— Quelle triste histoire.

— Ça c'est sûr, les Allemands ne vont pas se laisser intimider.

L'insurrection silésienne éclata dans la nuit du 16 au 17 août 1919. La cause immédiate de ce soulèvement était effectivement le massacre du 15 août à la mine de Myslowice. Quand ce jour-là, l'armée allemande ouvrit le feu sur les familles des grévistes qui attendaient à la porte de la mine, sept mineurs, deux femmes et un garçon de 13 ans furent tués. Cela déclencha une indignation et une grève générale dans quarante mines. On arrêta plusieurs dirigeants.

Lena admirait tous ces employés des mines qui avaient le courage d'affronter l'ennemi mais elle craignait tellement pour leur vie. Elle craignait aussi pour Georg, en sachant que les employés des aciéries se révoltaient également comme ailleurs.

Mais cette insurrection ne dura pas longtemps car seulement quelques jours après, le 24 août, son dirigeant ordonna la cessation des combats. Pourquoi ? Par manque de munitions et aucune aide de la Pologne. Pourtant, très rapidement et malgré le massacre, les insurgés, mécontents de la terreur et de la répression allemande avaient réussi à maitriser certaines villes silésiennes mais, malheureusement, ils ne parvinrent pas à les garder. Les Allemands amenèrent des renforts et reconquirent les villes occupées par les insurgés.

À présent, les Silésiens étaient censés se préparer pour la campagne plébiscitaire. La Silésie devait absolument retourner en Pologne.

Tout à la fin de ce triste mois d'août, Lena accompagna sa grand-mère à l'hôpital pour un nouveau contrôle. Globalement, elle la trouvait bien quoiqu'un peu trop tendue ces derniers temps. Et ce n'étaient sûrement pas d'éventuelles séquelles de sa pneumonie qui pouvaient en être la cause. Lena en était certaine. Sa chère Andla restait beaucoup trop souvent silencieuse, absorbée par ses pensées, elle ne faisait même pas de crochet, en tout cas pas autant qu'avant. Quelque chose dans son regard avait changé.

Était-ce la vieillesse ?

La salle d'attente gardait toujours la même allure, avec ses néons aveuglants et ses odeurs de souffrance.

Adelheide n'en avait pas pour longtemps, juste un examen de routine. Lena devait se contenter d'admirer les murs blancs et suivre tous les va-et-vient des patients jusqu'au moment où elle aperçut le grand infirmier traverser la salle en accompagnant une vieille femme à la sortie. Elle cligna ses yeux deux fois. C'était bien lui, l'infirmier qu'elle connaissait. Elle se leva pour le saluer. L'homme lui fit signe de la tête et avança, le visage sombre.

— Bonjour, j'ai laissé ma grand-mère à l'étage pour un contrôle. Vous allez bien ?

L'infirmier se tenait devant elle en la toisant du regard. Et de haut. Une expression perplexe marquait son visage.

— Je vous croyais honnête et sincère, Lena. Mais je me suis trompé à votre sujet.

— Pardon ? fit-elle en avalant sa salive avec difficulté.

Elle n'en croyait pas à ses oreilles. Qu'avait-elle fait encore pour être jugée ainsi ?

— Je ne comprends pas, murmura-t-elle.

— Vous ne comprenez pas ? Vous avez pourtant fait souffrir mon frère et ça, c'est impardonnable. Georg n'est plus le même. Et c'est à cause de vous.

— Pardon ? Georg ? Georg est votre frère ?

— Vous ne le saviez pas ?

— Non, il ne me l'a jamais dit. C'est-à-dire, oui, il m'a parlé de son frère Emanuel qui travaillait à l'hôpital mais je ne savais pas que c'était vous…

— C'est moi.

— Je ne connaissais pas votre prénom, vous ne vous êtes jamais présenté, dit-elle d'une toute petite voix.

Un silence sourd les sépara un instant. Tous les deux, ils cherchaient des mots en se cachant derrière des petits gestes ridicules et des regards fuyants. Lena observait ses mains en inspectant ses ongles comme si elle les découvrait pour la première fois. Emanuel scrutait la porte d'entrée en espérant pouvoir s'échapper avec l'arrivée d'un nouveau patient.

Ce fut Lena qui rompit finalement ce silence embarrassant.

— Je n'ai jamais eu la possibilité de m'expliquer. Il va bien ?

— Pas tout à fait, répondit-il et massa un instant ses sourcils en soupirant. Il a été quand même blessé…

— Ah…, dit-elle, en baissant ses yeux devenant humides. Mais je vous jure, ajouta-t-elle rapidement, je n'y suis pour rien. Je n'ai jamais voulu le blesser.

— Vous parlez de… ? Main non, non, ce n'est pas ça, rectifia-il, non. Il a été blessé… à la jambe.

— Georg a été blessé ?

— Puisque je vous le dis…

Lena écarquilla ses yeux mais Emanuel détourna aussitôt son regard. Cette jeune femme le mettait mal à l'aise avec son air innocent. Elle faisait semblant de s'intéresser à son frère et on aurait presque pu la croire.

— Oui, il a été blessé pendant l'insurrection. Sa blessure n'est pas encore complétement guérie mais je pense qu'il pourra sortir dans quelques jours. Avec des béquilles.

— Est-ce que je peux aller le voir ? S'il vous plaît, Emanuel ? Laissez-moi aller le voir, lui expliquer…

Emanuel poussa un soupir. Encore une fois il était en train de céder à cette jeune femme, comme la fois où il l'avait trouvé si désespérée de ne pas pouvoir trouver un médecin pour sa grand-mère. Et là, pareil, exactement comme la dernière fois, il ne se voyait pas dire non à l'immense tristesse de son regard.

— Attendez-moi ici, Lena. Je vais lui demander.

Lena hocha la tête avec soulagement et le regarda s'éloigner. Ce grand frère de Georg. De son Georg blessé qu'elle verra dans un instant.

Si seulement les minutes cessaient de se prolonger de cette façon insoutenable.

Une attente sans fin.

Une torture nouvelle que son âme acceptait en silence.

Puis un bruit.

Un battement des portes.

Elle leva les yeux mais... c'est sa grand-mère qu'elle vit arriver.

— Tout va bien, je suis forte et guérie. Je n'ai plus besoin de contrôles, sourit-elle. Allez, on rentre.

— Non, Andla. Georg est là.

Sa grand-mère eut un mouvement des yeux mais ne dit pas un mot.

— Il a été blessé et... j'attends de savoir si je peux aller le voir.

Adelheide s'apprêtait à s'assoir quand la porte s'ouvrit à nouveau. Le grand infirmier s'approcha des deux femmes.

— Désolé, Georg ne veut pas te voir... Il ne veut plus te voir.

Le monde de Lena s'écroula en une seconde et ensevelit tous ses espoirs.

Chapitre 13

Oskar feuilleta le journal, comme tous les matins avant l'ouverture de son magasin.

— Tu sais, s'adressa-t-il à sa femme, je pense que ce premier soulèvement des insurgés, même s'il s'est soldé par une défaite, il a préparé quand même une certaine base pour des prochaines révoltes en Silésie. Tu ne crois pas ? Les gens ne se laisseront pas abattre comme ça. Il y aura d'autres insurrections, j'en suis sûr.

— Oui, je le pense aussi. La Silésie doit redevenir polonaise. J'espère seulement qu'il n'y aura pas de grèves dans les prochains jours, répondit-elle, soucieuse. Notre Anna se réjouit tellement du mariage de Laura. C'est déjà dans une semaine.

— Ah oui, c'est vrai, on est en septembre. Le temps passe trop vite. Allez, assez bavardé, j'ouvre la boutique.

Paula ajusta sa jupe couleur marron qui avait bien changé de teinte depuis qu'elle la mettait pour travailler, tira sur le haut assorti. Elle allait ranger des articles dans les rayons quand elle entendit son mari crier dehors.

— Mais non, encore ces pigeons ! Tout est sale devant le magasin.

Paula leva les yeux au ciel.

Depuis que le voisin à côté avait installé son pigeonnier, ses oiseaux salissaient tout.

— Dépêche-toi, Paula. Viens avec le seau. Il faut tout nettoyer avant que les gens marchent dessus et nous ramènent toutes ces crottes dans la boutique. Mais dépêche-toi !

Des pas se firent entendre dans l'escalier et Anna apparut quand elle poussa la porte de l'arrière-boutique.

— Que-ce qui se passe ? Papa râle comme tous les matins après les pigeons ?

Paula souleva juste ses épaules, releva les manches et sortit avec son seau.

Anna suivit avec amusement son père gesticuler dehors en montrant à sa femme les saletés devant la boutique. Quelques minutes après, il s'installa derrière son comptoir après avoir levé la grille. Anna l'embrassa sur la joue. Il sentait bon le savon.

— Pourquoi tu chasses toujours ces pigeons, papa ? Les mineurs et les sidérurgistes les adorent. Ces pauvres pigeons travaillaient pourtant autrefois dans les mines et prévenaient du danger. Alors quand même…

— Ah, ma fille, là, tu te trompes. Oui, les oiseaux étaient bien connus dans les mines mais les mineurs ne travaillaient pas avec un pigeon mais… avec un canari.

— Un canari ?

— Eh oui. Lorsqu'un canari gardé dans les galeries souterraines mourrait, cela signifiait que l'afflux du méthane était important et qu'il fallait quitter le sous-sol le plus rapidement possible.

— Mais qu'est-ce que tu racontes ? Un petit canari ? s'étonna-elle en tournant en même temps la tête vers une cliente en train d'entrer dans la boutique.

Son père sourit à la femme et répondit gentiment à son « Bonjour » par un « Bienvenue Madame », puis reprit la conversation avec sa fille.

— Oui. Un tout petit oiseau. C'étaient les mineurs du Pays de Galles qui les avaient utilisés en premier. Tu sais, il existe même une expression en anglais « Un canari dans une mine de charbon ».

— Ah bon ? Tu parles anglais maintenant, papa ?

— Mais non, Anna, tout le monde le sait, c'est tout. Ça signifie ce… ce quelque chose qui met en garde contre un danger. Ils ne vous ont pas parlé de ça à l'école ?

— Je ne m'en souviens pas…

— Tu vois, la vedette, c'est Le Canari.

Sa bouche s'étira en un sourire.

— Alors désolé mais je me permets de râler sur les pigeons. Ils n'ont aucun mérite, finit-il en taquinant sa fille.

Il essuya son front avec le bout de la manche de son grand tablier bleu foncé qu'il mettait par-dessus ses vêtements et sourit à sa fille. À vrai dire, cette conversation avec elle l'amusa beaucoup. Il aimait plus que tout sa petite Anna, devenue adulte presque trop rapidement.

Le tintement de la clochette fit lever ses yeux vers la porte alors il se leva pour accueillir les nouveaux clients.

— Pourtant ils sont quand même bien figés dans le décor de la Silésie, non ? Moi, je les aime, ces pigeons, continua Anna en faisant la moue mais son père ne l'écoutait plus.

Elle alla rejoindre sa mère dans l'arrière-boutique. Paula rangea le seau et la serpillère, essuya ses mains et lui sourit.

— Est-ce que tu as eu le temps de finir mon bandeau pour la tête, maman ?

— Oui, va vite en haut. J'arrive dans cinq minutes.

Anna monta et, une fois dans sa chambre, son regard partit immédiatement vers le cintre accroché contre la porte du placard sur lequel pendait une magnifique robe.

Un petit rayon de soleil, qui s'amusait à jeter ses reflets dans la pièce, lui donnait un aspect quasi magique en révélant encore plus sa belle couleur.

Le vert étant le coloris préféré d'Anna, elle avait insisté pour que sa mère lui trouve absolument un tissu dans ces tons.

— Tu caresses toujours ta robe ?

Anna sursauta, n'ayant pas entendu sa mère entrer. Perdue dans ses pensées, elle se vit déjà parader vêtue de cette jolie création.

— Oh, elle est si belle !

— Regarde, j'ai ton bandeau.

En le voyant, Anna porta ses mains à la bouche pour ne pas crier de joie.

La chambre se mit à virevolter dans ses yeux et tout son corps se laissa emporter par une danse joyeuse. Les livres, les étagères, le lit avec sa couverture colorée et, même la petite lampe sur son chevet blanc, décidèrent de se joindre au bonheur d'Anna.

— Arrête un peu, Anna… Anna. Viens Anna, mais viens-là, je te dis. On va l'essayer ou… alors non, met plutôt ta robe et, comme ça, on va voir l'ensemble.

Une fois habillée, Anna admira son reflet dans le grand miroir ancien accroché sur le palier.

Selon la nouvelle tendance, cette robe plus courte, avec sa coupe droite près du corps et sa taille basse ceinturée aux hanches, était vraiment belle.

Le tissu plus léger mettait la silhouette d'Anna en valeur. Elle appréciait énormément ses longues manches flottantes. Et surtout toute cette armée de petites perles en verre avec lesquelles sa mère avait décoré la robe.

Anna glissa sur sa tête le bandeau en satin de la même couleur. Orné d'un petit nœud, il était parfait.

136

— Là, tes cheveux sont un peu en désordre. Ça sera encore plus élégant avec tes cheveux attachés d'une manière plus sophistiquée. Je te ferai un joli chignon.

— Oh, merci maman. Tu es la meilleure. Je n'aurais jamais aimé avoir une autre mère que toi.

— Et toi, tu es la meilleure chose qui me soit arrivée.

Anna se refugia un instant dans les bras de sa mère pour cacher ses larmes de joie. Sa mère aussi sentait bon le savon. Elle caressa son dos légèrement vouté en savourant pleinement ce moment si agréable.

Les rideaux à fleurs bougeaient silencieusement encouragés par le très léger souffle du vent qui s'aventurait dans la pièce par la fenêtre entrouverte.

Paula Sobota ferma ses yeux en serrant très fort cette jeune fille qui n'en était plus une à présent. Anna qui était devenue une ravissante jeune femme, allait sans doute bientôt quitter le nid familial pour s'envoler vers d'autres horizons. Comme son amie Laura.

D'ailleurs, Laura avait invité Anna le lendemain chez elle pour son dernier essayage. La robe de mariée était finie mais Laura, évidemment, avait besoin d'avoir l'avis de son amie.

— Alors ? Tu me trouves comment ?

Debout devant le miroir, la tête relevée, les yeux brillants, Laura restait en attente de son verdict.

Anna était absolument éblouie par cette jeune femme qui s'apprêtait à épouser l'homme de sa vie dans quelques jours. Quelque chose d'inexplicable émanait de sa silhouette, était-ce bien l'amour vêtu de cette robe blanche qui l'avait complètement transformée ?

— Tu es ravissante, Laura. Tu es splendide. Je n'ai pas les mots.

C'était une magnifique robe blanche, longue jusqu'aux chevilles, en tulle, brodée de perles et de petits cristaux. Elle n'avait pas de manches, par contre, elle affichait un profond décolleté en V dans le dos.

Laura enfila de longs gants en satin blanc et toucha ses boucles d'oreilles.

— Et ces boucles d'oreilles ? Tu aimes ? Elles ne sont pas trop longues ?

— Pas du tout, répondit Anna, en observant avec émerveillement les petites pierres précieuses scintiller à chaque mouvement de tête de son amie.

— Retourne-toi maintenant. Je vais mettre mon voile.

Pendant que Laura se préparait, Anna balaya du regard la chambre. Plus grande que la sienne. Beaucoup plus grande mais chaleureuse avec les petits coussins en velours disséminés sur son lit et sur les deux fauteuils. Les étagères en bois pouvaient concurrencer avec celles d'Anna, aussi bien remplies. Sur la petite table placée sous la fenêtre, un cahier à moitié ouvert côtoyait d'élégantes enveloppes ainsi qu'un grand album de photos en cuir.

Ayant toujours le dos tourné, elle osa poser une question à Laura :

— Tu as déjà acheté un album pour y mettre tes photos de mariage ?

— Oui. Il est beau, hein ?

— Très beau.

— Et pour tes cheveux ? Tu as prévu quoi ? demanda-t-elle en posant ses yeux sur un tas de brosses et de barrettes éparpillées sur la table de toilette en bois avec un plateau en marbre blanc.

— J'aurai les cheveux relevés en chignon. Ça y est. Tu peux te retourner.

Anna eut le souffle coupé en voyant Laura dans toute sa splendeur. Elle portait un bandeau bohème en coton fait à la main avec de superbes colliers qui pendaient naturellement de manière symétrique et présentaient des motifs floraux brodés avec des perles brillantes. Un voile mi-long attaché au bandeau tombait dans son dos couvrant sa magnifique chevelure rousse.

— Que-ce que tu es belle, Laura ! Tu es si élégante et si moderne à la fois. Dommage, on ne voit pas tes cheveux. Avec la blancheur de la robe, ça aurait donné un beau contraste.

— Oh, pour le beau contraste avec ma robe, je pense que le smoking de Walter fera l'affaire. J'y compte bien.

Laura n'arrêtait pas de sourire tout en tournant sur elle-même, telle une ballerine sur une scène de théâtre. Visiblement, elle ne tenait plus en place, tout excitée par cet événement imminent qui allait changer sa vie.

— Tu sais, Anna, je me suis posée la question. Si je me faisais couper les cheveux au carré ? C'est la nouvelle mode.

Anna resta bouche bée en écarquillant ses yeux.

— Les jupes raccourcissent mais les cheveux aussi, continua son amie.

— Oui, les jupes, les robes, ça… oui. D'ailleurs ma robe pour ton mariage est plus courte que d'habitude. Mais les cheveux ? Tu n'as quand même pas envie de ressembler à un garçon ?

Laura éclata de rire. Aussitôt, comme s'il avait été attiré par la bonne humeur de Laura, le soleil de cette fin d'été osa leur faire un clin d'œil en pénétrant un instant dans la pièce.

— À un garçon ? Tu veux dire plutôt à une garçonne… ha, ha. Non, les coupes selon la nouvelle tendance sont courtes mais très féminines, crantées et dynamiques. Elles sont vraiment structurées et très souvent accessoirisées. Avec des bandes, plus au moins larges. C'est joli, je trouve.

— Mes tes cheveux bouclent. Comment comptes-tu les coiffer après ?

Laura commença à enlever son casque de mariée tout en parlant en même temps.

— Ne t'inquiète pas, Anna. Je ne les couperai pas pour mon mariage. Mais plus tard… Qui sait ? De toute façon maintenant que la guerre est finie, les femmes choisissent leur tenue en fonction de leurs activités. Elles peuvent même se changer plusieurs fois dans la journée. Il existe même une distinction entre les robes de « journée » et celles du « soir ». Tu ne vois pas cette volonté de liberté pour les femmes ?

— Peut-être… mais est-ce que la guerre est vraiment finie ? Nous sommes toujours entourés d'Allemands et les gens n'acceptent pas cette situation. Mon père dit qu'il y aura d'autres soulèvements.

— Je le pense aussi. Walter et mon père disent la même chose mais ne parlons pas de ça maintenant, s'il te plaît, Anna. Je me marie dans trois jours.

Anna rentra chez elle avec mille pensées dans la tête.

Laura était tellement spontanée, ouverte sur tout ce qui était nouveau.

Il était vrai qu'après toutes ces années de guerre, les femmes avaient peut-être effectivement envie de se libérer de certaines contraintes vestimentaires. Et pas seulement les femmes.

Même pour les hommes, les costumes se faisaient moins cérémonieux.

Anna avait remarqué que c'était plutôt la veste qui s'imposait comme vêtement principal de l'habillement masculin au quotidien. Elle était un peu plus étriquée que celle d'avant-guerre et souvent coupée dans des matières plus souples qui lui donnait un aspect décontracté.

Le pantalon devenait plus ample et tombait sur les chaussures.

Elle avait même aperçu dans la rue quelques costumes à rayures.

Anna était une grande observatrice et cette petite révolution dans le monde de la mode, les nouveaux styles et la manière dont les gens s'habillaient l'intéressaient beaucoup. Ils adoptaient des vêtements plus pratiques et confortables, en accord avec leur nouvelle liberté.

Elle se laissait imaginer que les prochaines années seraient celles de la vie et de la jeunesse, que, pour oublier les sombres années de guerre, la décennie à venir allait voir naître de nouvelles modes en accord avec une folle joie de vivre.

Oui, elle aurait tellement aimé suivre des cours pour apprendre plus en la matière.

Dans un petit carnet qui restait absolument secret et bien rangé parmi tous ses livres, elle dessinait depuis longtemps des modèles de robes ou de chapeaux. Elle savait coudre mais pas aussi bien que sa mère. Malheureusement, son avenir proche prenait incontestablement la direction de la boutique de ses parents pensant lui offrir un réjouissant poste de vendeuse de produits alimentaires. Jamais, ses parents ne changeraient d'avis.

De toute façon, elle n'oserait pas montrer ses croquis à personne. Même à Laura.

Ella arrêta de ruminer dès que ses yeux se posèrent sur sa robe.

Quelques minutes plus tard, elle roulait dans le carrosse doré qui la conduisait vers son prince charmant. La douce nuit se posa sur ses paupières en l'enfermant dans ce joli rêve.

Chapitre 14

Les jours au travail et les nuits sans sommeil.

Les hauts et les bas.

Les larmes silencieuses et les larmes épaisses.

Les rêves agités et les rêves sans rêves.

Une adaptation provisoire de son quotidien.

Un train-train habituel sans issu.

Ce fut la douloureuse existence de Lena depuis ce fameux jour où Emanuel Stawietzky la gratifia d'un sourire assez gêné après lui avoir transmis ce message amer de son Georg.

Qui ne voulait plus la voir.

Depuis, la terre s'écroulait en silence, elle ouvrait de plus en plus un gouffre dans lequel Lena se voyait déjà tomber avec un seul espoir.

Qu'il se referme sur elle.

Blessée, déchirée, emprisonnée par son malheur, elle regardait ce vide béant.

Le ciel de tous les jours revêtait le même voile sombre et mystérieux.

Ce voile lui paraissait tellement épais que Lena avait l'impression de porter elle-même un grand et lourd manteau qui ne lui appartenait pas. Elle transpirait dedans. Elle marchait à l'aveugle et mesurait le temps, fatiguée, amputée d'une force qu'elle n'avait plus.

Le chagrin pompait toute son énergie. Il la piégeait comme dans une toile d'araignée. Son bonheur, son espoir, son amour… Tout l'avait abandonnée.

Adelheide ne savait plus comment l'aider. Elle entourait sa petite-fille uniquement du silence chaleureux de ses bras, les mots réconfortants ne lui faisant aucun effet. Elle aurait tant aimé lui enlever une partie de la souffrance mais elle était loin d'être une magicienne. Il ne lui restait que la prière.

Adelheide attendait le retour d'Emilia. Encore quelques jours… Si elle ne se présentait pas comme convenu, elle raconterait tout à sa petite-fille.

Lena avait toujours aimé le mois de septembre avec ses coloris changeants. Un amalgame de jaune, de rouge, de brun et d'orange. Une explosion de différents tons. Quand elles habitaient encore au château, le parc était un vrai théâtre de nuances. Elle s'amusait à faire des bouquets séchés. Mais, cette année, tout ce qui se reflétait dans ses rétines n'avait aucune couleur. Le monde extérieur était tout simplement sombre.

Ses collègues de travail essayaient de lui remonter le moral. En vain. Il lui fallait du temps. Beaucoup de temps.

Un jour, la cuisinière en chef, ne pouvant plus accepter le mutisme de Lena, la réprimanda gentiment.

— Lena, enfin, concentre-toi un peu sur ce que tu fais, t'as versé trop de sel dans la soupe. C'est immangeable ! Il faut trouver maintenant un moyen de récupérer ça.

Lena lui adressa un regard vide. Transparent. Absent.

— Goûte-moi ça ! dit la cuisinière en lui fourrant la cuillère dans la bouche.

Lena tourna la tête et la soupe se répandit sur son tablier. Ce fut la fameuse goutte qui déborda du vase. Elle se mit à sangloter, tout doucement d'abord, puis de plus en plus fort. Ses pleurs devinrent une pluie torrentielle déversant toute sa peine et la libérant à la fin d'une belle partie de ce poids qui l'oppressait tant dans sa poitrine.

Le soir-même, Adelheide la trouva un peu changée et, face à cette différence inattendue dans son comportement, elle osa lui adresser la parole.

— Je pense qu'il va faire beau demain. J'aimerais bien aller faire quelques courses au marché. Tu pourras m'accompagner, ma chérie ?

— Demain ?

— Oui, samedi, il y a toujours plus de choix au marché. Depuis un moment déjà il est plutôt bien approvisionné.

— Ah, tu ne veux pas y aller toute seule, Andla ?

Lena ne se sentait pas à la hauteur de déambuler dans la grande halle du marché de la ville.

— Mais tu sais mieux marchander que moi, Lena et puis… le panier risque d'être lourd. Les pommes de terre plus d'autres légumes… ça pèse un peu.

Contrariée mais ne pouvant pas laisser sa grand-mère y aller seule, Lena accepta.

Mais, une fois dans son lit, elle n'arriva pas à trouver le sommeil.

Elle tournait dans tous les sens empêchant sa grand-mère de dormir également, d'autant plus qu'elles partageaient la même couette.

— Tu ne te rends pas compte de tout ce qui trottine dans ma tête, Andla.

— Parle, ma chérie… c'est la meilleure chose pour se libérer.

Quand Lena se lança enfin dans son discours, plus rien ne pouvait l'arrêter.

— La vie tourne autour de moi et m'apporte tant de choses imprévues. Et puis… jour après jour, elle m'envahit avec ses questions. J'attends que les nuits arrivent car on dit qu'elles portent conseil. Mais mes nuits sont longues, tristes et agitées et, surtout, elles ne portent aucun conseil. Je me dis dans la journée « vivement la nuit ». Au moins je pourrais me cacher au fond de mon lit et personne ne verra les larmes qui brillent dans mes yeux. Mais ça ne marche pas, Andla.

Elle soupira, caressa la joue de sa grand-mère et continua tout bas.

— Quand j'étais petite, je voyais mon avenir différemment. Un grand appartement avec des immenses vitres ensoleillées et des rideaux aux couleurs vives. Un fauteuil douillet près de la fenêtre pour mieux voir le ciel, une jolie table où je pourrais écrire mes lettres d'amour… Une épaisse couverture sur mes jambes, tu sais bien comment j'adore me reposer au chaud, hein ? Et puis… pourquoi pas une cheminée avec les mystères du feu… comme il y en avait au château. J'ai toujours été captivée par la valse des flammes.

Elle sourit à elle-même.

Le croissant de la lune, avec sa lumière trop faible qui n'arrivait pas jusqu'à leur fenêtre, laissait la chambre dans l'obscurité totale.

— Quand j'étais petite, je voulais avoir un très grand lit avec suffisamment de place pour deux êtres qui s'aiment très fort. Je voulais avoir un mari, un seul pour la vie, un juste, un père de famille, un amour le plus cher au monde. Je rêvais peut-être un peu trop… quand j'étais petite. Ou peut-être parce que je ne savais pas trouver le bon chemin ? Pourtant dans ces rêves… je n'étais pas trop exigeante. Si ?

Ce fut au tour d'Adelheide de caresser Lena sur la joue.

— J'étais une petite fille qui rêvait trop, finit-elle en posant sa main sur celle de sa grand-mère.

— Tout le monde a besoin de rêver, Lena. Tout le monde. Continue à rêver, ma chérie, comme quand tu étais une petite fille. Le monde est meilleur dans nos rêves.

Le samedi matin, le soleil d'automne les réveilla avec une grande dose de délicatesse. Il se glissa timidement à l'intérieur de la chambre et resta un moment. Les deux femmes se délectaient de l'odeur du café que Lena avait versé dans leurs grandes tasses blanches avec des anses de couleur, jaune pour Adelheide, verte pour Lena.

Elles voulaient partir tôt, les meilleurs produits au marché n'attendaient pas les retardataires de midi. Mais ce matin, elles prirent leur temps. Le temps de se retrouver après les épreuves de ces derniers jours.

En passant devant l'église, elles entendirent les cloches sonner dix fois. La grande halle bourdonnait déjà fiévreusement quand elles arrivèrent sur place. Lena se rappelait de cette immense surface qu'elle fréquentait avec sa grand-mère avant la guerre. Elle n'avait que 6 ans quand la halle avait été inaugurée. C'était la première halle couverte de Haute-Silésie avec, de plus, un grand sous-sol.

La halle entière était dotée d'un éclairage électrique et équipée d'une machine frigorifique et de 3 remontées mécaniques utilisées pour transporter les marchandises du sous-sol au rez-de-chaussée. La galerie même possédait plus de 150 places pour des commerces de mercerie, de maroquinerie et tant d'autres. À l'extérieur, des centaines de stands proposaient leurs diverses victuailles aux clients.

Il y avait également un restaurant. Lena et sa grand-mère n'y étaient jamais allées.

Ce matin-là, Adelheide était plutôt intéressée par les produits alimentaires. Quant à Lena, elle jetait de temps en temps un coup d'œil émerveillé vers les stands de mercerie. On dirait que la jeune femme se réveillait doucement de son cauchemar. En tout cas, elle affichait une meilleure mine et ne laissait pas Adelheide seule avec son monologue. Un simple « oui » ou un « non » sec, auxquels sa grand-mère avait droit il n'y pas longtemps encore, s'étaient transformés en quelques phrases beaucoup plus avenantes.

Lena faisait enfin son retour dans le monde réel. Depuis son long récit de la veille, elle allait mieux.

Les cris des marchands, les odeurs qui chatouillaient les narines, toutes ces couleurs éclatantes de fruits et de légumes, les bavardages joyeux des habituées qui se croisaient chaque samedi ainsi que les enfants qui couraient dans tous les sens, dessinaient de temps à autre un petit sourire sur le visage de Lena. Le visage beaucoup moins tendu.

Autour d'elle tout crépitait, grésillait, chantait, claquait et résonnait. C'était une vraie explosion de bruits si différents qu'elle se sentit enfin prête à les apprécier.

Un parfum de fleur à droite, un arôme d'épice à gauche, une fumée odorante d'une viande rôtie. Tout apparaissait presque comme avant. Sauf elle-même.

Lena n'était plus du tout la même jeune femme insouciante.

Ce jour-là était peut-être le premier vers la guérison de son âme. Mais peut-on guérir une âme ?

Adelheide ne put espérer mieux en voyant cette petite joie naissante. Accrochée au bras de sa petite-fille, toujours aussi belle, même vêtue de sa robe triste de tous les jours, Adelheide jubilait.

— Ça fait du bien de marcher un peu, hein ? Merci ma chérie de m'avoir accompagnée.

— Oh oui, ça m'a fait du bien, Andla. Surtout que nous avons réussi à négocier quelques prix, n'est-ce-pas ? Et puis nous avons eu de la chance pour ces belles pommes ! C'étaient toujours mes préférées avant la guerre, tu t'en souviens, Andla ?

Elles marchèrent un moment sans parler. Le brouhaha de la grande halle s'éloignait peu à peu en laissant la place aux chants des oiseaux. Une ruelle, puis une autre, plus large, le bruit de leurs talons usés sur les pavés, tout semblait si naturel, si normal, comme avant la guerre.

Un enfant qu'elles croisèrent se mit à pleurer en voyant son gâteau tomber par terre et les pigeons se précipitèrent immédiatement pour se disputer le festin. Adelheide serra plus fort le bras de sa petite- fille.

— Nous ne sommes pas loin de l'église, on peut y entrer un moment, le silence est tellement apaisant, proposa Lena.

Sa grand-mère ouvrit à peine la bouche pour répondre que le joyeux son des cloches les fit sursauter toutes les deux en même temps.

— Tu parles de silence ? Ce n'est peut-être pas le moment idéal, rit Adelheide.

— Ha, ha, oui, effectivement. Mais elles ne sonnent pas pour la messe, nous sommes samedi.

Le son qu'émettait les cloches devint de plus en plus fort et une belle note festive s'ajouta à leur ding-dong habituel.

— Allons voir ce qui se passe, suggéra Lena.

Une foule de gens en bas des marches et une étourdissante cacophonie de voix les surprit. Lena commença à se frayer un chemin en tirant sa grand-mère derrière elle mais les deux grands paniers bien remplis les empêchaient d'avancer.

Cependant ce vacarme n'était pas désagréable, on aurait dit qu'il annonçait plutôt un événement d'un caractère jovial.

— Bonjour Madame Pawlik.

Adelheide tourna sa tête en direction de la voix. La jeune voisine qui habitait au 1ᵉʳ étage de leur immeuble leur souriait à pleines dents.

— Venez-là, venez, dit-elle en essayant de leur faire un peu de place à ses côtés. Vous allez voir un peu mieux d'ici. Lena, venez aussi, venez.

Se glisser plus loin ne fut pas une chose facile mais, en utilisant astucieusement leurs coudes et leurs bras, elles réussirent à se coller à leur charmante voisine. Elles purent alors se réjouir de bénéficier d'une très bonne position pour observer le haut des marches.

Le son des cloches, qui se déchainaient à présent, se mélangeait avec la joyeuse effervescence des voix des gens autour, cela donnait quelque chose d'excitant.

— Vous êtes aussi venues exprès pour voir le mariage ? leur demanda la voisine en levant la voix pour se faire entendre.

— Non, pas spécialement. Nous étions au marché, l'informa Lena.

— Mais il a y du monde ici ! C'est quoi ce mariage ? demanda Adelheide avec un peu de curiosité dans sa voix.

— Ah ? Vous ne savez pas ? Tout le monde en parle depuis un moment pourtant, expliqua gaiement la voisine. La mariée, c'est la fille d'un avocat. Très connu. Et le marié, c'est Dr Saks.

— Dr Saks ? Le fameux chirurgien qui travaille à notre hôpital ? demanda Adelheide en s'efforçant aussi de parler plus fort.

— Oui, c'est lui. Ah, il est très brillant. Tout le monde l'adore et …

La fin de sa phrase resta suspendue à ses lèvres, coupée par les applaudissements de la foule. Elle tourna donc sa tête vers le haut des marches. Adelheide et Lena firent de même.

Le portail de l'église grand ouvert, les jeunes mariés firent leur apparition. La jeune mariée, accrochée au bras de son homme en élégant smoking noir, était époustouflante dans sa magnifique robe blanche. Les petites perles qui la décoraient scintillaient au soleil en créant autour d'elle une incroyable auréole de lumière. Le marié la couvrait d'un regard débordant de tant d'amour que Lena sentit son cœur se serrer.

Une pluie de pétales de roses tomba sur les têtes de ce jeune couple rayonnant de bonheur. Ils riaient et avançaient en regardant la foule qui les acclamait avec frénésie. « Quel accueil merveilleux », pensa Lena. Elle vit d'autres personnes les entourer, les parents et les amis sans doute. Tous habillés avec énormément de finesse. « Ils sont tous beaux. Ce sont des gens riches. Je ne pourrais jamais avoir une si jolie robe… si… si je me marie un jour… », songea-t-elle tristement quand soudain la silhouette d'une femme habillée tout en vert attira son attention. Incapable de bouger, le souffle coupé, elle fixa son visage doux qui lui parut si familier. Et tout d'un coup, elle n'entendit plus les cloches sonner, ni les voix résonnantes autour d'elle, le seul battement rapide de son cœur faisait vibrer tout son corps et remplissait ses oreilles d'un bruit sourd.

— C'est un très beau couple, déclara joyeusement Adelheide en se tournant vers sa petite-fille.

Mais Lena demeurait comme une statue de marbre.

Pâle, blême, grise.

Comme une statue sans vie, abimée par le souffle du temps, par la violence des orages, mais qui tenait toujours debout, même effritée. Fragile, implantée au bord d'un ravin qui risquait de s'effondrer d'un moment à l'autre.

Elle était là et ses grands yeux fixaient quelqu'un ou quelque chose en haut des marches.

Adelheide suivit son regard effrayé et aussitôt couvrit sa bouche de sa main tremblante pour empêcher un sanglot de sortir.

Piégée.

Seule avec son secret.

Impuissante.

Chapitre 15

Georg était en train de suivre son frère en silence. Il n'avait aucune envie d'aller voir des festivités quelconques et encore moins un mariage. Mais Emanuel insistait tellement que, finalement, face à son incroyable enthousiasme et n'ayant plus la force de discuter, Georg céda à son frère.

Depuis sa sortie de l'hôpital, il ne trouvait plus sa place.
Nulle part.
Ni à la maison, ni dehors, ni ailleurs.
Sa vilaine blessure lui avait laissé une belle cicatrice au niveau de son mollet droit mais ne lui faisait presque plus mal. Toutes les nuits il se remémorait le moment où il s'était retrouvé porté par la foule de manifestants prenant la fuite devant les Allemands qui les menaçaient. Quelqu'un l'avait poussé et l'avait fait tomber sur un tas de ferraille. Déchiré par une douleur immense, il avait aussitôt perdu connaissance pour se retrouver plus tard sur un lit d'hôpital avec la tête de son frère penchée sur lui.

Aujourd'hui, il n'avait pratiquement plus besoin de béquilles et il pourrait probablement reprendre bientôt son poste à l'usine. Son travail lui manquait.

Cependant le manque qui le réveillait le plus pendant la nuit avait un autre visage.

Plus doux. Celui de Lena.

Il avait eu beaucoup de temps pour réfléchir en cherchant des réponses mais, malheureusement, il n'en avait pas trouvées. Ce manque s'accentua encore plus le jour où son frère lui demanda si Lena pouvait lui rendre visite. Mais Georg avait sa fierté. Et il ne pardonnait pas facilement. Même si cela devait le dévorer tous les jours.

Gertruda et Julius n'osaient plus lui adresser la parole car il se montrait constamment d'une humeur exécrable avec tout le monde.

— Qu'est-ce qu'il lui prend ? Tu ne sais pas ? demanda Julius à sa sœur.

— Il paraît que c'est un chagrin d'amour, lui murmura à l'oreille Truda. J'ai entendu ma mère parler…

— Alors pourquoi tu rougis alors ?

— Arrête de dire des bêtises Julius, siffla sa sœur en essayant de cacher son visage qui avait pris la couleur d'une belle pivoine. Ce sont des affaires d'adultes.

Son père le fixait sans arrêt avec des yeux qui compatissait à sa douleur. Il posait régulièrement sur son chevet des lettres de son frère Joseph lesquelles faisaient monter les larmes aux yeux de Georg. Plongé dans un monde si étranger au sien, Joseph voyait les choses autrement. Il parlait de sa vocation avec une telle sérénité, en croyant qu'une vie authentiquement humaine peut se fonder sur l'Evangile.

Il lui manquait, son petit frère.

Quant à sa mère, elle lui préparait ses gâteaux préférés en essayant d'entamer une conversation mais dès qu'elle abordait le sujet que lui voulait éviter à tout prix, leur échange se terminait invariablement par une dispute. Il ne comprenait pas pourquoi elle était si obstinée à vouloir l'aider, à recoller les morceaux alors qu'il n'y avait absolument rien à recoller.

154

— Tu n'as jamais essayé de la revoir et demander une explication ?

— Mais il n'a rien à expliquer, maman. J'ai vu ce que j'ai vu.

Georg était de nature très têtu. Sa mère connaissait bien ce vilain trait de caractère de son fils aimé mais tentait quand même de temps en temps de le raisonner. Elle ne lui avait jamais parlé de sa rencontre avec Lena. Il aurait été furieux.

Dans tous les cas, cette belle histoire d'amour, à peine commencée et arrêtée peu après dans des circonstances difficilement explicables pour le moment, rongeait Johanna tous les jours. À quoi s'ajoutait aussi cette obsession maladive de son fils de fixer le plafond de sa chambre au lieu d'essayer de découvrir ce qui s'était vraiment passé ce soir-là.

Emanuel, lui, semblait heureux et épanoui dans son travail. Il parla à Georg de ce fabuleux mariage à plusieurs reprises.

Son chef de service à l'hôpital allait se marier avec la fille d'un avocat renommé. Selon lui, ça devait être un mariage grandiose, un spectacle presque. Toute l'équipe se préparait à aller voir ce beau jeune couple, sauf ceux, qui bien sûr, étaient de garde.

Emanuel et une infirmière avaient été désignés pour apporter les fleurs devant l'église.

Évidemment, Georg soupçonnait son frère de choisir méticuleusement cet événement pour essayer de le faire sortir de son trou.

Ils se trouvaient donc là, tous les trois, à marcher, Emanuel d'un pas pressé, un énorme bouquet de fleurs lui cachant le visage, sa collègue lui emboitant le pas et Georg fermant ce drôle de cortège en claudiquant. Celui-ci trainait, il n'avait nulle envie de se retrouver à cet endroit où tout lui rappelait douloureusement ses rencontres dominicales avec Lena.

Malgré tout, l'immense foule autour des marches de l'église l'impressionna. Emanuel réussit à lui trouver une place devant juste au moment où les cloches se mirent à sonner. Lui-même suivi par sa collègue, monta rapidement les marches, le magnifique bouquet dans les bras qu'il portait presque comme un trophée et non comme un cadeau. Il le souleva en haut des marches comme un sportif sur un podium. La grande silhouette de son frère jubilant de joie et contrastant tellement avec celle de l'infirmière, plutôt petite et terriblement gênée, ramena un léger sourire aux coins des lèvres de Georg. Et ce fut probablement son premier sourire depuis des lustres.

Il jeta un coup d'œil à droite, puis à gauche, en scrutant les visages d'une bonne partie de leur ville. La foule lui rappela la manifestation pendant laquelle il avait été blessé. Mais cette fois les habitants se réunissaient pour participer à un événement joyeux. Bientôt il ne vit que les mains qui applaudissaient provoquant un ramdam indéfinissable.

Quelqu'un le poussa. Il vacilla et avança un peu. Sa jambe le lança un court instant. Son regard partit plus loin à droite en bas des marches, puis se posa sur une femme âgée qu'il semblait connaître. Les yeux exorbités, la femme plaquait sa main sur sa bouche. Juste à côté d'elle se tenait une autre, plus jeune… celle qu'il voulait tant oublier.

Lena.

Sa Lena au visage de marbre tourné vers le haut des marches. Inconsciemment, il suivit son regard et ce qu'il vit le secoua comme jamais.

Pendant que Georg essayait de récupérer son sang-froid, Emanuel et l'infirmière étaient déjà en train d'embrasser les jeunes mariés.

— Vraiment ! Quel beau couple ! Quel beau mariage ! sourit Emanuel à Dr Saks et sa femme.

— Toute notre équipe ne vous souhaite que le meilleur ! ajouta l'infirmière.

— Encore une fois, docteur, nous vous souhaitons beaucoup de bonheur, finit-il, en laissant sa place aux autres personnes qui, à leur tour, se pressaient vers les mariés avec toutes sortes de fleurs en bouquets ou en corbeilles.

Il recula d'un pas et tomba nez à nez avec une splendide créature ressemblant à une fée de la nature, tout en vert, y compris ses yeux d'émeraude.

Mais à sa grande surprise, ces yeux, il avait l'impression de les avoir déjà vus.

— Lena ? Vous ici ? s'étonna-t-il.

— Je m'appelle Anna.

La fée verte lui tendit sa main.

— Je suis une amie de la mariée.

— Mais…

Bousculé par les enfants qui arrivaient avec des pétales de fleurs dans leurs petits paniers, Emanuel ne finit pas sa phrase. Dans une effervescente explosion de rires, une nouvelle pluie de roses mais cette fois blanches tomba tel un rideau de flocons de neige. Il chercha la gracieuse silhouette verte mais celle-ci descendait déjà les marches en suivant le Dr Saks et sa ravissante épouse.

Avait-il rêvé ? La jeune femme mystérieuse tourna sa tête en lui jetant un sourire timide.

Il fallait absolument qu'il la retrouve, cette Lena qui s'appelait Anna.

Il se précipita à l'endroit où il avait laissé Georg mais son frère n'y était plus.

Chapitre 16

— Mais pourquoi ? Pourquoi ?

Lena plongea son regard dans celui de sa grand-mère. Elle n'avait plus de larmes. Elle en avait trop versé ces derniers temps.

Après avoir vu son double devant l'église, Lena s'enfuit en courant. Adelheide mit un peu de temps pour rentrer à la maison et trouva sa petite-fille prostrée sur la chaise, les mains posées sur ses genoux, le regard perdu au loin.

Le moment qu'elle appréhendait tant, arriva.

Trop violemment. Ce n'est pas comme ça qu'elle avait imaginé lui apprendre la vérité.

D'ailleurs, c'était à Emilia de le faire mais puisque le destin en voulait autrement, elle était obligée de s'en charger. Elle n'avait pas d'autre choix que de raconter à Lena l'existence de sa sœur et les malheureuses circonstances qui les avait séparés.

— Laisse-moi t'expliquer, Lena.

Elle fit une petite pause, se racla la gorge et essuya son front en chassant au passage une mouche.

— C'était à ta mère de te dire la vérité. Moi, je lui ai promis de garder le secret. Et d'ailleurs, c'était un secret bien trop lourd à porter pendant toutes ces années. Crois-moi. Emilia s'apprêtait à te le dire, apparemment elle avait croisé ta sœur en ville récemment.

Adelheide regarda sa petite-fille, ses yeux n'avaient plus cette magnifique couleur verte habituelle.

Elle avait l'impression qu'ils avaient terni.

Leur chambre se noyait dans la pénombre. La chaleur de leur petit nid disparut soudainement sous le poids de la vérité qu'Adelheide s'apprêtait à dévoiler. Elle devait le faire avec douceur.

Un bruit dans la cour la fit sursauter mais Lena resta immobile. La mouche continua son vol et choisit cette fois de se poser tranquillement sur la main de sa petite-fille mais celle-ci ne fit aucun geste.

Adelheide décida de continuer son récit.

— Quand ton grand-père est mort, l'usine nous avait autorisé à garder l'appartement en contrepartie d'un petit loyer. Et puis, ils ne m'avaient pas versé grand-chose. Du jour au lendemain je me suis retrouvée veuve et presque sans ressources. J'ai fait alors du ménage à droite et à gauche pour subvenir à nos besoins. Emilia était paresseuse et jamais contente. Je n'avais aucune autorité. Aucune. Je ne comprends pas pourquoi, ni à quel moment notre relation s'est dégradée, à quel moment j'ai perdu tout contrôle sur elle. Elle vivait sa vie sans me parler de quoi que ce soit. Et puis un jour, elle m'a annoncé comme si on parlait de la météo : « Je suis enceinte. Mais lui, il nie tout. Il ne veut plus de moi ». Ma petite Lena, oh, qu'est-ce que j'ai pleuré ! J'ai pleuré longtemps, longtemps… Elle a décidé d'accoucher en me disant : « De toute façon, je ne peux pas élever cet enfant. Je ne suis pas prête. Je n'ai que 18 ans. On va peut-être le placer. Que veux-tu ? C'est comme ça et pas autrement ». Ces mots résonnent encore dans ma tête. Sa grossesse s'était plutôt bien passée même si Emilia était assez fatiguée à la fin car son corps avait presque triplé de volume.

Adelheide essuya à nouveau son front puis se leva pour se servir un verre de lait.

Elle jeta un coup d'œil dans la cour. Un chat se prélassait sur le couvercle de la poubelle tout en observant un pigeon picorer dans l'herbe.

Elle prit son verre et but une gorgée.

— Tu en veux aussi, Lena ? lui demanda-t-elle.

Mais sa petite-fille ne bougea pas.

— Elle a accouché à la maison, dit-elle en se rasseyant. Il faisait si beau. Une belle journée ensoleillée. Je me souviens, le mois de mai était magnifique cette année. Une sage-femme était venue. C'était prévu comme ça depuis longtemps. Emilia ne sortait plus à la fin de sa grossesse, elle n'aimait pas son corps déformé et ne voulait surtout pas aller à l'hôpital. Je pense que quelque part, elle avait honte. Tout était prêt à la maison, un tout petit lit en bois qu'une voisine nous avait prêté… j'avais fait des petits vêtements au crochet…

Sa voix se cassa.

— Je n'avais pas beaucoup de moyens, vraiment. J'ai travaillé très dur et malgré ça parfois nous n'avions pas assez à manger à la maison. Mais je tenais absolument à accueillir le bébé d'Emilia dans de bonnes conditions….

Adelheide baissa la tête saisie soudainement par un gros sanglot.

— Mais… il y avait deux bébés et non un. Deux magnifiques petites filles…, murmura-t-elle au milieu des sanglots. Emilia était en colère, elle hurlait. Elle criait que déjà, elle ne se voyait pas avec un enfant alors avec deux ? Moi, j'étais prête à m'occuper de ses bébés mais… je n'y suis pas arrivée. Je n'y suis pas arrivée, Lena. Désolée.

Elle se tut et sembla complétement éteinte mais le chat qui miaula dehors lui fit reprendre ses esprits.

— Au bout de deux semaines, Emilia a commencé à sortir comme avant en me laissant seule avec les nourrissons. Et moi, je n'avais plus d'économies. Elle ne vous donnait même pas le sein. Pendant un certain temps, on a eu du lait de l'hôpital et puis… oh, ma chérie… C'était tellement dur.

Adelheide s'arrêta en laissant ses larmes inonder ses joues.

Dehors, il faisait déjà sombre.

A l'intérieur aussi.

Mais, dans les cœurs de ces deux femmes, il faisait encore beaucoup plus sombre.

Adelheide essaya de puiser son courage dans son énergie habituelle, comme si c'était une source inépuisable. Mais son énergie s'était envolée. Elle le puisa donc dans son désespoir.

Pour continuer.

Comme un sportif auquel il reste cinq mètres pour finir sa course, même s'il doit le faire à genoux.

— Emilia avait rencontré son directeur peu après. Au début, elle lui avait caché votre existence. Rapidement, il l'avait demandé en mariage. Comment l'avait-t-elle ensorcelé ? Je n'en sais rien. Vous aviez deux mois. Oh, que vous étiez adorables…

Adelheide sourit à elle-même puis continua à parler d'une voix enrouée.

— Et moi, j'étais à bout de force. C'est à ce moment-là qu'elle a quand même décidé de parler de ses enfants à son futur mari. Mais ça ne s'est pas passé comme elle aurait voulu. Son directeur l'aimait, il souhaitait toujours se marier avec elle mais il ne voulait pas entendre parler d'enfants. Les enfants avec Emilia, ça, oui. Mais pas des enfants d'un autre. Et elle devait se contenter du fait qu'il ne l'avait pas rejeté après ses aveux. C'est ce qu'il lui a dit apparemment. Eh oui. Mais elle tenait tellement à s'en sortir, à quitter notre pauvre quartier qu'elle a accepté ses conditions. Et moi, je ne pouvais pas subvenir à vos besoins. Je suis tombée malade, une voisine m'aidait un peu.

Le temps sembla s'arrêter un instant pour qu'Adelheide puisse retrouver sa voix.

— Et puis un jour, Emilia est arrivée en m'informant qu'elle avait trouvé une famille adoptive mais… uniquement pour une de ses deux filles. C'était des commerçants avec une bonne situation financière, un couple d'une quarantaine d'années qui n'arrivait pas à avoir d'enfants. Des gens bien. Ils étaient en train de déménager dans une autre ville et voulaient recommencer une nouvelle vie ailleurs avec l'enfant. Emilia avait tout organisé, les papiers et tout le reste. Selon elle, il s'agissait d'une adoption parfaite et tenue secrète pour l'enfant. Que pouvais-je faire ? J'étais déchirée… Oh, ma Lena, si tu savais ce qu'elle m'a dit ce jour-là : « Le couple ne sait pas qu'il s'agit de jumelles, ils cherchent à adopter un enfant alors j'ai dit que j'en avais un. Je n'ai rien dit de plus. Au moins je suis sûre qu'ils en adoptent un. Sinon, ils auraient pu refuser. En adopter deux, ce n'est pas pareil. Et puis, je ne peux pas t'enlever deux enfants en même temps, hein ? Tu t'es déjà attachée un peu, tu vas t'occuper du deuxième, n'est-pas ? »

Elle s'arrêta à nouveau. La mouche repris son « bzzz » puis s'envola par la fenêtre entrouverte.

— Oh, Lena, tu ne peux pas imaginer ce que j'ai ressenti, entendre son enfant dire des méchancetés pareilles… de parler de ses propres filles comme si c'était de la marchandise… Parfois je pense que j'ai mis au monde un monstre.

Adelheide renifla, essuya ses larmes avec le revers de sa main et continua, profondément blessée.

— Le directeur avait laissé à Emilia une petite somme après leur mariage pour que je puisse continuer à m'occuper de toi. Emilia considéra ce geste très généreux. Quelle ironie ! Je n'ai jamais revu ta sœur jusqu'à aujourd'hui. Anna… c'était son prénom. Je ne sais pas si ses parents adoptifs l'ont changé…

— Mais pourquoi tu ne m'as jamais rien dit ? s'écria d'un seul coup Lena. Comment est-ce possible ? Et pourquoi moi ? Et pas elle ? Vous avez joué à « plouf-plouf » ?

Jamais auparavant Lena ne s'était adressée de cette façon à sa grand-mère. Avec tant de colère.

— J'ai vingt ans. Vingt ans. Et pendant tout ce temps-là, ma sœur a vécu ailleurs. Je me sens comme amputée d'une main.

Ses yeux lançaient des éclairs noirs vers Adelheide qui demeurait silencieuse.

— Je pense qu'au fond de moi, je l'ai toujours senti, cette « autre moi ». On ne sépare pas des jumelles !

Sa voix tremblait mais les larmes ne venaient toujours pas. Elle leva ses yeux vers sa grand-mère et cette fois c'étaient les yeux d'un petit animal blessé. Puis elle baissa sa tête comme une fleur fanée et cacha son visage entre ses mains.

— Non, on ne sépare pas des jumeaux. On ne devrait jamais séparer les enfants d'une même fratrie tout simplement, finit-elle sa phrase avec une toute petite voix.

Adelheide n'eut rien à dire face à cette vérité.

Elle se sentit complètement vidée mais en même temps soulagée.

Soulagée de ce poids qu'elle portait depuis si longtemps.

Lena se leva et s'approcha de sa grand-mère.

Elle se mit à genoux devant elle et prit ses mains dans les siennes.

— Andla, tu ne t'es jamais demandé comment elle allait, ma petite sœurette ? Loin de moi ? Loin de toi ?

— Oh, alors là, mon Dieu, il n'y a pas eu un seul jour où je n'ai pas pensé à elle. Avait-elle chaud ? Mangeait-elle assez ? Était-elle aimée ? Pleurait-elle aussi souvent que pendant ces deux premiers mois ? Car toi, tu ne pleurais pas beaucoup, tu sais. Anna était un peu plus fragile et pesait moins que toi à sa naissance. Elle est arrivée après toi, on peut dire que c'est ta petite sœur.

Adelheide serra les mains de Lena très fort en plongeant son regard dans le sien.

Petit à petit de nouvelles larmes commencèrent à perler sur ses cils. Adelheide laissa tout son chagrin inonder son visage marqué par tant de souffrance. Elle pleura, elle pleura longtemps, les gros sanglots secouaient violemment son corps fatigué.

Lena posa son visage sur ses genoux.

— Je ne veux plus la voir. Emilia n'existe plus pour moi. Elle m'a privé de toutes ces choses merveilleuses que j'aurai tellement aimé vivre avec ma petite sœur.

— Emilia m'avait promis de tout te raconter. Tu sais, quand tu m'as annoncé que Georg prétendait te voir avec un homme, je suis allée la voir car j'ai tout de suite pensé que ça devait être Anna. Un double de toi… qui d'autre ça pouvait être ? Il fallait que tu découvres la vérité, il fallait donner des explications à Georg. Emilia devait rompre ce silence. Elle me l'avait promis.

— Mais elle ne l'a pas fait.

Adelheide hocha la tête, impuissante.

— Andla, tu penses que je pourrais un jour la rencontrer, ma petite sœur ? Elle ne sait rien de mon existence.

Sa grand-mère ne répondit pas. Elle tourna seulement la tête vers la fenêtre, il faisait nuit.

— Je vais allumer la lumière, dit Lena en se levant.

Mais au moment où elle s'apprêtait à toucher l'interrupteur, quelqu'un frappa à la porte. Tout d'abord elle cligna des yeux car la lumière de la grande ampoule pendue négligemment au plafond se fit aveuglante, puis elle regarda sa grand-mère.

— Tu attends quelqu'un, Andla ? Je n'ai aucune envie de voir des gens. C'est toi qui ouvres, s'il te plait.

Adelheide essuya rapidement son visage et peina à se lever pour aller ouvrir pendant que Lena tira le rideau.

Dans la pénombre, elle eut du mal à reconnaître la grande silhouette qui se tenait sur le seuil de la porte. Mais dès que l'homme ouvrit la bouche pour la saluer, elle entendit derrière elle le cri de Lena.

— Georg ? C'est bien toi ?

La jeune femme se précipita vers lui toute tremblante.

— Lena, quand j'ai vu aujourd'hui, devant l'église, cette fille qui te ressemble tant… j'ai tout de suite compris. Je t'ai vu là-bas aussi, ton visage, t'avais l'air d'avoir vu un fantôme…

— Ce n'était pas un fantôme, Georg… c'était ma sœur.
Elle toucha son bras.

— Mais je ne la connais pas encore…

Georg leva son sourcil puis jeta un coup d'œil vers Adelheide qui confirma d'un signe de tête.

— Elle s'appelle Anna, murmura Lena.

— Oui, je sais, Emanuel me l'a dit. Il a parlé avec elle. C'est donc ta sœur que j'ai vue…

Il avança vers Lena et attrapa fiévreusement ses mains.

— Pourras-tu me pardonner un jour, Lena ?

Chapitre 17

Un mois s'était écoulé depuis ce fameux dimanche où Lena et Georg s'étaient réconciliés.

Ce jour-là, quand Emanuel arriva, tout essoufflé à la maison, il retrouva Georg comme d'habitude allongé sur son lit. Son frère paraissait bouleversé.

— Qu'est-ce qu'il t'a pris de te sauver si vite ? Tu as vu la fille en vert ? C'est une amie de l'épouse de Dr Saks. Je croyais que c'était Lena. Elle a les mêmes yeux qu'elle. C'est incroyable. Franchement, elles se ressemblent comme deux gouttes d'eau. Elle s'appelle Anna. Mais… c'est qui cette fille ?

— Je l'ai vue aussi. Et j'ai vu Lena qui la fixait et…

— Et…

— Elle s'est enfuie tout de suite après. Je n'y comprends rien, dit Georg d'une voix perplexe.

— J'avoue, moi non plus, affirma Emanuel.

— Et moi si, annonça leur mère qui vint de se poser dans l'encadrement de la porte de leur chambre.

Les deux frères l'interrogèrent du regard.

— Je comprends mieux maintenant. L'autre soir… c'est cette Anna que tu as vue, Georg. Elle était sûrement accompagnée par quelqu'un de sa famille, je ne sais pas, son père, son oncle…

Comme ses deux fils ne disaient rien, elle continua.

— J'ai su tout de suite que Lena disait la vérité. Elle m'avait l'air tellement sincère.

— Comment ça ? Tu l'as rencontrée ? s'étonna Georg en s'asseyant sur le lit. Pourtant, je t'avais interdit…

— J'avais besoin de savoir pour en avoir le cœur net, coupa sa mère. Elle t'aime, Georg. Va la retrouver ! Ça ne peut plus continuer comme ça.

C'est ainsi que Georg se retrouva le soir-même du mariage chez Lena et que depuis, il ne la quittait plus.

Lena eut alors le temps de rencontrer toute sa famille. Elle leur dévoila avec douleur son passé, ce qui provoqua chez Gertruda une grosse vague de tristesse. Ses yeux restèrent gonflés plusieurs jours.

Johanna adopta immédiatement cette jeune femme si frêle et si marquée par le chagrin, comme si c'était sa propre fille.

Franz se contenta tout simplement de l'observer.

Quant à Emanuel, il ne cessait de parler d'Anna. Anna belle comme une fée, Anna douce comme Lena. Anna aux yeux magnifiques, Anna souriante, radieuse et ainsi de suite.

Il lui fut facile de retrouver sa trace, Dr Saks lui indiqua l'adresse de la boutique de ses parents.

Mais ni lui, ni Lena n'osèrent aller la voir. Surtout Lena qui appréhendait beaucoup cette rencontre. À vrai dire, elle n'était pas encore prête. Comment se présenter devant Anna et lui épargner le choc qu'elle avait eu elle-même ? Savait-elle qu'on l'avait adoptée ? Elle en discuta à plusieurs reprises avec sa grand-mère. Sans obtenir de réponse.

Depuis leurs retrouvailles, chaque samedi après-midi, ils se retrouvaient tous autour de la table dans la cuisine de Georg.

Ce jour-là, Adelheide avait également été invitée et Johanna servit des petits gâteaux secs ainsi que du jus de pomme.

Franz se leva pour fermer la fenêtre avec laquelle le vent se mettait à jouer trop dangereusement. Juste à temps. Un instant après, la pluie s'abattit avec ferveur sur le parapet en zinc.

L'automne arrivait tellement vite cette année.

— Si ça continue comme ça, Julius va faire plusieurs allers-retours pour chercher du charbon à la cave. Il va falloir chauffer plus, observa Franz.

— Pourquoi c'est toujours moi ? protesta le garçon en croisant ses bras avec mécontentement.

Il préférait écouter les adultes parler. Ces bavardages autour de la table s'avéraient beaucoup plus intéressants que de monter les marches de quatre étages avec des seaux bien remplis. Et puis ses deux frères parlaient sans cesse des filles. C'était plus amusant. Mais cette fois, il eut du mal à suivre.

— Ils sont amoureux, Georg et Emanuel ? De la même fille ? Je n'y comprends rien, se pencha-il vers sa sœur en lui parlant à l'oreille.

Gertruda s'offusqua et dit à Julius de se taire en lui plaquant sa main sur sa bouche. Mais son frère ne se laissa pas décourager et recommença.

— Mais Emanuel dit que la fille… c'est comme si c'était la même mais pourtant ce n'est pas la même…, murmura-t-il à nouveau.

— Deux filles, Julius. Deux. Pareilles, pas les mêmes. Tu es vraiment un gamin, toi ! répondit-elle pour en finir.

Le garçon ouvrit grand ses yeux dubitatifs.

— Comment ?

— Elles se ressemblent. Comme Wilhelm et Herman, nos deux frères morts, chuchota-t-elle. Tu ne te rappelles plus ? Ils se ressemblaient car ils étaient jumeaux. Les filles sont jumelles aussi. Et laisse-moi écouter maintenant, ajouta-t-elle d'un ton énervé, en se dégageant.

Julius fronça ses sourcils et se tut car sa mère lui jetait un regard sévère.

Eh oui, la vie du plus jeune au sein d'une grande famille n'était pas facile parfois. On le traitait constamment comme un gamin alors qu'il arrivait déjà à l'épaule de Georg. On lui demandait régulièrement de faire des tâches usuelles alors qu'il avait autre chose en tête. Ses deux frères lui ébouriffaient sans cesse ses cheveux et Gertruda se moquait de lui après en lui disant qu'il ressemblait à un épouvantail. Même à l'instant, elle se montrait désagréable avec lui. Il trouvait tout ça injuste. Il se moucha bruyamment et essaya de suivre la conversation.

— Et si j'allais la voir ? lança Emanuel. Je peux faire semblant d'être un client et puis… si elle est là, tant mieux. Je peux essayer de jouer la pure coïncidence.

— Je ne sais pas, dit Lena tout bas. Et tu vas faire quoi après ? Lui dire que tu souhaites lui présenter sa sœur ?

Adelheide frotta ses yeux mais ne dit rien. Elle tourna la tête vers la fenêtre où la pluie semblait se calmer puis adressa un sourire à Johanna. Elle se sentait tellement mal, presque fautive. Cette situation la dépassait.

Franz qui suivait leur échange attentivement, se redressa sur sa chaise et décroisa ses jambes.

— Non, écoutez les jeunes, il faut d'abord préparer le terrain, coupa-t-il. Moi, si j'étais toi, Emanuel, oui, j'irais là voir mais pas pour lui parler de Lena. Cette fille, elle te plait, il me semble, hein ? Alors tente de l'inviter au parc ou parle lui de livres, je n'en sais rien… Tu verras bien. Et ensuite, au bout de quelques rencontres, tu pourras essayer d'orienter vos conversations, chercher à savoir discrètement si elle sait ou pas qu'elle a été adoptée.

Tout le monde le regarda avec étonnement.

— Tu veux que je joue le rôle d'un espion ? s'emporta Emanuel. Elle me plait, oui. J'ai envie de la connaître mieux, oui. Mais si un jour Lena est prête à la rencontrer et Anna apprend que je la connais, elle va tout de suite penser que je l'ai utilisée pour soutirer des informations. Non ! Je ne peux pas faire ça !

Cependant, quelques jours après, Emanuel céda à lui-même. L'envie de voir Anna était plus forte, il n'hésita donc pas à franchir la porte de la boutique de Monsieur et Madame Sobota et fut servi par sa belle fée verte. Elle avait l'air ravie de le revoir.

Depuis, encouragé, il faisait alors son apparition dans cette épicerie plus que régulièrement et ramenait à la maison des articles en tout genre : du lait, des bougies et des allumettes, de la farine, des noix. Johanna rangeait ses courses sans rien dire en adressant un sourire entendu à son mari.

Quand Anna accepta enfin une sortie au parc un dimanche après-midi, sa mère dût repasser son pantalon trois fois avant de le satisfaire. Il passa une heure devant le miroir que Gertruda était obligé de tenir et incliner dans tous les sens afin qu'il puisse bien se voir.

— Elle est très douce, comme ta Lena, confia-il à Georg. Même plus douce ou… plutôt plus fragile. C'est tellement drôle, je suis tombé sous le charme de Lena et je me retrouve avec sa sœur jumelle.

— Tu es tombé sous le charme de ma Lena ? rigola Georg. Heureusement qu'elle a une sœur. Tu aurais fait quoi sinon ? Tu lui aurais quand même fait la cour ?

Depuis qu'il avait retrouvé le bonheur auprès de Lena, Georg était comme métamorphosé.

Leur séparation avait peut-être été douloureuse mais elle avait préparé le terrain pour qu'un lien plus fort s'épanouisse. Le destin ne se trompait pas en leur ouvrant une nouvelle porte.

Le temps passa, les arbres perdirent toutes leurs feuilles et les gens commencèrent à mettre leurs vêtements d'hiver.

Anna sortit son beau manteau vert et pendant ses promenades avec Emanuel, elle lui parla de sa passion pour les livres, de son envie de faire des cours du soir et de Noël qui approchait.

— J'adore les fêtes de Noël. C'est dans un mois déjà. J'aime beaucoup l'odeur du sapin, l'année dernière, nous n'en avons pas eu. Cette année ça sera la première fois que je vais pouvoir le décorer dans notre appartement de Königshütte. Avant c'était facile de s'en procurer, on habitait à la campagne. Mais à vrai dire, je commence à apprécier cette ville avec tous ses immeubles tristes et ses pigeons. Parfois j'ai même l'impression que je la connais depuis toujours, comme si j'étais née ici.

Emanuel la regarda avec des yeux émerveillés. Cette petite fée faisait chavirer son cœur. Il ferait tout pour elle.

— Je me sentais si seule, par manque de chance je suis enfant unique, ma mère m'a eue tard. Mais je ne me sens plus comme ça depuis que j'ai rencontré Laura et… maintenant…toi…

Ses joues et son joli nez devinrent rouges soudainement.

Mais peut-être que c'était le froid le seul responsable ?

Emanuel saisit ses mains. Leurs deux regards suffirent pour remplir le silence qui suivit.

— Elle ne sait rien. Elle ne s'imagine pas du tout qu'elle a été adoptée, annonça-t-il à Georg en rentrant. Il faut le dire à Lena. Je n'ai aucune idée de ce qu'elle va faire maintenant …

— Oui, c'est difficile, ajouta Johanna qui avait entendu leur conversation. Et si tu essayais de la préparer un peu, Emanuel ? Lui dire que tu connais quelqu'un qui a très envie de la rencontrer…

— Ella va me haïr, maman ! coupa-t-il en criant.

— Non, si tu lui avoues avant tes vrais sentiments pour elle, insista calmement sa mère.

— Mais elle n'aura plus confiance en moi après !
Emanuel dégagea sa frange en soupirant.

— Elle va me détester, elle va penser que je l'ai manipulée…

— Si elle aussi a des sentiments pour toi, et d'après ce que tu me dis, c'est le cas, elle te pardonnera, dit sa mère fermement.

— Oui, dis-lui la vérité, Emanuel. Tu lui diras que sa sœur n'attend qu'elle, confirma Georg. Même si au début elle se sent manipulée, comme tu le dis, elle te pardonnera… Elle aussi, a toujours rêvé d'avoir une sœur… comme Lena.

Franz qui émergea de la chambre un instant après, s'assit à table. Il demanda à sa femme une tasse de thé et soupira.

— Parmi tous les habitants de Königshütte, il y a deux sœurs jumelles qui ne se connaissent pas et, bien évidemment, il faut qu'elles prennent le cœur de mes deux fils.

— Comment… elles ne se connaissent pas ? s'étonna Julius en scrutant attentivement le visage de son père en attente d'une réponse.

— C'est justement là le problème, mon garçon.

Chapitre 18

Lena ne tenait plus en place. Tout le monde parlait de Noël, tout le monde s'agitait.

Mais, malgré la joie à l'approche des fêtes, il y avait quand même cette instabilité politique qui planait sur la ville depuis le premier soulèvement.

Elle savait qu'il n'avait pas été causé uniquement par le mécontentement des Polonais concernant les solutions adoptées lors de la conférence de paix mais aussi par l'augmentation, en Silésie, des tensions sociales provoquées par une grave crise économique en Allemagne. Et, bien sûr, en grande partie par la division ethnique. Dans les usines et les mines, une situation courante était la discorde entre les ouvriers polonais, les cadres et les propriétaires allemands.

On parlait maintenant partout du plébiscite prévu pour le 20 mars 1921. Mais quel serait son résultat ? La peur du retour de la domination allemande était bien présente.

Les Stawietzky en discutaient parfois et Lena se demandait si un nouveau soulèvement était possible.

En attendant, la ville se préparait pour les fêtes.

Quelques décorations commencèrent à apparaître dans les vitrines des commerçants mais Lena n'avait pas la tête à fêter quoi que ce soit. Certes, son cœur rayonnait, Georg était tellement attentionné comme toute sa famille d'ailleurs ! Elle était même invitée avec sa grand-mère à passer la veillée de Noël chez eux mais elle n'arrivait pas pour autant à se réjouir complétement.

Elle n'avait toujours pas trouvé de quelle façon elle pourrait rencontrer Anna. Comment lui apprendre que non seulement celle-ci avait été adoptée mais qu'en plus elle avait une sœur. Et pas n'importe quelle sœur. Une jumelle.

Car Lena, elle connaissait sa mère biologique depuis toujours mais Anna, d'après ce qu'elle avait avoué à Emanuel, ne se doutait de rien. Ses parents ne lui avaient jamais dit la vérité concernant son adoption.

— Ils sont revenus habiter à Königshütte après toutes ces années… ont ouvert leur commerce… Emilia pensait qu'ils resteraient dans leur campagne pour toujours. Pourquoi prendre un tel risque ? dit un jour Adelheide dans une de ces indéterminables conversations qui n'aboutissaient à rien.

— Mais Andla, tu crois qu'ils auraient pris ce risque s'ils savaient que leur fille pouvait croiser un jour dans la rue sa sœur jumelle ? Tu le crois vraiment ? Moi, je pense que non. Cela prouve qu'ils ne savent absolument rien de mon existence. On ne peut pas leur en vouloir de s'être réinstallés ici. Et puis, avec Emilia, il n'y avait pas de danger, ils savaient bien qu'elle n'allait pas raconter quoi que ce soit à Anna. Ce n'était pas dans son intérêt, répondit Lena.

Sa grand-mère hocha la tête. Un sentiment d'impuissance saisit à nouveau son vieux corps. Prise de sanglots, elle saisit son tablier pour essuyer ses yeux. En ce moment, il ne servait qu'à ça, à essuyer ses larmes.

— Tu sais, Lena, je m'en veux, je m'en veux tellement. J'aurai dû tout faire pour le garder, ce petit bébé. Et tu te rends compte ? continua-t-elle en larmes, Anna devra encaisser maintenant deux chocs. Celui de découvrir qu'elle a été adoptée et celui qu'elle a été séparée de sa sœur. Quant à ses parents… je n'imagine même pas ce qu'ils vont vivre en apprenant qu'Emilia les a dupés en leur cachant l'existence de son deuxième bébé.

Tout comme sa grand-mère, Lena se posait aussi tant de questions qui commençaient généralement par un : « Et si jamais… » ou par un « Pourquoi ? » mais, tout simplement, elle ne trouvait pas de réponse.

Son esprit tourmenté lui renvoyait sans cesse l'image d'Emilia arrivant un jour dans leur appartement quelques jours après le fameux mariage. Madame « l'Épouse du Directeur » avait débarqué en coup de vent et disparu aussi vite qu'elle était arrivée. Sans grande explication. Dès qu'elle avait appris la nouvelle. Gênée ou touchée peut-être, si on se réfère à l'expression de son visage légèrement pâle, elle considéra le sujet clos et le résuma en une seule phrase.

— J'avais un peu tardé pour te dire la vérité, Lena mais ce n'était jamais le bon moment et, puisque maintenant tu le sais, j'avoue que je suis soulagée…

— Pars ! Et que je ne te revois plus, cria Lena de toutes ses forces.

Emilia n'hésita pas une seule seconde à fuir une nouvelle fois ses responsabilités. Faire face à cette situation qu'elle ne maitrisait plus, ne l'enchantait pas vraiment. Elle tourna les talons et ferma la porte un peu trop bruyamment ce qui fit fuir les pigeons qui picoraient dans la cour.

Curieusement, Lena ne pleura pas.

Le monde ne s'écroula pas non plus.

Cependant, un étrange sentiment fort désagréable l'accompagna pendant un long moment. Chasser sa propre mère n'était pas une chose qu'on avait l'habitude de faire tous les jours.

Mais pouvait-on appeler « mère » celle qui avait lâchement abandonné ses enfants ?

Heureusement, Lena avait Adelheide et Anna avait ses parents qui l'aimaient plus que tout.

On ne pouvait pas changer le cours de l'histoire.

On pouvait seulement s'y adapter.

Noël arriva, avec un sapin joliment décoré par Gertruda et Julius, avec une carpe délicieusement préparée par Johanna, avec le fameux gâteau au pavot d'Adelheide et avec l'amour qui brillait dans les yeux de Lena et Georg comme dans les étoiles dans le ciel de cette soirée magique. De la même façon que l'année précédente, tout le monde partagea les vœux.

— Et qu'on puisse à Noël prochain voir aussi les étoiles dans tes yeux et ceux d'Anna. Qu'elle puisse partager « oplatek » avec nous, dit Johanna pour conclure, en serrant fort son fils dans ses bras.

Emanuel était éperdument amoureux de sa fée verte et continuait de la voir dès que possible mais jusqu'à maintenant ni lui ni personne n'avait trouvé le courage de lui dire la vérité concernant sa sœur jumelle.

Tel un Roméo, il s'éternisait certains soirs en bas de leur boutique et jetait vers la fenêtre de sa bien-aimée des petits cailloux et, depuis peu, des petites boules de neige, tout en guettant son apparition. Leur amour n'était pas interdit comme dans l'œuvre de Shakespeare. Il trouvait ça juste amusant de jouer le rôle d'un soupirant romantique.

Monsieur et Madame Sobota aimaient bien ce beau jeune homme.

Anna et lui échangèrent des petits cadeaux entre eux la veille de Noël et ils se promirent de se retrouver après les fêtes.

En attendant, il était là, dans leur grande et chaleureuse cuisine à discuter gaiement en famille autour de la table. Il regretta seulement que Joseph ne soit pas avec eux. Ça faisait si longtemps qu'il ne l'avait pas vu.

— Et si on allait tous à la messe de minuit ? lança joyeusement Franz.

Tout le monda opina du chef.

Chacun enfila son manteau, les hommes mirent leurs casquettes et tous partirent vers l'église.

Celle-ci, remplie de lumières et de chants les accueillit avec cette puissance invisible capable de fondre tous les cœurs.

La crèche était encore plus belle cette année et Julius n'arrivait pas à détacher ses yeux de toutes ces figurines. La scène de la Nativité était simple et magnifique à la fois avec le petit Jésus dans son berceau, Marie, Joseph, l'âne, le bœuf, un agneau bienveillant ainsi que les trois rois mages. Des pêcheurs, des bergers et des paysans en vêtements de toutes les couleurs s'inclinaient devant l'enfant Jésus. Une superbe étoile de Bethléem trônait sur le toit de l'étable. Il pensa que si seulement il pouvait sculpter et peindre des figurines comme cela, il aimerait le faire toute sa vie. Alors il n'eut plus envie de suivre Georg et de travailler comme serrurier. Non, lui, il deviendrait sculpteur ou peintre. Il sourit à cette idée.

Gertruda le tira par le bras. Il était temps de partir. Oh, celle-là, sans cesse sur son dos, à le surveiller comme s'il était un bébé. Ne pouvait-elle pas le laisser encore un peu admirer la crèche ? Rien à faire. Impatiente, elle le tira à nouveau.

Ils rejoignirent leur famille regroupée en bas des marches. Julius leva la tête. Une nuit étoilée comme jamais veillait sur la ville.

Johanna, accrochée au bras de son mari, discutait vivement avec Adelheide. Celle-ci, craignant un peu le froid, était tellement emmitouflée dans son grand châle qu'on voyait à peine ses yeux.

Pendant qu'Emanuel racontait quelque chose à l'oreille de Georg, Lena, le sourire aux lèvres, observait des enfants aux yeux émerveillés qui étaient en train de se disperser dans tous les sens. Son sourire se figea quand elle aperçut en haut des marches la silhouette de sa sœur. Elle resta comme paralysée tandis qu'Anna se détachait de ses parents en faisant des gestes en direction d'Emanuel. Un instant après, elle dévala joyeusement les marches. Lena vit ses parents la suivre.

Tout se passa tellement vite que Lena ne se souvint presque plus à quel moment elle vit Anna s'arrêter devant elle.

Lena ne fit aucun geste.

Anna devint blême.

Les yeux d'émeraude d'Anna plongèrent dans les yeux verts de Lena.

La mère d'Anna plaqua sa main contre sa bouche.

Le père respirait à peine.

Johanna, sentant ses jambes se dérober, s'accrocha encore plus à son mari.

Franz se raidit.

Georg essaya de calmer Adelheide.

Et Lena… elle restait toujours muette.

Emanuel fit un pas vers Anna pour la soutenir car elle était en train de vaciller.

Ce fut finalement la voix de Julius qui les firent reprendre leurs esprits.

— Regarde, Truda, elles se sont retrouvées, les deux filles pareilles. Les jumelles.

Anna se tourna vers Emanuel.

— Tu la connais ? demanda-t-elle d'une petite voix.

Pris au dépourvu, il cligna lentement des yeux.

Personne n'avait imaginé une telle situation. Personne n'avait pensé que la rencontre de ces deux jeunes femmes pourrait se faire d'une façon presque accidentelle. Ici. Pourtant, c'était facile à prévoir, elles habitaient la même ville.

Lena sentit tout son corps trembler. Sa sœur, sa petite sœur était là. S'il y avait quelqu'un dans toute cette assemblée qui pouvait dire quelque chose, rompre ce silence, faire un geste, c'était probablement elle.

Elle fit un pas. Un seul petit pas. La neige craqua sous ses chaussures.

Était-ce la magie de Noël qui opéra ?

Était-ce le lien de deux âmes-sœur retrouvées qui poussa les deux jeunes femmes à avancer l'une vers l'autre ?

Était-ce uniquement la force de leur regard uni ?

Était-ce le destin qui décida ainsi de leurs retrouvailles ?

Le moment fut tellement intense, tellement profond. Un rêve. Une illusion. Un mirage. Un conte.

Lena tendit la main à sa sœur qui la saisit avec un peu d'hésitation.

— Je m'appelle Lena. Nous nous sommes déjà rencontrées, il y a des années… mais ça n'a pas duré longtemps. Nous avons été séparées, ma petite sœur.

La poitrine serrée, Lena observa une grosse larme qui coula très lentement sur le visage bouleversé d'Anna.

— Je crois que je t'ai attendue depuis toujours. Je l'ai senti au fond de moi…, murmura sa sœur.

La vie donne et reprend sans demander la moindre permission. Parfois sans raison, sans aucune explication. Parfois par jalousie ou par vengeance. Choisit-elle au hasard ses victimes ou bien a-t-elle une liste précise ?

La vie, il n'y en a qu'une sur cette terre. Il faut savoir la saisir, la vivre pleinement, ne pas la gâcher.

Lena et Anna choisirent de rattraper le temps perdu. La vie leur donna cette chance.

Tout le monde se retrouva après la messe de minuit chez les Stawietzky et cette merveilleuse rencontre que personne n'avait jamais imaginé, se poursuivit si naturellement et dans une ambiance tellement émouvante, que cette nuit de Noël 1919 resta gravée pour toujours dans la mémoire de tous. La nuit la plus longue et sans sommeil.

La nuit qui leur apporta le plus beau cadeau, des larmes de bonheur.

Adelheide raconta en détail la triste histoire qui la hantait depuis si longtemps. À la fin, elle embrassa les têtes de ses deux petites-filles. Curieusement, par ce simple geste d'amour, elle sut apaiser toute la tension qui régnait dans la pièce.

Au petit matin, Franz ajouta du bois et du charbon dans le poêle qui se réveilla immédiatement avec des ronronnements, plongeant la grande cuisine dans une atmosphère encore plus chaleureuse.

Johanna mit l'eau à bouillir pour faire du thé. Königshütte était en train de se réveiller en faisant apparaître les premières lumières matinales derrière les rideaux.

Paula Sobota effleura la main de Lena.

— Tu es comme ma fille. Tu lui ressembles tant. Excuse-moi, Lena, si seulement j'avais su… si seulement… Je ne t'aurais jamais séparée de ta sœur. Je vous aurais adoptées toutes les deux.

Lena baissa ses yeux, en s'imaginant l'espace d'un instant à quoi pouvait ressembler sa vie auprès de cette femme… avec sa sœur… mais loin d'Adelheide…

Elle releva sa tête et croisa son regard, le regard d'une vraie mère, celle qui savait donner tout son amour à un enfant, même si ce n'était pas elle qui lui avait donné la vie.

La voix d'Anna la sortit de ses pensées.

— J'ai une nouvelle grand-mère maintenant. Mais cette fois, c'est une vraie, sourit-elle. Que j'aime déjà de tout mon cœur ! Comme mes parents. Et… franchement, cette Emilia… je n'ai aucune envie de la connaître.

Quant à Adelheide, elle avait dorénavant ses deux petites-filles.

Depuis cette nuit où le destin décida de les réunir, les deux sœurs se voyaient régulièrement avec une énorme envie d'apprendre à se connaître. Les soirées dans la chambre d'Anna, les dimanches avec Adelheide au parc, les déjeuners chez les Sobota, les bavardages sans fin, les rires innocents. Main dans la main. Une grande exaltation les suivait partout.

La vie leur sourit à temps. Faite de cycles, de rencontres et d'adieux.

— Combien de fois j'ai senti au fond de mon cœur ce terrible manque… que je comprends maintenant. C'était le manque de toi. C'était ton être qui m'appelait. Andla m'entourait de ses bras à chaque fois que cette tristesse inexplicable m'attrapait et ça allait mieux après.

— Tu étais privée de ta mère… heureusement qu'Andla était là. Mais au moins, tu la connaissais… ta mère…

— Franchement, Anna, elle ne s'est jamais intéressée à moi. Des passages à l'improviste, des petits cadeaux insignifiants pour se voiler la face… ça oui, j'ai connu. Mais aucun geste bienveillant… Elle ne m'a jamais embrassée, Anna. Jamais, répondit Lena, le visage défait.

— Je suis si triste pour toi. Moi, j'ai des parents qui m'aiment. Et je les considère comme mes vrais parents. Je n'ai aucune envie de rencontrer ma vraie mère. C'est une parfaite inconnue. Elle m'a jetée comme un vulgaire objet. Heureusement qu'elle avait pris la peine de bien choisir ma future famille. J'aurais pu atterrir dans un foyer sans amour, chez des gens marginaux… ou je ne sais où. Je suis quand même bien tombée, sourit-elle, les larmes aux yeux.

— Pour moi et Andla, la vie n'a pas été facile mais je ne me suis jamais plainte. Certes, je n'avais pas de parents mais… peu importe. J'ai été surtout privée de toi, ma sœurette.

— Oh, Lena, toutes ces années perdues… J'aurais bien aimé jouer avec toi à la poupée ou courir dans l'herbe ensemble. Mon enfance à la campagne a été un supplice car rien ne m'attendait là-bas. Oui, il y avait mes parents… mais je n'avais pas d'amis. Pas de perspectives, des soirées longues, des journées dans le brouillard… mais je me rends compte à présent que ce n'était rien comparé à ton enfance.

Anna essuya ses yeux et saisit les mains de sa sœur.

— Nous n'allons plus nous quitter ! Promets-le-moi, Lena.

— Je te le promets. Nous avons toute la vie pour nous.

Chapitre 19

La nouvelle année arriva très vite. Paula et Oskar Sobota organisèrent la soirée de la Saint Sylvestre dans leur grand appartement. Ils poussèrent les tables, les chaises… sortirent la belle vaisselle. Les jeunes mêlés aux plus âgées, cela ne dérangea personne. Peu de temps auparavant, les trois familles n'auraient jamais pensé que leurs chemins se croiseraient de cette façon tellement inattendue. La fête fût d'autant plus joyeuse. Car il y avait de quoi fêter.

— J'avoue que vos connaissances culinaires sont aussi bonnes que celles de ma Johanna, annonça Franz en s'adressant à Paula et Adelheide. Vous nous avez concocté des mets extraordinaires.

— Vive l'année 1920 ! cria Julius, le seul à scruter attentivement l'horloge.

Sur les visages radieux des trois familles unies, s'affichait la même pensée. Ils espéraient tous une belle année en paix.

Peu de temps après, courant janvier, les dispositions du Traité de Versailles entrèrent en vigueur en Haute-Silésie. Les gardes-frontières et les troupes allemandes quittèrent la région et furent remplacés par les troupes alliées. Plusieurs milliers de soldats français, britanniques et italiens arrivèrent alors dans cette zone dont le statut d'État devait être décidé par un simple plébiscite. Ils étaient censés maintenir l'ordre dans la région.

Plus tard, en avril et en mai, dans de nombreuses villes de la zone plébiscitaire de Haute-Silésie, éclatèrent des manifestations politiques. Leurs participants protestaient contre la terreur allemande et exigeaient des changements concrets dans le fonctionnement des institutions alliées qui supervisaient les préparatifs du plébiscite.

Un Commissariat Polonais au Plébiscite fut alors créé.

Il n'était pas très aisé de vivre dans cette période si tendue. Mais même si Anna et Emanuel trouvaient la situation préoccupante, ils n'avaient pas hésité à se fiancer au printemps et planifier leur mariage pour le début du mois de septembre. Après leur union, les jeunes devaient emménager dans l'appartement des Sobota, la chambre d'Anna semblant suffisamment grande pour eux. Il était quasiment impossible de trouver un appartement indépendant ailleurs.

Emanuel accepta cette solution avec joie, il lui tardait de quitter la chambre un peu trop exiguë qu'il partageait avec ses frères.

Comme par hasard, Georg demanda la main de Lena presqu'au même moment. Le printemps, le soleil, les oiseaux… existait-il une meilleure période pour des fiançailles ?

— Mais Georg, où allons-nous habiter ? s'enquit-elle, une fois l'émotion retombée. Ni ici, ni chez toi, nous n'avons pas de place…

Georg l'étreint en souriant puis caressa sa joue.

— Tu es tellement belle. Même tes yeux ont retrouvé leur couleur habituelle depuis que tu as retrouvé ta sœur. Ne te soucie pas, j'ai trouvé quelque chose pour nous.

— Quoi ?

— J'ai demandé à l'usine.

Les yeux de Lena s'agrandirent quand il annonça la nouvelle.

— Oh, ne me dis pas que tu as demandé un logement à l'usine ?

— Si. Si, Lena. Je voulais te faire une surprise. Ils ont accepté ma demande. Nous aurons une chambre avec une cuisine comme chez mes parents. Dans un immeuble voisin, tu te rends-compte ? s'écria-t-il en soulevant sa jolie Lena.

Ils se mirent à danser et les autres jeunes promeneurs du dimanche les regardèrent avec envie. Leur amour était tellement contagieux que deux autres couples se joignirent un instant à eux. Une valse de joie dans les rues de Königshütte, c'était tellement rare.

— C'est pour quand ? demanda Lena plus tard.

— Bah, je ne l'aurai pas avant début décembre. Nous pourrions nous marier à Noël. T'en penses quoi ?

— Oh, oui. C'est parfait. Car... se marier au même moment qu'Anna, ça gâcherait tout le plaisir des préparations, non ?

Quand Julius apprit la nouvelle, sa bouche s'étira en un sourire.

— Alors pourquoi tout le monde dit qu'elles vont devenir belles-sœurs, les deux sœurs ? Elles ne sont pas belles déjà ?

Tout le monda éclata de rire. Julius devint un vrai petit blagueur et eut droit à son ébouriffement de cheveux habituel. Il avait réussi son coup cette fois-ci. Il gonfla ses joues et frotta son nez, tout content.

Adelheide était aux anges. La grosse fatigue mêlée à la culpabilité qu'elle trainait depuis un moment quitta définitivement ses traits. Ses deux petites-filles adorées qui s'étaient si merveilleusement retrouvées seraient mariées dans la même année. Que demander de plus ?

L'organisation des mariages commença mais fût troublée par les événements du deuxième soulèvement qui éclata le 19 août mais dont tout le monde parlait déjà depuis un moment.

Quelques jours après, une unité de cinq cents insurgés attaqua Königshütte. Une partie de la ville fut prise, une autre resta aux mains de la Police de Sûreté allemande.

— La situation est si instable, Oskar, j'ai peur de sortir dans la rue. Tu crois que ça va durer longtemps ? s'enquit Paula un soir.

Son mari était en train de fermer le rideau de fer. Il fronça les sourcils.

— J'ai entendu dire aujourd'hui que les insurgés exigent que la police allemande soit dissoute. Ils demandent qu'à la place, il soit établi la Police du Plébiscite, une sorte de formation composée de Polonais et d'Allemands, répondit-il.

— J'espère qu'ils vont trouver un accord rapidement. Le mariage a lieu dans deux semaines.

— Ah, bah… S'il faut l'annuler, on l'annulera. Qu'est-ce que tu veux que je te dise, Paula ? Tu crois que toute cette situation ne me préoccupe pas ? Évidemment que j'aimerais que ça s'arrête avant et que le mariage ait lieu comme prévu.

Tout le monde suivit le déroulement de ce deuxième soulèvement silésien qui s'arrêta en fin de compte très rapidement, le 25 août.

Il se termina par l'acceptation des principales revendications de la partie polonaise et la campagne du plébiscite put continuer.

La date du mariage prévu pour le mois de septembre fût maintenue.

Anna, tout excitée, invita Laura chez elle pour le dernier essayage de sa robe. Exactement comme cette dernière l'avait fait pour elle l'année précédente.

Laura arriva avec un peu de retard et monta en soufflant à l'étage. Elle s'affala sur la chaise, les jambes écartées et soupira.

— Heureusement que tu n'habites pas au 4ᵉ, je n'aurais pas pu te garantir d'assister à cet essayage, annonça-t-elle en caressant son ventre arrondi.

Anna éclata de rire.

— Non, moi j'ai de la chance. Mais Lena et Georg, eux, ils vont habiter au 4ᵉ étage après leur mariage à Noël.

— Ah… d'ici-là, j'aurai accouché. C'est prévu pour début décembre. Je pourrai leur rendre visite facilement, le bébé dans les bras.

— Ils vont prendre avec eux ma grand-mère. Il y aura une place pour elle sur un sofa dans la cuisine. Je suis très contente, elle ne restera pas toute seule.

— C'est parfait. Georg est vraiment gentil de proposer ça.

— Oui, Andla pourra rendre leur chambre à l'usine, l'argent de leur petit loyer servira à payer en partie celui du nouvel appartement.

Laura balaya du regard la chambre d'Anna et, après avoir remarqué quelques aménagements, jeta un regard amusé vers elle.

— Je vois que tu t'es débarrassée de ton petit lit et que tu l'as remplacé par un qui a l'air d'être bien plus grand et forcément plus confortable, hein ? dit-elle en faisant un clin d'œil à son amie.

Les joues d'Anna devinrent écarlates.

— Oui…

— Et il y a une nouvelle commode, poursuivit Laura d'un ton amusé en admirant le beau meuble acajou avec trois tiroirs.

— Ah, oui. C'est un beau meuble, papa l'a acheté chez un de nos clients qui l'avait rénové avec beaucoup de soin. Je l'aime beaucoup. Je pense qu'il doit porter en lui de belles histoires humaines. Tu vois, il est en parfait état. Emanuel pourra y ranger ses affaires. Et puis, regarde…, ajouta-t-elle, je lui ai fait aussi un peu de place ici.

Elle ouvrit l'armoire, dans laquelle des cintres avec ses robes se serraient à droite laissant la place à ceux qui, vides, pendaient tristement à gauche.

— Tu es enfin amoureuse, Anna. Ne sois pas gênée, c'est tellement magique. Ton Emanuel est un bel homme. Et intelligent. Walter a beaucoup d'estime pour lui. Il pense qu'il a absolument tout pour devenir médecin. Je suis très heureuse pour vous. Vraiment. Vous faites un couple parfait.

Anna rougit à nouveau et ferma l'armoire.

— Tu veux boire quelque chose, Laura ? dit-elle non seulement pour changer de sujet mais surtout parce qu'elle s'aperçut qu'elle n'avait rien proposé à son amie depuis son arrivée.

— Je ne dirais pas non à un verre de jus de pomme.

Quand Anna réapparut dans la chambre avec la boisson, Laura se redressa sur sa chaise, le front en sueur.

— Il commence à me donner des coups de pieds, dit-elle la main posée sur son ventre.

Elle pencha sa tête sur le côté et croisa le regard inquiet d'Anna.

— Ne fais pas cette tête-là, Anna. Tout va bien. Mais… assez bavardé. Montre-moi ta robe. Ou… alors non, non… juste avant que tu ne me la montres, je voulais te demander…

— Oui ?

— Ça me ferait tellement plaisir si tu acceptais d'être la marraine de mon bébé.

Le regard d'Anna brilla.

— Oh… Laura. C'est vraiment… Oui. Bien sûr. Je suis très touchée. C'est merveilleux, chuchota Anna en saisissant les mains de son amie dans les siennes.

Laura essuya son front et pencha légèrement sa tête en arrière.

— Merci Anna. Mais maintenant, ne perdons pas de temps. File, habille-toi. Je veux te voir dans toute ta splendeur.

La robe d'Anna était magnifique.

Un peu dans le même style que celle de Laura. Longue et majestueuse. Avec des manches transparentes finement brodées. Et à la différence de celle de Laura qui avait un grand décolleté en V dans le dos, la robe d'Anna avait une encolure bateau. Quelques petites perles scintillaient ici et là, suivant la mode du moment.

Anna était éblouissante.

Elle portait un bonnet en véritable dentelle agrémenté d'un ornement floral et des sequins.

Tout fait à la main.

— Quelle merveille ! s'exclama Laura. Je savais que ta mère était une bonne couturière mais… faire une robe pareille ! Bravo !

Laura avait raison, son amie était rayonnante. Une fois la présentation finie et la robe rangée, Anna s'assit en face de Laura.

— Tu sais, je pense que je vais proposer à Lena de porter ma robe pour son mariage.

Laura ne put cacher son étonnement, ses sourcils se levèrent.

— Lena n'a pas beaucoup de moyens, continua Anna. Avec Georg, ils économisent pour le repas de mariage, ils ont leur appartement à meubler… Bref, je me suis dit que je devrais lui proposer ça. Tu en penses quoi ? C'est ma sœur.

Laura écouta attentivement puis ferma les yeux et demeura immobile un moment.

— Tu vas bien ? s'enquit Anna en la voyant ainsi.

Quand son amie ouvrit ses yeux, tout son visage s'illumina.

— Tu es vraiment une fée, Anna. Emanuel a bien raison de t'appeler ainsi. Il n'y a que toi qui pouvait avoir une idée pareille. Bien sûr que tu peux proposer ta robe à Lena !

La bouche d'Anna s'étira en un grand sourire.

— Oh… merci. Et… je pense que ma mère pourrait faire quelques petites modifications si Lena le souhaite.

Anna n'attendit pas longtemps pour en parler à Lena.

Le dimanche suivant, comme d'habitude, les deux sœurs se retrouvèrent au parc. Elles avaient leur banc qu'elles appelaient dorénavant « le banc des jumelles ». D'ailleurs c'était un banc deux places uniquement, avec une lourde base en fer rivetée et peinte en vert. Leur coloris favori à toutes les deux.

Leur banc.

Après avoir raconté à sa sœur sa semaine au travail, Lena n'arrêta pas de lui parler de Georg. Anna connaissait cette sensation, Emanuel aussi occupait toutes ses pensées.

— Nous réfléchissons un peu au mariage. La mère de Georg et Adelheide sont en train d'élaborer la liste d'ingrédients pour le repas. Nous allons le faire chez les Stawietzky. La cuisine est très grande, leur voisin va nous prêter une table et des chaises. C'est tellement excitant, tout ça.

Anna regarda sa sœur, elle avait le même sourire, le même menton et ses gestes… elle se reconnaissait en elle.

— Lena, dit-elle avec beaucoup de douceur, j'aimerais tellement que tu portes ma robe de mariée…

Lena resta bouche bée.

— Mais…

— Ne dis pas non, s'il te plait. Nous avons la même taille, elle t'ira à merveille. Ça me fera tellement plaisir… S'il te plait, Lena, accepte ça…

Lena observa longtemps le visage de sa jumelle, son cœur s'agitait dans sa poitrine. Anna venait de lui faire un magnifique cadeau, elle ne pouvait pas le refuser. Pas à sa sœur. Elle porterait cette belle robe, la robe de sa sœur qu'elle aimait plus que tout.

Chapitre 20

— Vous étiez si beaux, observa Joseph le lendemain de la fête.

Emanuel regarda son petit frère avec beaucoup de tendresse.

— Je suis si content que tu aies pu venir, répondit-il en lui serrant la main.

Joseph, après tant d'années d'absence, avait pu obtenir une permission pour assister à la cérémonie de mariage de son frère. Il arriva la veille et son apparition fit pleurer tout le monde.

Julius libéra son lit pour Joseph et se serra avec Emanuel juste pour une nuit car celui-ci était censé emménager chez Anna le lendemain.

Moins grand que Georg et Emanuel mais plus large au niveau des épaules, le visage carré, ses cheveux châtain lissés avec une raie au milieu, Joseph portait de petites lunettes rondes à monture métallique dorée ce que lui donnait un air fortement intellectuel. Il ne ressemblait en rien à ce jeune homme qui avait quitté la maison familiale pour entrer au séminaire. Maintenant, il avait 21 ans et une telle sagesse dans la voix que même Johanna ne savait plus comment s'adresser à son fils. Après cinq longues années sans l'avoir vu. La Grande Guerre ainsi que ses études les avaient empêchés de se retrouver plus tôt.

Johanna le savait différent des autres.

Joseph s'isolait souvent pour méditer, priait beaucoup et, dans leurs conversations autour de la table, il évoquait régulièrement l'utilité des missions d'évangélisation.

Très mûr pour son âge.

Un jour, il avait entendu parler de la Maison de Mission chez les Missionnaires du Verbe Divin à Nysa dont l'objectif principal était d'éduquer et de former des prêtres et des frères religieux qui, ensuite, partiraient en mission et mèneraient des activités d'évangélisation.

Depuis il n'avait qu'une seule idée en tête.

Aller étudier là-bas.

L'école secondaire qui existait dans la Maison de Mission était une école avec internat obligatoire même pour les jeunes gens vivant à Nysa et l'éducation était évidemment payante. Alors, après une longue période de réflexion et de multiples discussions, ses parents acceptèrent de l'envoyer à Nysa.

Une fois la période d'éducation terminée, les pères et les frères Verbistes travaillaient à la ferme du monastère, dans leurs propres menuiserie, imprimerie, abattoir et moulin. Ils cuisaient même leur pain dans une boulangerie du monastère. Grâce à leur diligence et leur ingéniosité, ils ne dépendaient que d'eux-mêmes, ils bénéficiaient ainsi d'une autonomie totale. Joseph vivait sa vie au séminaire depuis et était devenu frère Verbiste.

Mais, maintenant qu'il était là, à Königshütte, Johanna voulait profiter pleinement de son fils et ne le quittait pas d'une semelle.

Lors de la cérémonie à l'église, Joseph se proposa de servir à l'autel comme un enfant de chœur.

Le temps d'une belle messe, l'église enferma dans ses murs toute la famille, les amis ainsi que certains curieux de leur ville.

196

Habités par une joie intense, par cette béatitude bien présente à chaque événement heureux, ils s'y rassemblèrent tous pour accompagner Anna et Emanuel dans le début de leur nouvelle vie.

Les jeunes mariés aux yeux débordant d'émotion, distribuaient à présent leurs sourires à droite et à gauche, en trinquant leurs verres avec tout le monde.

Tout au long de la réception donnée dans le grand appartement des Sobota, Joseph était resté assis à côtés de sa mère. Il se montra assez réservé au début mais, petit à petit, il retrouva sa place au sein de sa famille.

Julius n'osa pas trop aborder Joseph, intimidé un peu par son apparence si particulière.

Gertruda, par contre, pleine d'admiration pour ce grand frère qui se préparait à partir en mission, n'arrêtait pas de le bombarder de questions.

— Tu te plais là-bas ?

— Pourquoi tu n'as pas pu venir plus souvent ?

— Les études sont dures ?

— Papa nous a dit que dans tes lettres tu parlais du travail à la ferme et que tu faisais tout seul ton pain. C'est vrai ?

Joseph hochait tranquillement la tête, souriait à sa sœur qui, comme dans ses souvenirs, portait des nattes mais qui dorénavant n'était plus vraiment une petite fille. Il observait Julius buvant ses paroles alors il continuait à leur raconter sa vie au séminaire.

— Ce n'est pas trop fatiguant, tout ça ? Les études et le travail en même temps ? s'enquit Julius.

Le visage de Joseph s'illumina. Avec sa voix posée et si plaisante à entendre, il répondit à son petit frère :

— Tu sais, nous étudions, nous travaillons mais nous avons un parc et un étang, ainsi qu'un carré destiné aux exercices physiques et aux loisirs pour se détendre. On nous a créé un environnement plaisant au monastère avec une salle de sport et même une piscine. On nous dit souvent : « Un esprit sain dans un corps sain ». Dis-moi, tu connais ce dicton, Julius ?

— Je crois…, répondit-il sans conviction.

— Joseph, c'est vrai que tu vas partir en mission, très loin ? demanda Gertruda.

— Oui, ma petite sœur. C'est vrai. Les objectifs et les principes de fonctionnement des prêtres et des frères Missionnaires du Verbe Divin portent sur l'activité missionnaire. Alors oui, je vais partir mais pas tout de suite.

Gertruda et Julius écarquillaient tout le temps les yeux. Qu'est-ce qu'il parlait bien, leur frère !

— Nous devons aider les communautés les plus pauvres et celles où la Parole de Dieu n'est pas encore arrivée, continua-t-il. Elles sont souvent dans des pays lointains. Nos prêtres et nos frères partent ainsi en mission en Amérique du Nord ou du Sud, en Afrique, en Asie, en Australie.

— La Parole de Dieu ou le Verbe Divin... ah, c'est pour ça qu'on vous appelle aussi « Verbistes », constata Julius.

Johanna, qui depuis un long moment observait silencieusement son Joseph échanger avec tant de douceur avec les plus jeunes de ses enfants, essuya ses yeux.

— J'espère, mon fils que tu nous écriras… quand tu partiras dans ces pays lointains, finit-elle dans un sanglot.

Joseph saisit les mains de sa mère dans les siennes et croisa son regard. Ses yeux étaient comme délavés, remplis de chagrin. La chaleur de ses mains allait lui manquer. Mais il avait tant des choses à accomplir. Ce n'est pas maintenant qu'il allait faire marche arrière.

— Je te le promets, maman, dit-il d'une voix rassurante.

Une semaine plus tard, Joseph quitta sa famille.

Juste avant de partir, Julius lui offrit une petite figurine qui représentait la Vierge Marie. Joliment sculptée dans un morceau de bois de tilleul.

Joseph l'interrogea du regard.

— C'est pour moi ?

— Je l'ai fait pour toi, pour qu'elle t'accompagne partout. Tu pourras montrer à quoi elle ressemble, la mère de Jésus… à tous ceux qui vivent dans ces pays lointains et qui ne la connaissent pas encore.

Très touché, Joseph serra son petit frère contre lui. Après une longue étreinte silencieuse, Julius leva sa tête.

— J'ai choisi le tilleul car c'est justement le bois qu'on recommande aux sculpteurs débutants. C'est ma deuxième figurine, rougit-il. La première, je l'ai offerte à Anna et Georg en cadeau de mariage. Elle était un peu moins réussie…

— Elle est magnifique, Julius, dit Joseph en retournant dans sa main la figurine de la Vierge avec sa robe peinte en bleu. Tu n'as pas à rougir.

— Je n'ai plus envie de devenir serrurier. Quand je finirai l'école, j'irai en apprentissage chez un menuisier. J'y vais déjà de temps en temps, après la classe. Monsieur Blum est gentil. C'est un ami de papa. C'est lui qui m'a conseillé ce morceau de bois. Il rend bien les formes que l'on y sculpte car sa blancheur montre justement les contrastes.

— Tu sais, mon grand, tu as très bien fait. Le plus important dans la vie est de suivre son instinct. Et de ne jamais abandonner ses rêves, finit Joseph en embrassant son petit frère.

Joseph avait été très ému par l'accueil que sa famille lui avait réservé, par tous ces mots d'amour et d'admiration qu'il avait reçus.

Il avait été ravi de pouvoir assister au mariage d'Emanuel et faire ainsi connaissance de son adorable épouse et de ses parents qui avaient tout si bien organisé.

Il avait aussi échangé longuement avec le docteur Saks sur la vie des missionnaires et des médecins en Asie et en Australie.

Les jours suivants, il s'était promené dans les rues de Königshütte avec Georg et sa fiancée, douce et honnête jeune femme.

Il avait rendu visite à Adelheide et avait été totalement bouleversé par l'histoire des deux sœurs séparées, qui se ressemblaient tant. D'ailleurs, il avait du mal à les différencier.

Il avait également parlé longtemps avec son père. Des livres, de la vie. Il observa alors que son état de santé s'était aggravé ce qui le rendit bien triste.

En partant, il avait promis de les porter tous dans ses prières. Sa mère l'accompagna à la gare et en voyant son visage inondé de larmes, c'est avec un pincement au cœur qu'il la laissa sur le quai. Il ne savait pas dans combien de temps il pourrait revenir. Il avait encore devant lui un long chemin de préparation avant d'être envoyé en mission. Deux voire trois ans.

Il reviendrait sans doute avant de s'envoler vers de nouveaux horizons. Oui, il reviendrait.

Chapitre 21

Anna fut réveillée par un bruit qui venait de dehors. Son père était en train de déneiger devant la boutique, le bruit grinçant de la pelle sur la neige transformée en patinoire était assez désagréable. Ella s'étira et vit Emanuel boutonner sa chemise. Le petit rideau poussé sur le côté dévoilait le ciel derrière la fenêtre, lourd et promettant de nouveau de la neige.

— Tu pars déjà ?

— Déjà ? Il est huit heures, répondit-il. Tu n'as pas bien dormi, ma chérie ? J'ai l'impression que tu es accablée de fatigue en permanence.

— Oh, je dors très mal en ce moment et quand je me lève, je me sens épuisée tout de suite, se confia-t-elle.

— Ah… tu veux que je t'apporte quelque chose à manger au lit ?

— Non, non, je n'ai envie de rien.

— Tu n'as pas faim ?

— Si, j'ai faim mais à vrai dire la nourriture me dégoûte.

Emanuel scruta le visage de sa femme, ses poches sous les yeux, son teint plus pâle que d'habitude et soudainement il eut comme un déclic dans sa tête.

— Mais oui… c'est évident. Anna, tu n'attends pas par hasard un bébé ? s'exclama-t-il.

Tout d'un coup, il fut presque convaincu en faisant cette découverte.

— Un bébé ? murmura-t-elle en mettant sa main devant sa bouche.

— Comment est-ce possible que je ne l'ai pas vu avant ? Moi, infirmier. Mais oui ! C'est ça ! Depuis quelques jours tu es assaillie par toutes ces odeurs de cuisine, de friture notamment… ça te donne des haut-le-cœur !

Anna dévisagea son mari en ouvrant grand ses yeux.

— Habille-toi, vite. Tu vas venir avec moi à l'hôpital pour te faire examiner, faire une prise de sang… Alors surtout ne mange pas avant de partir.

— Mais…

— Ne me regarde pas comme ça, Anna. Dépêche-toi. Je t'attends en bas.

Anna se leva et avant qu'il ne referme la porte, elle cria :

— Ne dis rien pour l'instant à mes parents !

Elle s'habilla en vitesse malgré une vague de nausées qui la saisit. Choquée par la découverte d'Emanuel, elle ne comprenait pas comment elle avait pu négliger ces signes que son corps lui envoyait depuis un bon moment. Elle vivait un tel bonheur auprès de son mari qu'elle n'avait rien vu.

Depuis qu'ils s'étaient installés après leur mariage dans la douillette chambre d'Anna, elle vivait sur un nuage.

Emanuel avait rangé ses quelques vêtements ainsi que des bibelots personnels dans la belle commode sur laquelle Anna avait posé une serviette faite au crochet par sa grand-mère. Il avait accroché ses pantalons et ses vestes sur les cintres qui attendaient patiemment dans l'armoire et avait posé sur le lit les deux taies d'oreiller ainsi qu'un couvre-lit que sa mère leur avait fabriqués avec sa vieille Singer.

Le couple vivait comme dans un rêve. Envahis par l'intensité de leur amour, ils n'avaient pas vu l'automne qui laissait des montagnes de feuilles dans la rue, ni le mois de décembre arriver avec le froid. Ils n'avaient rien vu autour, aveuglés par leurs nouveaux sentiments, si purs, si irréels parfois. Anna n'avait jamais imaginé qu'il pouvait exister une telle complicité ni une si belle entente entre une femme et un homme.

Chaque jour, elle découvrait différentes facettes de la vie conjugale et se réjouissait davantage d'avoir trouvé l'homme qui la comblait.

Leur petite différence d'âge pouvait peut-être gêner certains mais, pour elle, ça n'avait absolument aucune importance. Son père lui avait même dit un jour qu'il préférait avoir un gendre ayant six ans de plus que sa fille et avec la tête pleine de projets qu'un homme du même âge et la tête vide.

Anna aimait son mari de toutes ses forces. Se pouvait-il que le fruit de leur amour trouvât déjà son petit nid dans un coin de son ventre pour grandir tranquillement au chaud, bercé par le battement de son cœur ?

Un peu abasourdie, elle partit à l'hôpital avec Emanuel qui l'assura qu'une simple prise de sang devait déterminer si oui ou non leur famille allait s'agrandir bientôt. Il voulait également qu'elle soit examinée par un médecin mais aucun n'était disponible. Emanuel prit alors un rendez-vous pour une consultation trois jours après et laissa sa femme retourner à la maison.

Anna dut patienter jusqu'au soir pour avoir ses résultats.

Finalement la journée passa très vite, elle essaya d'occuper son esprit en aidant son père au magasin. Elle ne mangea pas grand-chose à midi et s'éclipsa dans sa chambre bien avant la fermeture de la boutique.

— Tu dois couver quelque chose Anna, s'enquit sa mère.

— Je ne sais pas, peut-être… j'ai juste besoin de m'allonger un peu, maman. Je vais attendre Emanuel en-haut.

— Tu es sûre ? Tu ne veux pas que je t'apporte un thé ?

— Non, maman, merci.

Anna avait besoin d'un peu de tranquillité, Emanuel ne devrait pas tarder. Elle regarda longtemps dehors avant de tirer le rideau. La nuit s'annonçait froide et la neige commençait à se poser déjà en fine couche sur les trottoirs. Les jolis petits flocons, tels de minuscules étoiles blanches, virevoltaient joyeusement derrière la vitre sur laquelle le froid déposa des cristaux de glace. Elle s'installa confortablement dans son fauteuil et s'assoupit.

Quand une heure plus tard Emanuel entra dans la chambre plongée dans la pénombre et vit sa bien-aimée endormie, il avança vers elle sur la pointe des pieds pour ne pas la réveiller. Il s'agenouilla devant son fauteuil. Dans la lumière du réverbère qui pénétrait discrètement dans la pièce, il observa le visage de sa femme. Elle lui parut si tranquille.

Qu'est-ce qu'il aimait sa fée verte !

Il tourna la tête vers la fenêtre puis vers leur grand lit. Il habitait ici depuis presque trois mois et il n'avait jamais été si serein. Les parents d'Anna lui ouvrirent leurs bras sans poser aucune question en lui faisant entièrement confiance. Parfois il n'arrivait pas encore à réaliser qu'il était dorénavant un homme marié. En plus, marié avec une fée. Il sourit à lui-même. Est-ce que les fées existent vraiment ? Est-ce que la sienne ne va pas retourner un jour dans un pays enchanté de contes de fées en le laissant seul avec son désespoir ? Non, elle ne va pas s'envoler nulle part. Elle est là, si réelle et si belle. Il se leva et attrapa le plaid pour la couvrir mais n'en eut pas le temps, Anna ouvrit ses yeux.

— Ah... tu es rentré..., dit-t-elle d'une voix ensommeillée.

Il l'embrassa tendrement sur son front, alluma la lampe du chevet et s'assit par terre devant elle. Il la contempla un moment puis sortit une feuille de sa poche. Anna se raidit.

— Ce sont les résultats ?

— Anna, mon amour, ma merveilleuse enchanteresse... d'habitude c'est la femme qui annonce à son mari qu'elle attend un bébé mais cette fois ce n'est pas du tout le cas...

— ...

— Anna... nous allons avoir un bébé, déclara-t-il en attrapant ses deux mains.

Anna croisa le regard de son mari sans prononcer un seul mot. Surprise. Mais agréablement surprise.

Tout d'abord, ses lèvres se mirent à trembler, puis ses grands yeux verts s'élargirent en libérant quelques larmes. Emanuel se mit à embrasser ses joues humides, son front, sa bouche frémissante.

— Je n'arrive pas à y croire..., bredouilla-t-elle. Il faut l'annoncer à mes parents...

Emanuel posa un doigt sur ses lèvres.

— Chut. Nous avons tout notre temps.

— Je dois le dire à Lena. Et à Laura.

Emanuel la berça dans ses bras. Longtemps. La vie leur donnait un cadeau si précieux. Il ne s'attendait pas à avoir un enfant si vite. Quoi que... peut-être au fond de lui, cette idée s'était mise à pousser déjà depuis le jour de leur mariage ?

— J'irai demain chez Lena. C'est samedi. Elle sera à la maison, décida Anna plus tard. Tu pourras venir avec moi ?

— Désolé, mais je suis de garde demain matin. On me l'a ajoutée au dernier moment. Mais nous pouvons y aller dans l'après-midi ou dimanche, non ?

— Non, je ne tiendrai pas une minute de plus. Il faut que je le dise à ma sœur. Et maintenant… viens, nous allons voir mes parents.

L'arrivée d'un bébé au sein d'un foyer restait toujours un moment tellement bouleversant pour toutes les familles. Pour les futurs parents, pour les grands-parents, pour les fratries.

Comment l'annoncer à tous les proches ?

Comment anticiper toutes les réactions ?

Comment se préparer à accueillir en toute sérénité ce petit être grandissant tranquillement pendant neuf mois sous le cœur impatient de sa mère ?

Ni Anna ni Emanuel n'avaient fait de répétitions pour une telle pièce. Mais, en l'espace de quelques minutes, Emanuel trouva déjà dans quel coin de la chambre placer le petit lit et sa femme fit défiler dans sa tête une liste de prénoms pour leur futur petit bout. Fille ou garçon ? Il valait mieux prévoir un prénom pour les deux.

Quant aux parents d'Anna, ils furent fous de joie.

— Nous avons hâte de te rencontrer, chuchota Paula en touchant tendrement le ventre de sa fille.

Le samedi matin, dès qu'Emanuel partit à l'hôpital, Anna se leva, croqua à peine un peu de pain beurré en s'efforçant de le garder malgré ses nausées matinales et s'habilla chaudement pour aller voir sa sœur.

Pendant presque toute la nuit, la neige était tombée abondamment et, depuis très tôt le matin, Oskar s'agitait avec sa pelle devant la boutique. Avec son nez tout rouge, son gros manteau et sa casquette enfoncée sur la tête, il s'appliquait à la tâche.

Il ne neigeait plus mais les températures restaient basses, en laissant une couche de glace sous la poudre blanche fraîchement tombée. Anna s'apprêtait à sortir quand sa mère l'arrêta sur le pas de la porte.

— Tu as oublié ton écharpe, Anna. Il fait si froid, dit-elle en la mettant autour du cou de sa fille comme si celle-ci était encore un petit enfant.

Il y avait tant d'amour dans son geste qu'Anna fut très émue.

— Qu'est-ce que je ferais sans toi, maman ?

— Je suis là, sourit-elle. Et je serai toujours là pour toi.

Elle embrassa sa fille sur la joue.

— Fais attention, ça glisse dehors, et dis bonjour à Lena, lança son père quand Anna lui envoya un bisou avec sa main, en partant.

Anna réajusta son nouveau bonnet en forme de cloche qu'Adelheide lui avait tricoté récemment, leva ses yeux vers le ciel et respira l'air froid à pleins poumons. Elle marcha en posant prudemment ses pieds. La distance entre sa maison et l'immeuble de Lena n'était pas très importante mais ce matin Anna se sentait un peu plus faible que d'habitude. Elle décida donc de prendre le tram. Un arrêt se situait à cinq minutes de marche. La rue était plutôt déserte, il y avait juste quelques personnes qui, par ce froid mordant, se précipitaient pour aller faire des courses. Un samedi pareil, les gens préféraient rester au chaud mais Anna avait une grande nouvelle à annoncer à sa sœur. Ça ne pouvait absolument pas attendre.

Elle marcha, perdue dans ses pensées.

« Selon mes calculs, le bébé devrait arriver au début de l'été, donc bien après le plébiscite. Tout dépend des résultats des votes mais j'espère qu'il naîtra dans Königshütte polonaise. Il vaut mieux alors lui trouver un prénom qui sonne polonais.

Mais on ne sait jamais… Si, comme dit papa, la partie adverse utilise la disposition permettant de voter aux personnes nées en Silésie mais qui n'y résident plus, alors les résultats ne seront pas favorables à la partie polonaise. Je n'ose même pas y penser. J'espère vraiment que mon enfant viendra au monde en Silésie « enfin polonaise », se dit-elle.

Anna accéléra le pas car le froid commençait à piquer de plus en plus ses joues. Elle remonta son écharpe pour cacher son visage puis leva à nouveau sa tête.

« Qu'est-ce qu'il fait beau aujourd'hui !», pensa-t-elle.

Le ciel était d'un bleu magnifique. Le contraste entre sa couleur et celle de la neige, que la fumée polluante des usines n'avait pas encore eu le temps de salir, était saisissant. Ce matin, la ville montrait un visage différent, en faisant disparaître, comme par magie, l'éternelle grisaille.

Elle entendit au loin le ding-ding du tram. Un instant après, le premier wagon s'arrêta bruyamment devant elle. Anna laissa deux personnes sortir et posa ensuite avec empressement son pied gauche sur la première marche, elle souleva son pied droit mais, en touchant la deuxième marche, couverte par la neige gelée, sa chaussure glissa. Elle n'eut pas le temps d'attraper la barre d'entrée, son corps bascula en arrière et elle tomba lourdement en touchant avec sa tête le bord du trottoir enneigé.

Une douleur lancinante lui coupa le souffle, suivie d'une sensation de détresse qui se propagea brusquement dans tout son corps. Elle avait l'impression que son crâne était en train d'éclater en mille morceaux.

Un bruit sourd. Des cris… puis un silence puissant.

Anna s'étonna de la couleur du ciel devenant soudainement très noir.

Chapitre 22

Les samedis matin chez Monsieur et Madame Saks suivaient leur propre rythme depuis que le jeune couple s'était installé au deuxième étage de la maison familiale de Laura.

Leur appartement, inoccupé avant leur mariage l'année précédente, avait été rafraîchi et Laura l'avait décoré avec goût. Et du goût, elle en avait.

Le salon était moins grand que celui de ses parents mais avait un tout autre avantage. Il baignait dans la lumière grâce à deux fenêtres donnant sur une impasse. Sans vis à vis, le soleil y rentrait facilement tous les matins. Les rideaux couleur miel réveillaient encore plus la luminosité de cet endroit. Laura adorait se prélasser dans son grand fauteuil placé près de la fenêtre.

Les trois chambres surprenaient par l'originalité de leur aménagement. Surtout celle qui avait été préparée déjà depuis un moment pour accueillir leur nouveau-né. La commode et le lit de bébé semblaient sortir directement d'un conte pour enfants. Avec les étoiles dorées peintes sur les murs blancs et la jolie parure brodée du petit lit qui sentait la vanille, la chambre attendait impatiemment l'arrivée du bébé Saks.

Une spacieuse chambre parentale dans laquelle trônait au milieu un grand lit à baldaquin avoisinait celle de l'enfant.

La troisième chambre qui servait de bureau au docteur Saks se trouvait au bout du couloir. Laura y avait installé un magnifique secrétaire pour son mari. Elle était quelqu'un de très moderne mais aimait s'entourer de jolis meubles anciens.

L'appartement n'avait pas de cuisine, le couple descendait chez les parents où les repas étaient préparés par une excellente cuisinière.

Ce matin de décembre, froid et ensoleillé, Laura se réveilla en sursaut. Ressentant une douleur inattendue en bas du ventre, elle toucha le bras de son mari.

— Walter, je crois que ça commence.

Il ouvrit les yeux, un peu étonné car l'accouchement n'était prévu que deux semaines plus tard, et s'assit dans leur grand lit.

— Ma chérie, surtout ne panique pas. Ça peut durer un peu. Mais bon, nous allons les surveiller… tes contractions, d'accord ? dit-t-il à sa femme d'une voix rassurante.

Mais, une heure après, il était en train de la conduire à l'hôpital.

Laura avait perdu les eaux. Il fallait agir vite.

En voyant beaucoup de monde à l'accueil, il passa alors par la porte de service et fit monter sa femme au deuxième étage où elle fût rapidement prise en charge.

— Tout va bien se passer, Laura, murmura-t-il à son oreille en caressant sa magnifique chevelure dorée.

Laura semblait assez calme mais respirait avec un peu de difficulté. Walter observa ses paupières fermées s'agiter, sa femme voulait se montrer courageuse.

— Docteur ? On vous appelle aux urgences.

Il leva la tête en direction de la voix. Une infirmière se tenait à la porte.

— Vous êtes le seul chirurgien présent ce matin à l'hôpital, finit-elle.

— Mais…voyons… mon mari n'est pas de garde aujourd'hui…, indiqua Laura en ouvrant ses yeux.

— Je reviens vite, chérie, dit-t-il en embrassant son front.

Deux étages plus bas, comme souvent le samedi, il y avait une foule des gens.

Emanuel courait dans tous les sens. Tous les cas devenaient urgents. Et notamment un record de jambes et de bras cassés sur la neige ce matin-là.

— Ecartez-vous, cria un des secouristes apparus à l'entrée.

Emanuel et un autre infirmier se précipitèrent pour tenir les deux portes battantes afin de laisser passer dans les couloirs l'équipe avec le brancard.

— Attendez…, s'écria Emanuel une fois que la patiente qu'ils transportaient se trouva à sa hauteur.

Il bloqua le passage, son collègue lui jeta un coup d'œil étonné.

— Tu fais quoi là ? Il faut se dépêcher !

— Attendez, répéta Emanuel d'une voix tendue, en regardant la jeune femme allongée dont le visage était d'une telle pâleur qu'il eut la gorge serrée. C'est ma femme. C'est Anna.

— Appelez le médecin, cria quelqu'un. Et on avance.

Emanuel suivit les secouristes tout en ne quittant pas Anna du regard. Elle était inconsciente. Une auréole de sang sur le drap à hauteur de sa tête le fit trembler.

Que s'était-il passé ?

On lui expliqua vaguement.

Quelques mots incompréhensibles.

Le tram.

La chute.

Il resta un moment immobile dans les couloirs.

Quand il sentit quelqu'un lui toucher le bras, il sursauta, tourna la tête et vit Walter Saks.

— J'étais avec Laura à l'étage quand on m'a appelé. Elle est en train d'accoucher.

Emanuel semblait absent. Walter le secoua un peu.

— Eh… tu es complètement livide, va t'assoir quelque part. On s'occupe de ta femme.

— Vous allez l'opérer ?

Le médecin croisa son regard.

— Je ne sais rien pour l'instant. Un traumatisme crânien, ce n'est jamais évident.

— Sauve-la, dit Emanuel d'une voix à peine audible mais Dr Saks était déjà trop loin pour l'entendre.

Deux étages plus haut, Laura poussa un long cri mais le cri de l'enfant entendu juste après, était plus fort que le sien.

Une petite fille vigoureuse arriva plus vite que prévu. Un magnifique bébé propulsé vers l'inconnu.

Une nouvelle vie s'invita bruyamment dans ce monde tandis qu'une autre le quittait en silence.

Deux étages plus bas, Emanuel regarda sa femme sans vraiment la voir.

Le choc avait provoqué une hémorragie interne. Son cœur avait cessé de battre avant d'entrer en salle d'opération.

Ce n'était plus sa belle fée verte. Il avait devant lui une inconnue au visage de marbre. Une belle endormie à jamais.

Deux êtres chers l'avaient abandonné ce matin, sa merveilleuse épouse et son minuscule bébé.

Il sortit de l'hôpital en courant. Le teint pâle, les yeux exorbités, le manteau ouvert, il avait l'air d'un fou.

Et il l'était. Fou, secoué, troublé, abimé.

Il se mit à courir de plus en plus vite... jusqu'à perdre haleine. Puis il s'arrêta, tomba à genoux en levant sa tête vers le ciel dans l'espoir de trouver une réponse. Un signe. Quelconque. En vain. Une heure plus tard... il errait encore dans les rues de la ville. Mais son air affligé n'empêchait pas des petits flocons de neige de danser autour joyeusement.

Quand il arriva enfin à la maison et traversa la boutique, un cri s'échappa de sa gorge, un seul et long. Se libérer de ce poids, il ne savait pas comment le faire. Alors il hurla, tel un animal blessé à mort.

Il tendit à Paula l'écharpe d'Anna qu'il gardait pendant tout ce temps dans la main et n'eut pas besoin de dire quoi que ce soit. Paula la porta à son visage. La même écharpe qu'elle avait mis au cou de sa fille ce matin. Et qui gardait encore son odeur.

Un instant après, c'est Paula qui poussa un cri. Oskar l'entoura de ses bras. Il la serra fort, très fort. Lui-même, il n'arrivait pas à crier. Aucun mot ne put sortir de sa bouche pendant un long moment.

Personne n'avait jamais appris comment affronter la mort comment gérer les émotions, ni comment y faire face...

Leur deuil à tous ne commença que plus tard.

Après le choc, le déni, la colère, la tristesse et la résignation, il leur fallut un certain temps pour accepter la perte d'un être si cher. Accepter et reconnaître que cette personne tant aimée pouvait continuer son chemin au-delà de la possible imagination n'était qu'une des différentes phases du deuil. Mais ça ne voulait pas dire qu'il était nécessaire de tout oublier. Au contraire, il fallait garder des souvenirs et puis à un moment donné savoir ouvrir des portes. Ou bien au moins de les entrebâiller… pour inviter une nouvelle lumière à entrer.

— Quand les gens nous quittent, la douleur est immense. Mais nous devons les laisser partir. Ça veut dire que leur rôle dans notre vie est tout simplement terminé. Je pense que chaque personne que nous croisons sur notre chemin a sûrement un objectif précis, elle nous accompagne, elle fait un petit ou un long voyage avec nous. Ou juste une étape. Le destin ne se trompe pas. Il donne. Et il reprend. Il prépare le terrain… pour autre chose… On m'a donné Anna deux fois et on me l'a reprise deux fois, dit Adelheide le jour des obsèques.

Après l'enterrement, ils se rassemblèrent tous autour d'un pot de souvenir chez les Sobota.

Tous réunis par le même chagrin.

Peu de paroles et beaucoup de larmes.

Lena repensait à cet horrible moment au cimetière quand elle entendit les pelles reverser la terre sur le cercueil. Elle revoyait Emanuel à genoux devant ce trou béant, le dos courbé, le regard vide, la bouche qui murmurait des mots incompréhensibles. Avec son visage cerné et sa barbe de plusieurs jours, il avait l'air d'un pèlerin perdu au cours de sa route. Abandonné par sa bonne étoile ou plutôt par sa fée verte.

Les sanglots de Paula et Oskar, entrecoupés par des cris de cette mère adoptive à laquelle on avait arraché le seul espoir, résonnait encore dans sa tête.

La vraie mère, elle était dissimulée derrière un arbre. Lena cru distinguer sa silhouette au loin. Emilia est donc venue dire au revoir à sa fille. Après tout… c'était son enfant… Dommage qu'elle ne s'en soit pas aperçu avant. Était-elle venue voir Anna au mariage ? Peut-être… Lena ne savait pas. En tout cas, elle ne l'avait pas vu ce jour-là, ni dans l'église, ni devant.

D'ailleurs, Lena n'avait eu aucun contact avec elle depuis ce fameux jour où elle l'avait chassée. Elle ne savait pas non plus si sa grand-mère l'avait vue. Andla n'en avait jamais parlé.

Et c'était mieux comme ça.

« Ma petite sœur, je t'avais à peine retrouvée et tu n'es plus là. Pourquoi m'as-tu abandonnée si vite ? Toi et ton petit bébé… Tu courais chez moi pour me l'annoncer… J'espère seulement qu'une partie de toi sera toujours avec moi. L'amour ne se termine pas avec l'absence d'un être aimé, n'est-pas ? Notre lien émotionnel ne se brisera pas, j'en suis convaincue », se dit-t-elle.

Lena et Georg annulèrent leur mariage. Ils le reportèrent au Noël de l'année suivante.

En Silésie, pendant la période du deuil, qui pouvait durer jusqu'à un an, les proches se sentaient obligés de porter des vêtements noirs symbolisant la perte.

La manière dont les Silésiens le vivaient reflétait l'importance qu'ils accordaient aux liens familiaux mais aussi à leur foi catholique. Il leur fallait éviter les fêtes et célébrations pendant toute cette période.

Georg avait obtenu son petit appartement mais lui-même n'y avait pas emménagé. Il y installa Lena avec sa grand-mère et leur rendait visite tous les soirs mais il garda son lit dans sa chambre chez ses parents. À deux, avec Julius, ils avaient beaucoup de place, vu qu'Emanuel habitait toujours chez les Sobota. Son frère était incapable de quitter l'endroit qui lui rappelait douloureusement les trois mois de vie commune avec Anna.

— Tu peux rester ici, lui dit Oskar après les obsèques. Tu es comme notre fils. Ta place est ici.

Depuis, Emanuel déambulait entre l'hôpital et l'appartement, la tête baissée, comme un vieillard vouté. De nature bavard et ouvert, il se transformait en homme aigri et asocial. Il parlait peu, il mangeait peu. Il passait son temps au cimetière, prostré devant la croix avec la petite plaque qui indiquait la durée de vie de son épouse perdue à jamais.

21 ans.

Non, ce n'était pas un âge pour partir.

Noël de l'année 1920 fut triste.

Le sapin était plus petit. Gertruda le posa sur un tabouret couvert d'un bout de tissu. Julius inaugura sa future crèche en plaçant sous le sapin trois figurines qu'il avait sculptées, la Vierge Marie, Joseph et l'enfant Jésus dans son berceau.

— L'année prochaine, il y aura des rois mages, des animaux et tout un village avec des paysans, affirma-t-il d'un air sérieux.

Le vœu de Johanna n'avait pas été exaucé, l'année précédente elle voulait tellement voir Anna et Emanuel réunis, les étoiles dans les yeux.

Cette année, ils étaient moins nombreux autour de la table. Adelheide et Lena avaient accepté son invitation mais Emanuel, n'ayant pas la tête à fêter Noël, prit une garde à l'hôpital.

— Tu n'es pas trop fatiguée de monter les quatre étages ? demanda Johanna à Adelheide lors du repas.

— Non, je m'habitue. Je pense que je suis même plus en forme qu'avant. Faire des exercices, ça permet d'entretenir le corps, la rassura-t-elle.

— L'appartement est vraiment agréable, enchaîna Lena. Certes, il manque un peu de meubles mais bon, nous avons un lit et une table, c'est l'essentiel.

Les deux femmes avaient quitté leur chambre au rez-de-chaussée en laissant tout le mobilier car il appartenait à l'usine. Georg dut seulement acheter un lit qui trônait maintenant au milieu de la chambre. Lena, qui y dormait avec sa grand-mère, le trouva très confortable. Il installa aussi quelques crochets au mur pour pouvoir suspendre des manteaux. En attendant, les autres vêtements étaient pliés dans deux caisses en bois et dans une grande malle dont leur voisin ne voulait plus et que Julius avait joliment repeint.

Les Sobota leur avaient offert une table blanche et quatre chaises. La table était belle, ils avaient décidé de la placer contre le mur. Julius avait fabriqué une petite étagère en bois que Georg avait positionnée au-dessus. Lena y posa d'abord leurs deux tasses puis rapidement ajouta une troisième avec une anse rouge. Le rouge comme l'amour. Pour Georg.

— J'ai hâte de commencer mon apprentissage chez Monsieur Blum en septembre prochain. Il est vraiment gentil. Il m'a un peu aidé pour cette étagère. Mais, dans un an, je vous ferai des tables de chevet, leur promit Julius.

Lena et Adelheide adoraient leur grande cuisine, les petits rideaux faits au crochet à la fenêtre et surtout le poêle avec sa faïence ornée de petites fleurs. Cependant, il manquait quelqu'un. Il fallait attendre encore un an avant que Georg puisse emménager avec elles.

En début du mois de mars, Laura avait organisé un simple baptême en tout petit comité. Sans réception, juste à l'église. Pour les parents chrétiens, il était important de faire baptiser son enfant dès les premières semaines de sa vie. Mais Laura, le chagrin dans son cœur après la perte de son amie, attendit un peu. La disparition si brutale d'Anna l'affecta profondément.

Elle n'arrivait pas à accepter qu'un tel drame puisse se produire. Le jour de la naissance de sa fille, elle avait perdu sa meilleure amie. Elle ne la verrait plus, Anna ne serait jamais marraine de son enfant. Dans son désespoir, elle se retourna vers Lena. La sœur jumelle d'Anna serait une marraine parfaite. Mais Lena, surprise, avait besoin de réfléchir.

— Je sais, tu es en deuil, nous le sommes tous, lui dit Adelheide. Mais accepte-le, Lena. Tu sais, en Silésie, on préfère baptiser l'enfant le plus tôt possible au cas où il lui arriverait quelque chose. Le baptême d'un nouveau-né marque le fait que Dieu nous a aimés en premier. Ne la fais pas attendre, Laura doit baptiser sa fille. Il est temps.

C'était ainsi que Lena se retrouva le jour du baptême, malgré le deuil, avec la petite Anna dans ses bras. Laura avait voulu absolument rendre hommage à Anna en donnant son prénom à sa fille.

Chapitre 23

Le dimanche 20 mars 1921 eut lieu le plébiscite que tout le monde attendait avec appréhension. Malheureusement, il déboucha sur des résultats très confus.

La partie ouest de la région et les villes de la zone industrielle avaient voté pour l'Allemagne tandis que les zones rurales et quelques villes de l'est avaient voté pour la Pologne. Au final 59,6 % du total des voix avait été exprimées pour l'Allemagne et seulement 44,4 % pour la Pologne. Les votes avaient été repartis d'une manière qui rendait pratiquement impossible une simple division de la zone.

Ces résultats avaient entrainé des licenciements massifs d'ouvriers polonais ainsi que des réductions de salaire de la part des propriétaires de mines et d'usines allemandes.

— Tu vois Paula, dit Oskar à sa femme, le journal à la main, tout ça… parce que les personnes ayant émigrées auparavant de Silésie ont été autorisées à voter. Il paraît qu'ils étaient très nombreux. Ils sont venus du plus profond du Reich. Ah, ces émigrés ! Alors du coup, ceux qui ont voté pour la Pologne… c'est une minorité, environ 40 %.

— Oui, c'est dur à accepter, confirma-t-elle. Ces résultats annoncent des temps difficiles.

— À l'étranger, on pense que la zone industrielle devait être laissée aux Allemands tandis que les districts agricoles seraient attribués à la Pologne.

Paula hocha la tête.

— La Haute-Silésie sous la domination allemande ! Tu vois ça ! Surtout pour les personnes impliquées dans cette lutte. Et ce depuis le premier soulèvement. Cela fait presque deux ans qu'on se bat pour annexer les terres silésiennes à la Pologne, finit-il.

La situation devint inacceptable, la région était divisée entre l'Allemagne et la Pologne sans que personne ne soit satisfait.

Les deux camps commencèrent donc à se préparer aux opérations militaires.

Tous prêts à se battre pour la Haute-Silésie. Avant que la mesure de partition pût entrer en vigueur, des partisans polonais ainsi que des troupes régulières envahirent la moitié de la région plébiscitaire.

Cette troisième insurrection commença la nuit du 2 au 3 mai et dura jusqu'au 5 juillet 1921. Beaucoup plus que les deux premières. Elle s'était terminée par la décision de diviser la Haute-Silésie de manière plus favorable aux Polonais. La Pologne se vit attribuer environ un tiers du territoire plébiscitaire. La majeure partie de la zone industrialisée y était inclus.

La période estivale sembla être une longue période d'attente et d'inquiétude. Lena et Georg repensaient encore à ces terribles températures du mois de juin qui dépassaient parfois quarante degrés à l'ombre. Mais c'était derrière eux déjà. Maintenant ils craignaient pour leur travail. Par chance Georg n'avait pas été concerné par les licenciements.

Quant à Lena, elle se vit remettre une lettre mentionnant la rupture de son contrat. Heureusement, son désespoir ne dura pas longtemps. Elle sauta longtemps de joie le jour où Laura lui annonça que ses parents cherchaient une aide-cuisinière. Au début, deux à trois fois par semaine. Leur cuisinière se préparait à partir à la retraite et voulait transmettre en toute tranquillité son savoir-faire et certaines exigences de Monsieur et Madame Lis. Si tout se passait bien, elle devrait avoir plus tard le poste à temps plein. Lena accepta de suite.

Les parents de Laura étaient des gens respectables, surtout la maitresse de la maison, une femme adorable que Lena avait eu l'occasion de croiser déjà plusieurs fois. Elle commença du jour au lendemain et n'arrêtait pas de remercier Laura à chaque fois qu'elle la voyait.

Le poste lui plaisait énormément.

Pas d'angoisse ni harcèlement comme chez les Winkler.

En dehors de son nouveau travail, Lena remplissait son rôle de marraine à merveille.

Elle voyait régulièrement sa petite filleule et la promenait dans son beau landau orné de chaque côté par des entrelacs peints. Parfois seule, parfois avec Georg. Il la taquinait fréquemment en lui disant qu'il aimerait bien la voir au parc avec un landau à eux.

Mais, à regret, il leur restait encore quelques mois avant de pouvoir enfin se dire « oui » devant l'autel pour sceller leur union.

Le bébé grandissait et Laura rigolait souvent :

— J'espère que vous n'allez pas attendre longtemps après le mariage pour que nos enfants puissent jouer ensemble.

La petite Anna était une fille assez turbulente et sans doute un peu trop gâtée. Mais tout le monde adorait ce petit bout de chou aux cheveux roux doré comme ceux de sa mère. Des petites bouclettes entouraient son visage qui lui donnaient l'air d'un ange mais, dès qu'elle se mettait à réclamer quelque chose, sa voix était bien portante. Comme au moment de sa naissance.

Lena dit un jour à Adelheide :

— La petite Anna saura bien prendre sa vie en main.

Et sa grand-mère répondit avec un sourire :

— Tant mieux, il ne faut pas se laisser piétiner dans la vie.

Quand en octobre 1921, des cartes qui montraient le tracé de la nouvelle frontière furent publiées pour la première fois, de nombreux habitants se virent coupés de leurs familles ou de leur lieu de travail. Cette nouvelle frontière traversait quinze lignes de chemin de fer et sept lignes de tramway, rendant forcément les déplacements difficiles.

Oskar suivait les nouvelles fiévreusement. Entre son journal et les discussions avec ses clients, il était au courant de tout.

— On verra comment ce sera en pratique. Les pourparlers alliés sur la division ne commencent qu'en novembre au siège de la Société des Nations à Genève. J'ai l'impression que ça va durer un peu, annonça un client.

— Et vous avez vu la carte ? La plus touchée des villes silésiennes est Bytom. C'est juste à côté, enchaîna un autre.

— Oui, j'ai vu, confirma Oskar. La nouvelle frontière coupe Bytom de sa banlieue naturelle. Ça crée tout simplement une péninsule allemande qui sera entourée sur trois côtés par le territoire polonais. C'est complètement irréfléchi.

Au moment de la fermeture, Paula se pencha sur le comptoir et regarda plus attentivement le journal et précisément la carte.

— Regarde Oskar, les habitants des maisons situées à quelques mètres les unes des autres vont devoir vivre dans des pays différents. C'est tout à fait incohérent. Je n'arrive pas à imaginer…

La sonnette de la boutique retentit et la porte s'ouvrit sur Emanuel.

— Quelles sont les nouvelles ? demanda-t-il gentiment en voyant ses beaux-parents en pleine discussion.

— Oh, nous parlons des nouvelles frontières. Heureusement qu'elles ne traversent pas notre ville comme à Bytom. Selon la carte, Königshütte va rester entièrement en Pologne. Tu pourras continuer à aller travailler tranquillement, annonça Paula.

— Plus pour longtemps, dit Emanuel.

— Comment ça ? s'enquit Oskar. Tu as été licencié ?

— Mais non. Mais… je compte partir.

— Partir ?

Paula ouvrit grand les yeux.

— Partir où ? Tu n'es pas bien chez nous ? Tu veux aller habiter ailleurs ? demanda-t-elle.

— Non, non. Je vous assure, je suis très bien ici. Mais je vais changer de travail et je dois donc déménager.

— Ah !

Oskar ne savait plus quoi dire.

— J'ai toujours eu envie de faire médecine. Walter Saks m'a obtenu une place d'infirmier à Berlin avec la possibilité de faire mes études là-bas. Une deuxième opportunité comme ça ne se reproduira pas. J'ai accepté.

Le silence remplit un moment la pièce. Oskar se leva pour fermer le rideau. Paula tortilla ses doigts. Emanuel s'adossa au comptoir et balaya la boutique de son regard.

— J'ai été très bien ici. Je vous remercie pour tout ce que vous avez fait pour moi mais il est temps que je tourne la page. Ma chère Anna, je vais la garder dans mon cœur pour toujours. Mais je ne peux pas vivre avec son fantôme. C'est le moment ou jamais. J'ai envie de réaliser mon rêve. Je veux partir, me plonger à fond dans les études, recommencer à zéro. Ailleurs.

Le dimanche suivant, Emanuel alla voir ses parents. Georg venait juste de rentrer après avoir raccompagné Lena chez elle. La famille était au complet. Sa mère lança immédiatement une conversation sur les frontières annoncées. Tous les habitants ne parlaient que de ça.

— Tu as vu les cartes, Emanuel ? Ta tante va habiter en Allemagne et nous en Pologne. Pour aller chercher ses pommes, il faudra faire la queue à la frontière.

— Oh, maman, ne t'inquiète pas déjà. Avant qu'ils valident tout ça…

— Et le tram. Comment on va faire pour le tram ? s'enquit Julius. Il va traverser Bytom allemand et va continuer après de nouveau en Pologne ?

Effectivement, ce n'était pas évident.

Emanuel s'assit autour de la table, il écoutait sa mère parler, sa sœur s'inquiéter de perdre peut-être ses deux clientes à Bytom pour lesquelles elle faisait la couture depuis peu, il observait son père hocher la tête et Julius et Georg se chamailler gentiment.

Sa famille. Qu'il aimait tant.

Il allait les quitter.

Il faisait gris dehors, un dimanche pluvieux comme souvent à la fin octobre. Dans deux jours, il irait au cimetière pour la Toussaint. Il irait parler à Anna de son départ imminent, de ses études en vue. Elle aurait été contente pour lui, elle l'avait toujours encouragé. Mais, ce soir, il fallait qu'il en parle à ses parents. Il croisait et décroisait ses jambes, ne sachant pas par où commencer.

— Tu es bien silencieux, toi, lui sourit Julius.

Emanuel eut envie de lui ébouriffer les cheveux comme d'habitude mais se retint.

Julius avait déjà 15 ans et était en apprentissage pour devenir menuisier. Il avait bien mûri. Il pourrait bientôt gagner un peu d'argent dont sa famille aura besoin après son départ à Berlin.

— À vrai dire, j'ai quelque chose de très important à vous annoncer, lança-t-il d'une voix tendue.

Tous les visages se retournèrent vers lui.

— Je vais faire médecine.

— C'est formidable, s'écria sa mère.

— Je quitte notre hôpital.

— Mais… dis-moi, comment tu vas faire financièrement pour tes études… si tu ne travailles plus ? demanda-t-elle.

— Je vais travailler et étudier en même temps. Mais pas ici.

— Ah bon ? Alors où ? Dis-nous. C'est où ? s'impatienta Julius.

— A Berlin.

Tout d'abord sa mère crut mal entendre alors elle lui demanda de répéter.

— Je pars à Berlin.

Il raconta alors son projet, cette place qui l'attendait là-bas grâce au Dr Saks, son désespoir, sa vie qui n'avait aucun sens depuis la disparition d'Anna, son rêve qu'il pouvait enfin réaliser.

— Ne vous inquiétez pas, continua-t-il calmement pour les rassurer. Je sais ce que vous pensez. Berlin est en Allemagne, certes. Mais il n'y a plus de guerre. Je travaillerai à mi-temps et je ferai mes études en parallèle. Ça sera sûrement dur mais je m'en sens capable. J'y arriverai. Et puis… je parle allemand. Et, pour l'instant, je suis toujours citoyen allemand vu que Königshütte n'est pas encore polonaise officiellement. Dans l'âme, de toute façon, je suis et je resterai Polonais. C'est peut-être le destin, ce sera plus facile de refaire ma vie loin de cet endroit où tout me rappelle Anna. Les rues que nous avons arpentées ensemble, la chambre que nous avons partagée …

Sa voix se cassa. Quand il baissa sa tête, Gertruda se mit à sangloter. Franz se leva et avança d'un pas lent vers son fils. Il posa sa main sur son épaule.

— Mon fils, je suis tellement fier de toi. Tu as tout le potentiel pour devenir un bon médecin. Je crois en toi. Comme depuis toujours.

Emanuel se leva à son tour et prit son père dans ses bras. Un instant après, ce fut sa mère qui le serra fermement.

— Dis donc, tu as la peau sur les os, rigola-t-elle en touchant son dos. Il va falloir te requinquer avant de partir. Tu pars quand déjà ?

— Dans un mois.

Cette nouvelle tomba lourdement. Comme un tonnerre que personne n'attendait.

— Ah… donc tu ne seras pas avec nous à Noël, constata tristement Julius.

— Non, mon grand. Mais je penserai très fort à vous. Et avant, j'irai voir Joseph à la Maison de Misson.

Le jour de la Toussaint, il resta longtemps devant la tombe d'Anna sur laquelle il déposa des chrysanthèmes.

Comme à l'accoutumé lors de cette fête, la famille et les amis passaient, restaient un moment, repartaient. Et lui, il demeurait auprès de sa femme. Dans la pensée. Il avait l'impression qu'elle l'entendait mieux à cet endroit où les esprits flottaient dans l'air.

À cette période de l'année, la nuit tombait vers seize heures.

Il leva enfin la tête et quand il vit de nombreuses bougies scintiller partout, il se sentit en paix. Le spectacle fut inouï. Le cimetière se transforma en un magnifique champ illuminé.

La lueur des bougies brillait au-dessus du cimetière tandis que leur odeur chatouillait agréablement ses narines. Les reflets des splendides lumières s'élevaient jusqu'au ciel.

Le 1ᵉʳ novembre, les Silésiens ainsi que tous les Polonais déposaient des milliers de bougies et de fleurs sur les tombes. C'était une des plus importantes fêtes de l'année et une belle tradition qui marquait l'importance que les gens accordaient à la résurrection des défunts. Peu importe que ce fût une fête catholique, tous les habitants se rendaient au cimetière en famille, croyants et non croyants. Pour prier, pour veiller. Ils venaient déjà quelques jours avant pour nettoyer les tombes.

Mais, le 1ᵉʳ novembre, ils se rendaient au cimetière pour passer la journée près de leurs proches. Ce jour-là, ils prenaient aussi soin des tombes abandonnées, celles que personne ne visitait. Allumer une bougie par-ci ou par-là, c'était presque comme un devoir : ne pas oublier une seule tombe.

La Toussaint était également un moment de réflexion sur le sens de la vie, sur le passé, sur l'avenir.

Emanuel était venu ce jour-là pour murmurer à sa femme tout son amour.

Pour lui raconter toute sa détresse.

Pour lui demander la permission de fermer un chapitre et pouvoir en ouvrir un nouveau.

Il lui parla tout bas :

— Tu sais Anna, j'ai pleuré, j'ai beaucoup pleuré, rempli de rage et d'impuissance. Je te voulais auprès de moi pour t'embrasser, pour élever notre enfant ensemble, profiter de la vie à deux. Mais il fallait que j'avance sur l'éprouvant chemin de mon deuil pour accepter un jour que tu ne sois plus là. Je vais partir à présent, j'ai besoin de me reconstruire mais toi, tu seras blottie quelque part au fond de mon cœur. Pour m'encourager à vivre ma vie.

Quelques jours après, il partit voir Joseph au séminaire.

Il avait non seulement très envie de voir son frère mais il pensait que le fait de se recueillir au monastère pendant deux ou trois jours afin de se ressourcer lui ferait un grand bien.

Il quitta Königshütte début décembre.

Le train l'emporta loin des immeubles gris et des cheminées fumantes qui faisaient partie du paysage qu'il connaissait tellement bien. Depuis toujours. Bercé par le toc-toc rythmique du train, il laissa derrière lui la grisaille silésienne.

Il ne savait pas quand il reverrait sa famille mais, curieusement, il ne se sentait pas triste.

Il avait tant de choses à découvrir, une nouvelle ville, un nouveau travail, un nouveau logement.

Il avait la chance d'aller étudier dans le grand hôpital universitaire jouissant d'une réputation mondiale en recherche et enseignement. Il ne saurait jamais remercier assez Walter Saks de lui avoir trouvé une place dans une telle institution combinant hôpital, recherche et la formation médicale. C'était exactement ce qu'il lui fallait.

Comme le train qui arrive au bout d'un tunnel, Emanuel aussi vit une lumière apparaître timidement dans sa tête. Cette lumière vers laquelle la vie le poussait inexorablement.

Allait-il réussir ?

Chapitre 24

Adelheide adorait appuyer ses coudes sur le parapet de la fenêtre de la cuisine pour regarder dehors. Elle échangeait avec sa voisine de droite qui, accoudée comme elle, observait la vie dans la rue avec le va et vient des tramways, les gens pressés, les gens en promenade, les pigeons... Tout était différent vu d'en haut.

— J'attends Lena, elle ne devrait pas tarder. Ça fait un moment qu'elle est partie bénir le panier à l'église.

— Moi, je l'ai déjà fait ce matin, à la première heure, répondit la voisine.

— Ah... déjà ? Vous êtes bien matinale, Madame Kugel.

— Vous savez, Madame Pawlik, en vieillissant on se couche tôt et on se lève tôt. Comme des poules dans leur poulaillers.

— C'est vrai. Vous les avez décorés, vos œufs ? Car Lena a fait de jolis dessins. Tout d'abord, nous les avons bouillis dans l'eau avec des épluchures d'oignons pour qu'ils obtiennent une jolie couleur marron foncé. Et puis après, Lena les a grattés avec un petit couteau. Quels jolis dessins elle a fait ! s'extasia Adelheide.

— Ah oui ? Moi, je les ai fait bouillir non seulement avec des épluchures d'oignons mais aussi avec du jus de betteraves. Pour avoir des couleurs différentes. Mais je les ai laissés sans aucun dessin. À mon âge, je n'ai plus la patience.

— Ah… je comprends.

— Ma mère, reprit Madame Kugel, elle recouvrait partiellement les œufs de motifs avec de la cire fondue et, après, elle les plongeait dans des pigments naturels.

— Ça devait être très joli, dit Adelheide en se penchant un peu plus pour faire un geste à sa petite-fille qui marchait sur le trottoir, un panier en osier à la main. Oh ! Je la vois. Elle arrive, ajouta-t-elle.

Quelques minutes après, Lena posa le panier sur la table.

— C'est fait, dit-elle en s'asseyant.

Adelheide regarda le joli panier avec toutes les victuailles.

— Il est beau, hein ? sourit Lena.

Quatre œufs décorés côtoyaient un bout de lard fumé, un morceau de pain, un petit flacon avec du sel, un agneau pascal en sucre et une petite brioche au levain que tout le monde appelait « babka ». Pour parfaire la décoration, Lena posa par-dessus un mini lapin vert sculpté en bois par Julius ainsi qu'un minuscule poussin fabriqué avec des tissus jaune par Gertruda. L'ensemble était placé sur une belle serviette blanche faite au crochet par sa grand-mère. Lena y ajouta également quelques brins de buis que Georg était allé chercher au marché. Chacun avait ainsi apporté sa petite contribution.

Selon une tradition datant du 14e siècle, le Samedi Saint il fallait emmener à l'église cette corbeille remplie de victuailles appelée « swieconka ». Les paniers magnifiquement décorés de lin blanc ou brodé, des serviettes assorties et des branches de buis, étaient déposés sur les marches de l'église et ensuite bénis par le prêtre. Dedans, il y avait un peu de tout de ce qui se trouvait ensuite sur la table du déjeuner du dimanche de Pâques.

Les aliments traditionnels représentaient symboliquement sept mets : les œufs pour la vie nouvelle, le pain pour la prospérité, la figurine d'agneau en sucre ou en beurre pour l'Agneau de Dieu, le sel présenté aux invités en signe de bienvenue et d'hospitalité, la charcuterie pour assurer la santé et l'abondance et une « babka » qui était tout simplement le gâteau pascal. Et le raifort. Mais cette plante-racine, assez forte et amère symbolisant la souffrance du Christ, Lena n'en avait pas trouvé cette année.

— Il y avait du monde à l'église. J'ai croisé Laura. Elle avait un panier énorme. Magnifique. Anna était avec elle. La petite marche bien maintenant. Et devine quoi ? Son agneau en sucre était déjà à moitié mangé. Par qui ?

— Par Anna, dit sa grand-mère en éclatant de rire.

— Mais oui, sa bouche était extrêmement collante quand je l'ai embrassée, rit sa petite-fille.

Adelheide regarda Lena, si joyeuse et incroyablement métamorphosée depuis son mariage.

Ça faisait maintenant trois mois qu'ils s'étaient promis avec Georg, devant l'autel, de rester ensemble « pour le meilleur et pour le pire ». Elle voyait encore sa petite-fille dans sa belle robe que sa sœur jumelle lui avait offerte. Lena était resplendissante et rayonnante comme le premier soleil du printemps. Georg n'avait pas quitté des yeux sa femme tout au long du repas donné chez les Stawietzky. Ils n'étaient pas aussi nombreux que lors du mariage d'Anna mais la fête avait été parfaitement réussie. Parfaitement.

Oh, Adelheide aurait tant aimé voir Anna à côté de Lena ce jour-là, son joli sourire, ses yeux…

Le destin en avait décidé autrement.

Le lendemain du mariage, Georg déplaça toutes ses affaires dans leur appartement que le jeune couple aménagea avec quelques meubles.

Un grand buffet blanc, presque identique à celui de Johanna, prit sa place dans la cuisine.

Georg acheta une armoire pour la chambre à un prix très intéressant chez un voisin du 3ᵉ étage et Julius leur fabriqua des tables de chevet. Comme il l'avait promis. De très belles tables de chevet. Il avait du talent, le petit jeune.

Paula et Oskar Sobota offrirent un sofa pour Adelheide. Beau et confortable. Elle avait dorénavant son petit « chez elle » dans la cuisine, juste en face du buffet.

Il ne leur manquait rien. Leur amour remplissait tout l'espace de cet agréable logement du 4ᵉ étage.

Le dimanche, après la messe, les jeunes Stawietzky et Adelheide Pawlik fêtèrent leur premier Pâques ensemble. Il se réunirent autour de la table. Les victuailles de toutes les couleurs contrastaient indéniablement avec la blancheur de la nappe. Selon la tradition, le chef de famille, devait couper un œuf béni la veille et le partager ensuite avec ses convives en se souhaitant mutuellement joie, santé et bonheur. Un peu comme à Noël avec « oplatek ».

Là, ce fut Adelheide qui le coupa.

— Tu as joliment décoré les œufs, ma Lenka, remarqua Georg lors du repas.

Depuis leur mariage, il appelait son épouse ainsi.

Lenka. Un joli diminutif de son prénom. Elle n'avait rien contre. Il pouvait lui donner mille prénoms, elle acceptait tout. Elle l'aimait tant.

Le lundi de Pâques, Lena se réveilla en sursaut. Oh, quel farceur, ce Georg ! Il l'avait aspergé d'eau. Ses cheveux et sa chemise de nuit étaient mouillés. Quant aux draps, ils n'étaient pas beaucoup mieux.

— Smigus-dyngus, s'écria Georg joyeusement, le verre d'eau à la main.

— Ah, j'avais complètement oublié, rit Lena à son tour. Va arroser un petit peu Andla mais pas comme moi, hein ? Juste un peu…

Il se déplaça alors le plus silencieusement possible dans la cuisine pour remplir son verre d'eau mais quand il s'approcha d'Adelheide, la femme ouvrit ses yeux, sortit un verre qu'elle cachait sous sa couverture et lui jeta de l'eau au visage.

— Smigus-dyngus ! Ah, je t'ai bien eu ! rigola-t-elle.

Chaque lundi de Pâques, selon la tradition polonaise, la première personne levée réveillait les autres membres de la famille avec un verre d'eau voire une bouteille pleine.

Et personne n'avait le droit de se fâcher quand l'arrosage était accompagné de la formule « Smigus-dyngus ».

Cette coutume datait du temps où on croyait aux vertus de l'eau pour soigner les malades et favoriser la fécondité. L'eau représentait la joie. Il annonçait l'arrivée du printemps.

— Vous savez, dit Adelheide, quand j'étais enfant, une fois à Pâques, je suis allée avec ma mère chez ma famille à la campagne. Et je peux vous dire que là-bas… ils s'arrosaient carrément avec de seaux d'eau. Impossible de traverser la rue, les garçons guettaient les filles au coin des rues pour les arroser.

Tout le monde éclata de rire.

L'atmosphère sérieuse de la semaine Sainte précédant Pâques et remplie de méditations, se transforma en période de joie.

— Joyeuses Pâques, Andla ! murmura Lena à l'oreille de sa grand-mère.

Les beaux jours arrivèrent vite. Avec une décision tant attendue, annoncée en juin.

Une notification aux gouvernements polonais et allemand qu'ils devaient reprendre dans un délai d'un mois les territoires de Haute-Silésie qui leur avait été concédés fit la joie des Silésiens.

Le processus de division de la Silésie allait commencer le 17 juin et se terminer le 10 juillet 1922. Mais la démarcation de la frontière n'était pas une chose évidente. Il y avait des endroits où la frontière traversait des villes et des lignes de tram, comme sur la carte publiée avant.

Cette frontière qui divisait la Haute-Silésie mesurait environ cent cinquante kilomètres de long. La superficie accordée à la Pologne comprenait la plupart des villes industrielles dont Königshütte.

Leur ville fut officiellement rattachée à la Pologne le 23 juin 1922. Son nom polonais fut restauré. Dorénavant elle s'appellerait Krolewska Huta.

— Andla, mon enfant va naître dans la Silésie polonaise, annonça Lena à sa grand-mère un soir de début du mois d'août.

Elle caressa son ventre et pensa à sa sœur qui aurait dû être là. Partager cette nouvelle avec Anna comme sa jumelle aurait voulu le faire avec elle il y a un moment déjà… Ça lui semblait être une éternité.

— Tu attends un enfant, ma chérie ?

— Oh, oui, Andla, je suis au début de la grossesse. Je ne le dis à personne pour l'instant, juste à toi, c'est trop tôt.

— Que je suis contente, tu ne peux pas imaginer… Je vais devenir arrière-grand-mère… c'est ça ?

Adelheide entoura sa petite-fille de ses bras.

— Tu sais, moi aussi, j'ai une nouvelle à t'annoncer, dit-elle en regardant Lena dans les yeux. Je pars en excursion.

— En quoi ? En excursion ? s'étonna Lena.

— Tu as bien entendu, confirma Adelheide. Ils organisent à la paroisse un voyage à la montagne, à Karkonosze. Une sorte de pèlerinage. J'ai eu toujours envie d'aller là-bas pour visiter une petite église originaire de la ville de Vang en Norvège. Elle a été déplacée et installée en Basse-Silésie une quinzaine d'années avant ma naissance. Ma tante m'en avait parlé quand j'étais petite. Cette église, construite sans un seul clou, a été démontée et remontée pièce par pièce. En trois ans. T'imagines ? Je me suis dit à cette époque-là que j'irai la voir un jour. Mais je n'en ai jamais eu le temps. C'est vraiment une perle d'architecture.

Lena n'en crut pas ses oreilles. Sa grand-mère s'apprêtait à faire le voyage de sa vie…

— Et puis, il y a la montagne. Nous allons marcher. J'ai besoin de me changer les idées, Lena. Maintenant que Georg prend soin de toi, je peux enfin penser un peu à moi, non ? C'est juste une semaine.

Adelheide était si enthousiaste que Lena approuva son projet.

Le dimanche suivant, le jeune couple l'accompagna à la gare.

Submergée par une émotion inattendue, Lena essuya discrètement une larme. N'ayant jamais été séparée de sa grand-mère auparavant, elle sourit tristement, en la voyant s'éloigner avec son groupe.

— Lenka, ce n'est qu'une semaine, ne t'inquiète pas. Viens, on va rentrer, j'ai une faim de loup. Andla nous a préparé avant de partir une très bonne soupe.

— Ah... oui. Je vais te la réchauffer.

— Et toi ? Tu n'as pas envie de manger cette merveille ? s'étonna-t-il.

— Si, je vais manger juste un peu... Pas trop...

— Comme tu veux. Est-ce que tu veux aller te promener après ? Sinon, on pourrait peut-être aller voir mes parents ? proposa son mari.

— D'accord. Mais pour le bébé... tu ne dis rien pour l'instant. Promis ?

Johanna les accueillit les bras ouverts. Une odeur de pommes cuites flottait dans la cuisine. Lena eut un haut-le-cœur mais ne fit rien paraitre.

— Vous tombez bien. Je suis allée hier chez ma tante. J'ai mis du temps à la frontière. Ah, c'est compliqué... d'être séparées du jour au lendemain. Mais bon, je ne suis pas rentrée les mains vides, elle m'a donné ses nouvelles pommes... et...

— Et maman a fait le gâteau. Le crumble aux pommes ! finit Gertruda.

— Eh oui, j'ai failli oublier... Emanuel a écrit. Il est très content. Franz ! Montre la lettre à Georg.

Pendant que Franz allait chercher le courrier, Gertruda sortit le gâteau en chantonnant. Lena se força à sourire car l'odeur des pommes caramélisées chatouillait désagréablement ses narines. Elle adorait le crumble aux pommes mais cette fois elle n'avait aucune envie d'en manger.

— Asseyez-vous, dit Julius en poussant des chaises.

— Oh, que de bonnes nouvelles alors ! s'écria Lena en essayant de dissimuler son malaise.

Franz tendit l'enveloppe à Georg qui l'ouvrit aussitôt. Quand Gertruda posa le gâteau sur la table, Lena eut besoin de se lever, de bouger, de faire quelque chose pour ne pas se laisser envahir complétement par une vague de nausées naissantes.

— Je vais vous aider à mettre des assiettes.

Elle fit un pas vers le buffet et sentit quelque chose de liquide couler entre ses cuisses. En regardant par terre elle vit des gouttes rouges sur le sol. Les yeux exorbités, elle se tourna vers Georg puis regarda à nouveau par terre et une sensation d'un grand vertige la submergea. En voyant l'expression du visage de sa belle-fille, Johanna suivit son regard.

— Tu saignes, Lena, mon Dieu ! s'exclama-t-elle.

Chapitre 25

Les résultats du plébiscite dans les différentes communes ne correspondaient pas toujours à l'affiliation ultérieure à l'État. Pour les habitants qui étaient mécontents du tracé de « la frontière », la Convention de Genève avait accordé le droit de se déplacer de l'autre côté de la Haute-Silésie.

Oskar ne pouvait pas commencer sa journée sans lire le journal. Depuis la division de la Haute-Silésie, des annonces de déménagement apparaissaient non seulement dans la presse mais également dans les rues.

— Ecoute ça, Paula : « J'échange mon bel appartement de quatre pièces, situé au centre de Krolewska Huta, à trois minutes de la gare, contre un appartement similaire voire même plus grand à Bytom » ou ça : « Docteur en maladies féminines, j'ai déménagé de Bytom à Krolewska Huta ». Ou alors ça : « Donne des cours de langue polonaise ». Non, mais c'est de la folie.

— Qu'est-ce que tu veux, Oskar, répondit-t-elle en énumérant avec ses doigts. Premièrement, les habitants de maisons situées à quelques dizaines de mètres les unes des autres, vivent maintenant dans des pays différents. Deuxièmement, les tramways circulent dans les rues sans s'arrêter. Troisièmement, les gens font la queue aux postes frontières pour rendre visite à leurs proches. Leurs familles du jour au lendemain sont devenues citoyens d'un autre pays. C'est le monde à l'envers ! Alors... oui, il y en a qui déménagent, finit-elle.

La clochette retentit et le facteur fit son apparition. Oskar se lança immédiatement dans une discussion, un client se joignit à eux puis un autre pendant que Paula était en train d'ouvrir une enveloppe oblitérée avec des timbres allemands.

Plus tard, elle la tendit à son mari.

— Il va bien, il travaille et il étudie. Anna aurait été tellement fière de son Emanuel.

— Tant mieux, sourit-il. Car étudier ici, il n'aurait pas pu. La situation concernant l'enseignement... ah, c'est compliqué. Déjà, pour les écoles primaires, ce n'est pas gagné.

La vie dans la partie polonaise de la Haute-Silésie reprit son cours. La rentrée était proche, créer des écoles pour les Polonais et pour les Allemands qui y vivaient n'était pas une chose facile. Oskar lut dans les journaux qu'il n'y avait pas assez d'enseignants et qu'il fallait les faire venir d'autres régions.

— Les autorités valident des écoles primaires de huit classes à l'instar des anciennes écoles allemandes. Ça, c'est bien. Et là, ils encouragent les enseignants polonais à venir travailler en Haute-Silésie en leur versant des compléments de salaire spéciaux. Mais avec certaines conditions concernant les femmes.

— Ah bon ? s'enquit-elle.

— Les enseignantes n'auront pas le droit de se marier.

— Et pourquoi ça ?

— Je ne sais pas, probablement par crainte que la vie de famille avec les tâches ménagères, les enfants et tout ça... ne leur permettent pas de se consacrer pleinement à leur travail.

— Tu le penses vraiment ? Et moi, tu l'as déjà oublié ? J'ai toujours travaillé à tes côtés dans notre petit commerce à la campagne. Tout en élevant Anna.

— Oui mais ce n'est pas pareil. Tu gardais Anna dans notre magasin. Quant à l'enseignante, elle ne va quand-même pas amener son bébé à l'école.

En voyant une cliente habituelle arriver, Oskar relança tout de suite la conversation sur le sujet qui semblait tellement le préoccuper depuis ce matin.

— Ça va faire drôle de voir des « vieilles filles » enseigner dans les écoles, dit-il.

— Mais si on n'a pas le choix ? Femme ou homme, ils vont les faire venir de Galicie. Et pour les femmes, oui... s'ils exigent qu'elles ne se marient pas... Effectivement, ça va faire drôle et d'ailleurs... je trouve que c'est un peu excessif. Mais le complément de salaire va sûrement les attirer, répondit la cliente.

— Bah... on va voir comment ils vont s'habituer à notre mentalité silésienne, enchaîna Oskar. Et puis ils ne connaissent pas notre dialecte local. Ils vont avoir du mal à comprendre les enfants et leurs parents, ceux qui ne parlent pas bien polonais mais uniquement le silésien. On va bien se marrer.

Oskar n'avait pas à se préoccuper de la scolarité des enfants, il n'avait pas d'enfants ni de petits-enfants.

Quel dommage qu'Anna...

Non, il ne fallait pas y penser. Au cœur du chagrin, il y avait toujours une sorte de résilience, une sorte de force afin de pouvoir porter des souvenirs en vivant dans un monde qui n'était plus le même.

Et qui ne le serait plus.

Oskar continuait à vivre accroché à cette force.

Il lui arrivait parfois de penser à Julius. Il aimait bien ce garçon. Il y avait quelque chose de fragile chez lui comme chez Anna quand elle avait son âge.

Évidemment, Julius n'était plus concerné par l'école. Il commencerait bientôt sa deuxième année d'apprentissage. Oskar savait que le métier de menuisier lui plaisait bien mais ce que Julius aimait le plus, c'était la sculpture. Dès qu'il pouvait récupérer un morceau de bois, il s'adonnait à son activité préférée. Georg lui avait permis d'installer un tout petit atelier dans son cabanon situé au fond de la cour. Julius y passait tout son temps libre.

Récemment, Oskar avait lu dans un journal qu'un sculpteur connu qui habitait à la montagne, à une centaine de kilomètres de Krolewska Huta, avait ouvert une sorte d'école de sculpture ou d'ateliers artistiques pour des jeunes talentueux. Julius pourrait tout à fait y aller.

Oskar savait que cela représenterait un certain coût et que les Stawietzky n'avaient pas les moyens de payer des études de ce genre. Mais il était prêt à s'en charger. Ce petit avait du talent. Ça serait bien dommage de ne rien faire pour lui. Anna aurait approuvé cette décision.

Il fallait qu'il en parle à Julius et ses parents.

Mais, tout d'abord, il devait en discuter avec Paula. Il était sûr qu'elle accepterait, il connaissait bien sa femme.

Le soir-même, Oskar exposa son projet à son épouse.

Ils étaient en train de manger le chou avec des saucisses que Paula savait si bien préparer. Oskar n'avait pas arrêté de lui faire des éloges... « et que ce chou avait un goût extraordinaire ce soir, et que les saucisses étaient parfaitement cuites et que ceci et que cela... », tout ça pour amadouer son épouse afin qu'elle accepte son idée.

— Je n'ai absolument rien contre, dit-elle à la fin du repas. Je l'aurais bien accepté même si tu m'avais dit que mon plat était immangeable. Ce garçon a un vrai talent.

— Et si on allait leur parler ? Demain après la fermeture ? proposa Oskar. J'aime bien cette famille et... dorénavant c'est la nôtre. Ça fait un moment que je ne les ai pas vus.

— Et moi oui, je les ai vus. Je ne t'ai pas dit ? J'oublie beaucoup de choses en ce moment. Hier matin après la messe, j'ai croisé Adelheide et Johanna. Adelheide était un peu pressée car elle devait prendre son train avant midi.

— Son train ? Adelheide ? Pour aller où ?

— En excursion. À la montagne, à Karkonosze.

Oskar leva ses sourcils.

— Qu'est-ce qu'elle va faire là-bas ? Je ne savais pas qu'elle aimait la randonnée..., dit-il en pouffant de rire.

Il n'arrivait pas du tout à s'imaginer Adelheide en marcheuse.

— Figure-toi que oui. Elle va marcher et visiter une chapelle norvégienne, je ne sais plus son nom...

Oskar balaya du regard leur cuisine, le sourire toujours figé aux lèvres.

Visiblement, la vie n'avait pas fini de le surprendre.

— Tu as d'autres nouvelles à m'annoncer ?

— Oui, Johanna m'a dit que Gertruda a été engagée dans une boutique de retouches en plein centre-ville. Il paraît qu'on lui a proposé un très bon salaire. Pour une débutante...

— Et alors, coupa son mari. Ils ont vu qu'elle était sérieuse. Débutante ou pas débutante, pour une jeune femme qui a 18 ans, elle est posée et raisonnable. Voyons Paula, même toi qui t'y connais si bien en couture, tu m'as dit qu'elle avait la main pour créer de belles choses.

— Oui, oui... C'est vrai. En tout cas, c'est bien car si jamais Julius s'en va chez le sculpteur, un bon salaire sera bien utile à Johanna et Franz. Depuis qu'Emanuel est parti et que Georg a déménagé après son mariage, ça ne doit pas être simple pour eux... je ne connais pas le montant de la pension d'invalidité de la mine mais...

— C'est bon. Arrête un peu. Pour l'instant, Julius n'est pas encore parti. Et rien n'est sûr. Si les Stawietzky sont d'accord, Julius a aussi son mot à dire. Et puis, je ne sais même pas si c'est facile d'avoir une place dans cette école. Je vais leur écrire. De toute façon, ça sera pour l'année prochaine. Julius a encore toute une année d'apprentissage chez Monsieur Blum. En tout cas, il aura au moins un vrai métier si jamais ça ne marche pas chez le sculpteur.

Paula opina du chef. Elle aimait cette détermination chez son mari. Il avait été toujours comme ça. À chercher, à réinventer et à trouver des idées. Anna l'adorait. C'était son papa chéri. Soudainement, en s'imaginant sa fille, elle pensa à Lena.

— Il faut qu'on invite un jour les jeunes Stawietzky. J'aime tellement Lena. Je me sens si bien en sa présence. Je vois Anna dans ses yeux...

Son regard se perdit au loin un instant.

— Tu crois qu'elle peut communiquer avec nous par l'intermédiaire de sa jumelle ?

Oskar toucha la main de sa femme.

— Paula, voyons, Lena n'est pas un médium. Mais oui, bien sûr, on va les inviter bientôt.

Chapitre 26

Elle se réveilla avec une douleur en bas du ventre. Un néon géant au plafond éclairait la pièce. Ce fut la première chose qu'elle remarqua. Ainsi que les murs terriblement blancs.

Elle tourna lentement la tête en direction d'une voix douce qui lui parlait.

— Oh, Lena, t'es réveillée.

Elle vit alors Laura se pencher sur elle.

La belle Laura.

Avec sa jolie couleur de cheveux.

Avec son sourire de rêve.

Avec sa bouche charnue.

Avec ses yeux pétillants.

Lena ne voyait que tout ça.

Elle immergeait avec une telle lenteur à la surface du monde réel.

— Johanna est passée tout à l'heure mais tu dormais. Elle va venir plus tard.

— Et Georg...

— Georg est au travail.

— Un dimanche ? s'étonna Lena.

Laura passa un mouchoir mouillé sur le front de son amie puis caressa doucement sa joue.

— Nous sommes lundi. Tu étais hier chez Johanna, tu as saigné et ils t'ont amenée à l'hôpital.

— Et... mon bébé ? s'enquit-elle en touchant son ventre.

Elle avait du mal à formuler une phrase plus longue, sa bouche était trop sèche.

— Désolée, ma Lena chérie, tu as perdu ton bébé. Mais Walter a vu le médecin qui s'était occupé de toi et il a dit que tu pourras avoir encore des enfants... plus tard.

Lena sentit une larme couler sur sa joue. Étonnamment chaude.

— Mon bébé...

Laura caressa de nouveau sa joue puis lui serra la main.

— Tout ira bien. Tu étais presque inconsciente en arrivant à l'hôpital. On t'a donné des antidouleurs et tu as dormi toute la nuit. Georg est resté auprès de toi tout le temps.

— Mon bébé...

— Tout ira bien, Lena. Tu pourras sortir demain.

Lena était anéantie. Pourquoi le destin s'acharnait sur elle si cruellement. Tout d'abord, il lui avait pris Anna et maintenant son bébé.

Qu'avait-elle fait ? Pourquoi ?

Elle n'avait pas été préparée à vivre un tel événement.

Allait-elle s'en remettre un jour ? Elle ne s'attendait pas à perdre son bébé. Non, elle ne s'y attendait pas. Elle était si heureuse. Pour tout le monde, c'était une fausse couche mais pas pour elle, elle qui avait déjà des vrais sentiments pour ce bébé et n'imaginait pas du tout une fin si atroce de son petit bonheur. Pourrait-elle avoir encore des enfants ? Oui, Laura l'avait confirmé et c'était rassurant. Mais elle ne voyait pas en quoi ça devrait atténuer sa douleur d'aujourd'hui. La mort d'un enfant dans le ventre d'une mère était aussi douloureuse que n'importe quelle mort. Une horrible rupture d'un lien déjà créé... Tout ce qui les unissait, elle et son bébé, avait été brisé.

Quelle déception... Et si jamais elle devait vivre à nouveau une fausse couche lors d'une prochaine grossesse ?

Georg et Johanna l'avaient ramené à la maison le lendemain.

Son mari la berça longtemps dans ses bras le soir-même. Au début, il n'y avait pas de paroles inutiles, il n'y avait que des gestes.

Et de la tendresse.

À l'infini.

Lena put libérer toute sa douleur, elle ne la fuyait pas, elle l'avait affrontée.

Elle ne travaillait pas à ce moment-là. Johanna passait tous les jours en lui apportant à manger. Lena était incapable de préparer quoi que ce soit. Son corps récupérait vite mais son âme affaiblie restait plongée dans une tristesse sans fin.

Un jour elle demanda à Johanna :

— Comment doit se reconstruire une mère à laquelle la mort arrache son enfant ? De la même manière que celle qui perd son enfant déjà grand, comme toi ? Ou comme celle qui le perd dans un accident, comme Emilia ? Est-ce que la douleur est la même selon la façon dont l'enfant est mort ?

— Les miens étaient grands quand la guerre me les a pris. Et je souffre encore, Lena.

— Tu crois qu'Emilia a ressenti quelque chose quand Anna nous a quitté ? Est-ce que la douleur est autre selon les liens entre la mère et l'enfant ? Ou selon son âge ? Le mien était à peine une toute petite graine...

— Ma chérie, chacun de nous a un caractère différent. Je ne pense pas que l'on peut comparer quoi que ce soit. Mais la douleur reste la douleur. Désormais, on doit apprendre à vivre avec. Et un jour... la surmonter.

Adelheide rentra comme prévu au bout d'une semaine.

Elle apparut dans la cuisine, radieuse, le teint légèrement halé. Ça se voyait que l'air de la montagne lui avait fait le plus grand bien. Elle serra Lena dans ses bras puis se jeta sur la chaise.

— C'était merveilleux. Mon rêve de petite fille s'est enfin réalisé. La petite église Vang est juste remarquable. Chaque centimètre de ce sanctuaire est une œuvre d'art de sculpture en bois. Ah, si seulement Julius pouvait y aller un jour... Les colonnes de style byzantin... toutes décorées d'images d'animaux ou... d'ornements floraux...

Lena observa sa grand-mère lui raconter son voyage. Elle ne l'avait jamais vu si heureuse.

— Et puis... j'ai marché. Beaucoup. Nous avons fait une énorme randonnée. Nous sommes montés au sommet de Sniezka, tu sais, c'est le sommet le plus haut de Karkonosze. 1602 mètres d'altitude.

— Et tu es montée si haut, Andla ? demanda Lena d'une petite voix.

— Non seulement je suis montée, mais je suis arrivée parmi les premiers ! Tout le monde se demandait d'où me venait cette forme incroyable. Et devine quoi ?

Adelheide sortit de son sac un journal et le fit bouger devant les yeux étonnés de Lena.

— Regarde, il y a un article sur moi dedans, annonça-t-elle, toute fière. Un journaliste était avec nous et quand il m'a vu arriver avec les premiers malgré mon âge, il a décidé d'en faire un article. Il est paru deux jours après. Le journaliste a même cité exactement ce que j'ai dit en arrivant là-haut. Tu sais, ce sommet reste la plupart de l'année dans les nuages, tellement c'est haut. J'ai été plongé dedans, légère, j'ai flotté presque... Alors j'ai dit ce que j'ai ressenti et voilà. Ecoute ça.

Adelheide ouvrit le journal et lut :

— « Une sexagénaire est arrivée au sommet de Sniezka parmi les premiers du groupe et a dit : Oh, mon Dieu, maintenant j'ai vraiment l'impression d'être au paradis. » Et là, regarde... il y a ma photo.

Lena jeta un coup d'œil sur la photo de sa grand-mère entourée d'un brouillard cotonneux de nuages, un grand sourire aux lèvres.

D'un seul coup, une immense mélancolie la submergea à nouveau et elle se mit à sangloter. Adelheide, surprise, attrapa sa main.

— Mais qu'est-ce que tu as ma chérie ? Tu es toute pâlotte.

— Oh, Andla, tu étais au paradis... quel dommage que tu n'as pas pu attraper mon bébé et le ramener avec toi à la maison.

Adelheide couvrit sa bouche avec sa main.

— Tu as perdu ton bébé ? Oh, mon enfant, désolée, désolée... je n'ai rien vu en arrivant. Alors que tu étais là... à me regarder raconter mon voyage pendant que...

Elle prit Lena dans les bras que sa petite-fille connaissait tant.

Combien de fois ils lui avaient servi de refuge ? Alors cette fois-ci, comme avant, Lena s'y sentit à nouveau à l'abri. Comme un oiseau qui avait failli tomber du nid mais que sa mère avait réussi à protéger.

Les mois suivants lui parurent longs.

Elle se remit au travail. Les Lis avaient l'air d'être très satisfaits de ses services. La cuisinière ne devait pas encore partir mais ça ne gênait pas Lena. Le travail à mi-temps lui convenait parfaitement.

Laura attendait son deuxième enfant.

Cette nouvelle, Lena l'apprit avec un léger pincement au cœur. Elle, qui avait perdu son bébé et qui était censée se montrer patiente pour tomber à nouveau enceinte, avait du mal à se réjouir pour Laura qui s'apprêtait à accueillir bientôt un frère ou une sœur à Anna.

Mais Lena ne perdait pas espoir.

La vie se montrerait un jour plus clémente avec elle.

Un jour.

Plus tard... comme l'avait confirmé le médecin.

Laura ne supportait pas très bien sa grossesse et restait souvent allongée dans sa chambre. Lena était donc souvent sollicitée pour s'occuper d'Anna. Entre le travail à la cuisine et les sorties quotidiennes avec la petite, le temps lui semblait s'écouler plus vite.

L'automne laissa sa place à l'hiver et, comme à l'accoutumée, la famille Stawietzky fêta Noël ensemble. Cependant, chaque année les assiettes vides sur la grande table de cuisine étaient de plus en plus nombreuses. Avec celle du pèlerin inconnu, celles des deux frères morts à la guerre et celle de Joseph, il y avait maintenant celle d'Emanuel.

Julius avait presque fini sa crèche, les rois mages, les paysans et les animaux prirent leur place sous le sapin.

Chapitre 27

Le 20 mars 1923, Laura donna naissance à un petit garçon qu'elle appela Leon.

— C'est quoi cette date pour fêter l'anniversaire d'un enfant ?! Pile deux ans après la fameuse journée du plébiscite. Leon aurait pu choisir un autre jour pour venir au monde, non ? se plaignit Laura à son mari.

Walter étant toujours sous le charme de son épouse comme le jour de leur rencontre, il acceptait sans un mot tous les caprices de Laura et, depuis peu, aussi ceux de la petite Anna. D'ailleurs, sa fille était la copie crachée de sa mère.

Il observa Laura qui ne cessait de rouspéter tout en berçant son bébé.

— Mais non, ma chérie. Leon est né le premier jour du printemps. N'est-ce pas merveilleux ? se réjouit-il.

Leon était un garçon incroyablement calme. Lena trouvait que physiquement il ressemblait plutôt à son père. À chaque fois qu'elle venait s'occuper d'Anna, elle s'émerveillait en regardant ce beau bébé. Est-ce que c'était à force de regarder l'enfant gigoter ou le fait d'observer Laura lui donner le sein que quelque chose de magique s'était produit dans le corps de Lena ? Elle ne le saurait jamais. Un matin au début du mois de mai, elle annonça à Georg une merveilleuse nouvelle.

— Oh, ma Lenka chérie, cette fois tout va bien se passer, se réjouit-il.

Une autre bonne nouvelle tomba tout de suite après.

Georg reçut une augmentation de salaire. Pendant que certains de ses collègues se trouvaient licenciés, lui, il avait obtenu une promotion. On lui attribua le poste de contremaître.

— Bravo mon fils ! Je suis tellement content, le félicita son père. Il n'y pas plus grande joie pour un père que de voir ses enfants évoluer. Vous me rendez tous heureux...

Sa voix se cassa, il se trouva désemparé en essayant d'exprimer son bonheur et il tomba en larmes. Mais c'étaient des larmes de joie, les témoins de moments positifs et enrichissants.

— Nous avons des enfants magnifiques. Chacun a réussi à faire quelque chose de bien dans sa vie, enchaîna Johanna. Toi, Georg, tu as été apprécié pour ton sérieux et on t'a fait confiance à l'usine. Tu es monté d'un échelon grâce à tes qualités professionnelles.

Lena serra discrètement la main de Georg. Elle était si contente pour son mari. Georg lui jeta un regard plein d'amour mais la trouva un peu pâle. Personne n'était au courant pour l'instant pour sa grossesse.

Ils étaient tous réunis dans la cuisine.

Johanna avait son chignon un peu trop serré qui malheureusement ne mettait pas en valeur son visage devenu beaucoup plus ridé depuis peu, elle semblait quand même moins sévère que d'habitude. Oui, moins sévère et même plutôt radieuse.

Franz, les épaules rentrées, regardait obstinément ses pantoufles pour ne pas montrer ses yeux humides. Il paraissait soudain si petit et si fragile sur sa chaise.

— Toi, Julius, continua Johanna, tu nous as montré que tu as du talent. Ça a payé. Oskar t'a obtenu la place dans cette école de sculpture à Istebna et tu pourras y aller à la rentrée. Mais avec un métier dans la poche. Monsieur Blum nous a dit que tu es déjà un bon menuiser.

Georg ne put s'empêcher d'ébouriffer les cheveux de son frère même si tous les deux avaient déjà presque la même taille. Voyant cela, Johanna fit une grimace puis regarda tendrement en direction de sa fille.

— Et toi, Truda, tu es devenu une vraie couturière. Avec ta persévérance et ta discipline, tu as été remarquée. Pour l'instant, tu n'es que retoucheuse mais je pense que t'iras plus loin. Oh... ne pleure pas, ma chérie, ajouta-elle, je sais que tu as la larme facile mais là...franchement, il n'y a rien de triste. Ce n'est que du bonheur. Tu peux te réjouir, ma fille.

Le silence s'invita dans la cuisine. Par la fenêtre ouverte, on n'entendait que des roucoulements de pigeons. Puis un tram passa avec des crissements sur les rails. Son glin-glin remonta jusqu'au 4ᵉ étage. Le tram freina car son arrêt se trouvait juste en bas de leur immeuble.

— Et tu as oublié Emanuel et Joseph, ma chérie, ajouta Franz d'une voix éraillée.

— Non, je ne les ai pas oubliés. Je pense souvent à mon cher fils courageux qui étudie et travaille à Berlin. Je suis absolument sûre qu'il va réussir.

Elle essuya son front sur lequel perlaient quelques gouttes de sueur.

— Je pense aussi à Joseph qui va s'envoler loin d'ici. Si fière de lui... Il va partir christianiser... probablement en janvier prochain. Il m'a écrit.

— Il va partir où ? demanda Julius. Tu ne nous as rien dit.

— J'ai reçu la lettre hier. Il se prépare. Il saura bientôt.

Franz se redressa, il avait l'air vraiment fatigué.

— Quelle belle réunion familiale, résuma-t-il. On pourrait faire ça plus souvent.

Le mois de juin de cette année arriva non seulement avec les températures très froides et une humidité perçante mais également avec une nouvelle déception pour Lena.

L'enfant qu'elle portait depuis si peu mais qu'elle aimait déjà de tout son cœur... elle le perdit également. Cette deuxième fausse couche la plongea dans une profonde dépression pendant deux mois. Elle s'enferma dans le silence, plongea dans un chagrin inconsolable, elle mangeait à peine, ne sortait presque plus. Ce nouveau choc interrompant violemment tous ses projets, elle n'arrivait plus à contrôler ses émotions.

Georg se montrait très patient vis à vis de ses excès de colère ou de tristesse. Il se disait que ça ne pouvait pas durer éternellement. Sa Lenka allait s'en sortir. Il y croyait fort.

Lui-même cachait sa propre souffrance derrière son visage calme, ressemblant à un masque qu'il enlevait seulement quand Lena était plongée dans son sommeil. Sa douleur à lui, elle le rongea de l'intérieur, ne sortant jamais à la surface.

Tous les matins, il partait travailler le cœur lourd. Heureusement qu'Adelheide prenait le relais pour veiller sur sa femme.

Puis un matin, Lena se leva, s'habilla, demanda à Andla de lui préparer un bon petit déjeuner et partit chez les Lis. Pour travailler. Le soir, elle était rentrée, les joues colorées.

Lena était redevenue la femme d'avant.

— J'avais besoin de m'accorder du temps pour assimiler ce qui s'est passé. Je vous remercie énormément vous deux de m'avoir soutenue ou... plutôt supportée pendant tout ce temps-là. Je n'ai même pas vu l'été passer...

— Tu n'as rien à regretter, ma chère Madame Stawietzky que j'aime plus que tout. L'automne est une période de l'année parfois beaucoup plus jolie. Nous avons tout notre temps, déclara Georg en la serrant dans ses bras.

Lena continua à travailler chez les Lis tout en s'occupant de sa filleule.

Anna grandissait à vue d'œil, elle avait presque deux ans et demi à présent et paraissait très éveillée pour son âge. Les questions de tout genre avec lesquels la petite la bombardait sans cesse faisaient souvent rire Lena.

Sauf une fois.

— Tante Lena, pourquoi tu n'as pas d'enfants ?

Pris au dépourvu, Lena ferma ses yeux et s'efforça d'avaler ses larmes. Comment expliquer à la fillette qu'elle n'avait pas su garder ses bébés ? Ou plutôt... qu'elle les avait perdus... De toute façon, ça revenait au même. Elle ne les avait plus.

— Mes deux enfants sont là-haut et nous regardent jouer en ce moment.

— Ils ne peuvent pas venir jouer avec nous ?

— Non, ils nous surveillent. Je vais te montrer un soir les deux étoiles sur lesquelles ils sont assis. Tu veux bien ?

Fin août, avant de partir à son école, Julius offrit au jeune couple un beau cadeau. Il grimpa un soir dans leur appartement du dernier étage et posa dans l'angle de la cuisine, à côté de leur poêle, deux petits tabourets bas en bois.

— C'est pour vos soirées d'hiver... on se colle au poêle et on est bien, expliqua-t-il. Je n'ai pas eu le temps de fabriquer le troisième.

— Ils sont magnifiques, Julius. Ces petites fleurs... oh, c'est aussi toi qui les as peintes ? s'exclama Lena.

Il hocha la tête.

— Alors... menuisier, sculpteur, artiste, peintre... tu as encore un autre talent caché ? plaisanta Adelheide. En tout cas, merci pour ce beau cadeau. Je teste ton tabouret tout de suite.

Lena proposa à tout le monde du thé et des biscuits qu'elle gardait toujours dans une petite boite métallique.

— Vous êtes vraiment bien ici, constata Julius en balayant la grande cuisine du regard. En fait, Georg, continua-t-il en s'adressant à son frère, tu dois te sentir ici comme chez nous, le buffet est presque identique au nôtre. Ah... c'est vrai, tu ne l'as pas vu récemment. J'ai dessiné il y a quelques jours des petites fleurs dans les angles des portes et au niveau des tiroirs. Ça fait vraiment joli. Je peux dessiner la même chose sur le vôtre quand je reviendrai.

— Pourquoi pas ? répondit Georg. Mais tu en as pour un petit moment là-bas, non ? Tu n'es pas encore parti et tu es déjà pressé de revenir ?

Son frère sourit timidement.

— J'ai un peu peur. Je n'ai jamais pris le train de ma vie.

Quelques jours après, ils l'accompagnèrent tous à la gare.

Son voyage s'annonçait long. Istebna, un petit village à la montagne de Beskidy n'était qu'à une centaine de kilomètres de leur ville mais la liaison avec ce hameau était compliquée. Il fallait prendre le train à Katowice et descendre une cinquantaine de kilomètres après. Ensuite, il était nécessaire de trouver un autre moyen de transport pour atteindre la destination.

Heureusement, Oskar pensa à tout. Parmi ses nombreux livreurs, il y avait un chauffeur de fourgonnettes qui se proposa d'approcher Julius jusqu'au village où lui-même habitait et qui était situé à une vingtaine de kilomètres de l'école d'Istebna. Il avait justement une livraison à faire dans la ville où Julius finissait son trajet en train et pouvait attendre le garçon à la gare. Après, il lui resterait quand même le dernier trajet dans un chariot tiré par des chevaux.

— Pour y accéder... ça monte bien, dit le chauffeur. Mais ne vous inquiétez pas, Monsieur Sobota. Une fois arrivé dans mon village, je ne vais pas laisser tomber votre jeune protégé. Je vais lui trouver un paysan qui pourra l'amener. Les montagnards descendent pour vendre leur fromage au marché.

Ils avaient tous fait le déplacement jusqu'à Katowice. Une quinzaine de minutes en tram. Ils se tenaient à présent regroupés sur le quai à souhaiter un bon voyage à un gamin qui n'avait que 17 ans mais qui était en route vers une nouvelle vie.

Julius avait hâte de travailler sous l'œil d'un vrai artiste, de se faire conseiller dans ses choix de sculpture, de peinture et d'outils. Il ne comprenait pas pourquoi la sculpture l'attirait tant mais il savait que cette passion pouvait devenir un jour son vrai métier. Il ne manquait pas d'idées.

Le coup de sifflet qui retentit, annonçant le départ imminent du train, lui fit monter les larmes aux yeux. Au dernier moment, Johanna lui tendit un panier rempli de quelques victuailles. Il l'embrassa sur sa joue humide. Avec sa grande valise offerte par les Sobota et sa casquette un peu trop grande, Julius avait l'air complètement perdu.

Il monta les marches du wagon et s'arrêta sur la dernière pour faire un geste de la main...

À Oskar et Paula, affichant leur grande joie.

À Adelheide au regard tendre.

À Lena et Georg, souriants.

Et à Gertruda en larmes.

— Truda, arrête de pleurer ! Ta nouvelle coupe au carrée te va bien mais pas quand tu pleures, rouspéta sa mère quand le train eut disparu.

Sous ses mots durs, elle voulait cacher son chagrin, elle avait besoin à tout prix de passer à autre chose pour ne pas s'écrouler devant tout le monde, tellement le départ de son plus jeune fils l'avait affectée.

Sur ce quai, il ne manquait que Franz. Trop faible pour venir jusqu'à la gare.

Il avait dit au revoir à son fils à la maison.

Et ce fut la dernière fois qu'il le voyait.

Un après-midi au début du mois de décembre, Johanna trouva son mari endormi dans son lit. Plongé dans un sommeil éternel.

Ce jour-là, ils avaient reçu trois lettres.

Celle de Julius, dans laquelle leur fils racontait ses cours et toute l'ambiance joyeuse de ce petit village à la montagne.

Celle d'Emanuel qui leur rapporta son brillant parcours à l'université, son travail acharné pour réussir ainsi que son manque de temps pour leur écrire plus souvent.

Quant à celle de Joseph, elle fut à la fois triste et euphorique. Le frère Verbiste s'apprêtait à partir en janvier en mission en Nouvelle Guinée mais avant... il comptait venir les voir.

Était-ce cette dernière lettre qui avait tant touché Franz ? Était-ce le fait qu'après son départ en Nouvelle Guinée il ne pourrait probablement plus jamais revoir son fils ? Ou bien... son état de santé qui avait décliné d'une manière rapide depuis quelques semaines ?

— Tu vieillis, c'est normal que tu te sentes fatigué, va te reposer un peu, proposa-t-elle à son mari avec beaucoup de tendresse.

— Non, je ne vieillis pas, Johanna, je m'affirme et j'apprends à lâcher prise.

Il avait juste voulu s'allonger pour faire la sieste.

La mort ne choisit pas son jour.
Elle arrive quand elle le décide.
Parfois elle s'annonce avant.
Parfois elle tombe sans prévenir.
À Franz... lui avait-elle montré son visage avant ?
En tout cas, Johanna... elle n'avait pas été prévenue. Ou peut-être qu'elle ignorait simplement tous les signes ? Malgré sa maladie, elle croyait son mari immortel. Sa douleur en fut d'autant plus immense.

Ce n'était pas la maladie de ses poumons qui l'avait emporté. C'était son cœur qui était arrivé tranquillement au bout de son chemin.

Joseph vint aux obsèques, il aurait tellement voulu dire au revoir à son père avant de partir en mission. Il n'en eut pas le temps. Debout devant son cercueil, il prononça ces quelques mots touchants :

— Tu as toujours eu les mots justes pour moi, comme pour nous tous. Je pleure aujourd'hui l'homme vif d'esprit qui, pourtant piégé par la sombre réalité de la vie quotidienne, a toujours su garder ses propres valeurs et nous enseigner la bonté et l'honnêteté. Je pleure l'homme qui a su nous donner l'exemple pour avancer la tête haute et pas le dos courbé, malgré le poids avec lequel la brutalité de ce monde nous écrase souvent. Je pleure l'homme droit qui n'a pas hésité à descendre dans les entrailles de la terre pour pouvoir nourrir sa famille. C'est grâce à la lumière qui brillait dans tes yeux que je suis ce que je suis aujourd'hui. Cette belle lumière a éclairé mon chemin vers l'inconnu comme celle qui a éclairé le tien tous les jours dans les couloirs de charbon. Car dans tes yeux brillait l'espoir. Que cette lumière à laquelle se joignent en ce moment toutes les étincelles que l'amour de nos cœurs allume pour toi, t'accompagne maintenant vers le monde où la couleur noire sera effacée par le magnifique bleu du ciel.

Emanuel était trop loin pour pouvoir arriver à temps.
Quant à Julius, il avait été bloqué dans sa montagne par la neige.

Le deuil se pencha sur eux tous, vêtu d'un long manteau noir ne laissant aucune lumière pénétrer pendant longtemps.

Chapitre 28

— Regarde, tante Lena, un monsieur a coupé les cheveux de maman et... il les a balayés et puis... il les a jetés dans la poubelle, s'écria Anna en voyant Lena arriver.

Sa filleule affichait un visage complétement défait. Lena lui colla un bisou sur la joue mouillée par les larmes.

— Cette nouvelle coiffure de maman ne te plaît pas, ma chérie ? C'est pour ça que tu pleures ? lui demanda-t-elle.

Anna se mit à sangloter de plus en plus fort.

— Bah, elle est belle et je voulais la même. Mais ma maman a dit non.

— Ah, c'est donc ça ton gros chagrin, lui sourit Lena en essuyant son visage.

Laura éclata de rire et tourna sur elle-même, ne faisant pas attention au caprice de sa fille.

— T'en penses quoi, Lena ? Maintenant que je suis devenue la femme du chef de service de cardiologie, j'ai décidé de changer un peu mon image.

La nouvelle coupe au carré lui allait à merveille.

Beaucoup de femmes se faisaient couper les cheveux ces derniers temps.

Mais Lena n'était absolument pas prête pour un tel changement. Georg aimait beaucoup trop ses longs cheveux, elle-même ne se voyait pas non plus avec cette coupe à la mode.

— Je te trouve très bien, Laura. Mais je ne savais pas que Walter avait été nommé chef... Ça doit être récent, non ?

— Oui, il le sait depuis deux jours.

— C'est une bonne nouvelle ! Félicite-le de ma part.

— Je n'y manquerai pas. Il est si content. Et moi donc !

Laura jubilait et n'arrêtait pas de toucher ses cheveux.

Sa façon d'être était vraiment unique. Elle avait ce quelque chose en plus, cette étincelle dans les yeux, cette grâce dans les mouvements, cette intensité dans la voix, cette joie enfantine dans sa façon de rire que les autres femmes possédaient rarement.

Il n'était pas étonnant que son mari la vénérât presque. Comme une déesse antique.

— Tu sais, je les ai fait couper dans ce nouveau salon de coiffure du centre-ville. D'ailleurs, dans la même rue, il y a plein de magasins qui se sont ouverts récemment. On devrait aller un jour ensemble, Lena. Avec ce beau printemps, tu n'aimerais pas t'acheter une nouvelle robe ?

S'acheter une nouvelle robe ? C'était la dernière chose dont Lena avait envie en ce moment.

D'abord, parce qu'elle portait encore le deuil, depuis les obsèques du père de Georg, il s'était écoulé à peine cinq mois.

Et puis... Elle aurait plutôt besoin d'aller voir Gertruda pour qu'elle lui fasse quelques retouches de ses vêtements.

Elle jeta un coup d'œil à sa robe noire, assez large pour dissimuler le début de ses rondeurs. Elle sourit et toucha très discrètement son ventre, le geste que Laura saisit immédiatement.

— Quoi ? s'écria-t-elle tout excitée. Ne me dis pas que tu attends un enfant ! Mais oui, ton visage rayonne !

Les joues de Lena devinrent pourpres en l'espace d'une seconde. Incapable de cacher quoi que ce soit.

— Je ne l'ai dit à personne, vu les fois précédentes... je préfère rester discrète. Mais là, la période dans laquelle mes deux fausses couches ont eu lieu... elle est déjà derrière moi. J'espère que cette fois, je pourrai aller jusqu'à bout...

— C'est formidable, Lena, je te le souhaite de tout mon cœur. Mais... tu vas continuer à travailler ?

— Oui, encore un peu, tant que je ne m'écroule pas sous le poids de mon ventre..., rigola-t-elle.

Laura se jeta au cou de son amie et la serra longtemps dans ses bras.

— Je suis si contente pour toi. Je ne dirai rien à personne, chuchota-elle à son oreille.

La voix d'Anna les surprit. La petite criait à pleins poumons. Quelle petite comédienne, celle-là.

— Moi aussi ! Moi aussi, je veux des câlins !

Laura la souleva.

— Oh, oui, mon chou, maman va te faire des câlins.

Elle commença à embrasser sa fille puis la chatouiller partout.

Anna éclata de rire et sa petite voix claironnante se fit entendre dans toute la maison.

Une fois calmée, elle s'adressa à Lena, tout en prenant un air très sérieux :

— Tu vas colorer les œufs avec moi ?

— Oui, Anna...

— Tante Lena, tu peux m'appeler Ania ? coupa la fillette. Mamie m'appelle comme ça et j'aime beaucoup.

— D'accord, Ania.

— Mamie m'a acheté un joli panier. On va mettre dedans les œufs et un agneau en sucre. Il était bon, celui de l'année dernière.

— Oh oui, je m'en souviens bien, quand je t'ai embrassée, t'avais la bouche tout en sucre que j'ai cru y rester collée à jamais.

— C'est vrai ? Je ne me rappelle pas.

La fillette éclata à nouveau de son rire cristallin.

— Et après..., continua-t-elle, en reprenant son sérieux, on va aller déposer mon panier à l'église et mamie a dit que le prêtre va l'asperger de l'eau. Mais pourquoi il fait ça ?

Cette année la période de Pâques tomba tard, presque fin avril. Les journées plus longues, les oiseaux qui chantent, les réveils auprès de son Georg, la bonne mine d'Andla, tout mettait Lena de bonne humeur.

Mais peut-être autre chose également ?

Ce joyeux secret qu'elle partageait uniquement avec Georg et Laura ? Même sa grand-mère n'était pas au courant de son état.

Le dimanche de Pâques, ils furent invités tous les trois chez Johanna. Depuis la mort de son mari et le départ de Julius, elle vivait seule avec sa fille.

Gertruda quitta son confortable sofa dans la cuisine pour se retrouver dans la chambre des garçons. Certes, la chambre lui parut trop encombrée par tous ces lits vides mais elle avait enfin son espace à elle. Elle poussa les deux lits sur un côté et colla le troisième contre le mur en face, dégageant ainsi un peu d'espace au milieu. Ce n'était pas extraordinaire comme agencement de chambre mais ça semblait être un peu mieux qu'avant.

Lena leur raconta, pendant le repas, l'émerveillement de la petite Ania quand elle l'avait accompagnée à l'église pour la bénédiction des paniers.

— Il fallait que je la retienne, elle tenait absolument à vérifier que dans tous les paniers posés devant l'autel, il y avait bien un agneau en sucre. D'ailleurs, est-ce que je peux prendre un deuxième morceau de votre agneau sucrée, Johanna ? Je ne suis pas si gourmande comme ma filleule mais il est tellement bon.

Johanna hocha la tête en souriant. Elle avait observé sa belle-fille tout au long du repas et était un peu étonnée de son grand appétit alors que d'habitude Lena n'était pas une grande mangeuse. À vrai dire elle commençait à se douter un peu de la raison de ce changement. Lena était resplendissante.

— Mon petit doigt me dit que tu as quelque chose à nous annoncer, Lena, non ?

Georg jeta un coup d'œil à sa femme qui était en train de lécher ses doigts et tenta alors de la justifier en cherchant rapidement dans sa tête un petit mensonge, genre : « maman, c'est parce que ta cuisine est la meilleure... »

— Oui, Lena mange beaucoup car...car..., bégaya-t-il.

Lena lui coupa la parole.

— Car elle a un grand appétit. Et c'est parce qu'elle attend un bébé, finit-elle en pouffant de rire.

Cette phrase lui sortit de la bouche si naturellement comme si elle avait parlé d'un pain à acheter, d'une assiette à laver ou d'une banalité quelconque.

Désormais, elle se sentait heureuse et avait envie de le partager avec tout le monde. La période de grandes nausées finie, elle entrait dans une nouvelle phase de sa grossesse. Bien sûr, il lui restait à tenir jusqu'à septembre mais, cette fois, elle sentait que son corps réagissait différemment.

Non, elle n'allait pas cacher son bonheur devant eux plus longtemps. Après tout, c'était sa seule famille.

Chapitre 29

Le mois de juin arriva à grands pas avec les cerisiers en fleurs. La nature, bien réveillée de son sommeil depuis un bon moment déjà, modifiait de semaine en semaine non seulement la couleur des squares mais aussi l'humeur des gens.

Lena et Georg décidèrent d'en profiter pour faire des grandes promenades comme au moment de leur rencontre. Ils flânèrent dans les rues en découvrant ce développement dynamique de Krolewska Huta qui devenait une grande ville bien peuplée. Ils n'étaient donc pas surpris de voir s'y installer des commerces de tout genre, des librairies, des points de service divers et des ateliers d'artisanat.

Mais comme c'était aussi une ville frontalière où se rencontraient différentes cultures, alors, parfois, il était difficile ne pas être confronté à certaines tensions.

Pour la Pologne, la Haute-Silésie était la seule région à présenter une concentration industrielle si importante. Avec une production de charbon la plus importante du pays et celle à grande échelle de divers produits en acier et en fonte.

Georg était fier de pouvoir travailler à l'aciérie locale et d'y gravir les échelons.

— Notre ville change son visage trop vite, constata-t-il lors de leur promenade.

Le couple déambulait en observant les vitrines. À un moment, Lena souhaita manger une glace puis déguster un beignet à la fraise. Privée dans son enfance de toutes ces gourmandises, elle sentait le besoin d'être tout simplement gâtée.

Dans sa robe grise, retouchée par Gertruda, qu'elle avait échangée contre la noire de deuil, devenue de toute façon trop juste, Lena paraissait radieuse.

Les jeunes Stawietzky passèrent alors devant le cinéma.

— Tu sais que je ne suis jamais allée au cinéma ? Alors qu'il a ouvert quand j'étais enfant. Andla n'avait pas les moyens..., expliqua Lena tristement.

— Oui, il a été inauguré peu avant la Grande Guerre, j'avais à peine douze ans. Moi non plus, je n'y suis jamais allé. Mais papa a amené une fois Emanuel. Il avait deux ans de plus que moi.

— J'aimerais bien y aller un jour. S'il te plaît, Georg !

— Allons-y alors, répondit-il en la tirant à l'intérieur. Ça va dépendre du programme.

Quelques minutes après, ils sortirent un peu déçus, ils n'avaient trouvé rien d'intéressant.

— Ça sera pour la prochaine fois alors ?

Lena était si jolie avec son air de petite fille qu'il eut très envie de l'embrasser. Mais là, en pleine rue ? Non, ça ne se faisait pas.

— Oui, ma Lenka, ça sera pour la prochaine fois, répondit-il en se contentant d'embrasser sa main avant de la serrer fort dans la sienne.

— Je suis heureuse.

Lena respira fort en levant les yeux vers le ciel qui se couvrait de quelques nuages d'une couleur un peu trop sombre à son goût.

— Viens, on va passer chez ta mère, elle sera contente de nous voir, proposa-t-elle. Dépêchons-nous avant qu'il ne pleuve…

Johanna était toute seule. Les yeux humides, elle leur tendit une enveloppe.

— C'est Joseph. C'est sa première lettre depuis qu'il est parti. Oh, mon Dieu, je l'attendais tellement. Lisez-là pendant que je vous prépare à boire.

Lena et Georg s'installèrent autour de la table. Georg ouvrit l'enveloppe et en sortit plusieurs feuilles. Il les posa sur la toile cirée que sa mère essuya d'abord minutieusement. Une telle lettre, il ne fallait surtout pas l'abîmer. Georg reconnut l'écriture légèrement penchée de son frère et fut saisi par une vague d'émotion. Ce courrier, écrit au cœur de la végétation luxuriante de la Nouvelle Guinée, avait traversé tant de pays avant de se retrouver au 4ᵉ étage d'un vieil immeuble couvert par la poussière et la suie.

— Georg, lis la lettre à haute voix, s'il te plaît, ajouta sa mère en s'asseyant. Je ne m'en lasse pas.

Georg acquiesça d'un signe de tête et se leva pour fermer la fenêtre, les pigeons faisant trop de bruit. Juste à ce moment-là, la porte s'ouvrit en faisant apparaître Gertruda.

Il lui sourit et l'invita à s'asseoir. Il embrassa ensuite Lena sur le front et saisit la première feuille dans ses mains moites. La gorge serrée, il se mit à lire.

« Chère mère,

Il ne se passe pas un jour sans que je ne pense à vous tous. A toi, à Truda, à Georg et sa femme, à Julius, à Emanuel. J'espère que vous vous portez bien.

Je suis bien arrivé, bien installé et j'ai envie de vous raconter un peu mon voyage ainsi que mes premières impressions sur ce pays que je découvre et qui sera l'endroit où je compte passer le reste de ma vie.

Car il y a tellement à faire ici.

Le voyage a été long et éprouvant. Au total, deux mois et demi à cause de toutes les escales nécessaires.

Tout d'abord en voiture et en train jusqu'à Rotterdam. C'est là-bas que j'ai vu la mer pour la première fois. Et les gros bateaux. Le nôtre, c'était un cargo, pas de passagers alors nous étions tranquilles. Comme au monastère... personne ne nous dérangeait. Parmi les officiers, il y en avait un qui connaissait tous les prêtres et frères Verbistes de Nouvelle Guinée.

Au moment du départ, tout le monde est monté sur le pont pour observer la ville le plus longtemps possible. Le navire s'est éloigné, d'abord lentement, puis de plus en plus vite, en laissant la ville au loin. Quand celle-ci n'a plus été visible, même avec des jumelles, je suis descendu dans ma cabine avec le cœur lourd car quitter ma terre, mon continent, c'était vraiment dur. Et pardonnez-moi ma franchise, je me suis même autorisé à pleurer.

Durant les deux premiers jours, j'ai eu le mal de mer. Les autres aussi. C'était très désagréable.

Nous sommes arrivés à Port Said et, ensuite, nous avons pris un autre bateau pour traverser le Canal de Suez qui est très étroit. Il fallait avancer lentement et laisser passer quelques bateaux qui étaient des navires transportant des passagers.

Ensuite, nous avons atteint la mer Morte et puis l'océan Indien. J'ai vu de loin les portes de Ceylan et de Singapour.

Et nous avons finalement accosté aux Philippines et j'ai pu visiter rapidement Manille, c'est une ville très mouvementée et avec beaucoup de pauvreté.

Après Manille, nous sommes arrivés à Hong-Kong, la ville aux multiples îles. Je ne l'avais pas imaginé comme ça. Nous y sommes restés une semaine avant de prendre le bateau pour la Nouvelle Guinée.

La mer était très agitée et presque tous les missionnaires qui voyageaient avec moi ont eu le mal de mer. Moi aussi. C'était inévitable. J'ai cru que nous n'allions jamais arriver à Madang. Chaque bateau doit accoster dans ce port pour passer la douane.

De Madang, on nous a conduit en petit bateau à Alexishafen où nous attendaient déjà nos prêtres et nos frères missionnaires. Nous avons alors assisté à notre première messe en Nouvelle Guinée. Pour remercier Dieu de nous avoir acheminés à bon port.

Alexishafen, c'est justement l'endroit où se trouve la mission, ma nouvelle maison.

Notre mission catholique est grande et tout le monde travaille ici. Mais nous, les premiers jours, nous n'avons rien fait, il fallait s'habituer au nouveau climat car l'air est absolument étouffant ici.

La mission est située juste au bord de mer, donc quand nous sommes dans la chambre le soir, nous entendons l'eau battre sur les rives. Autour de notre maison, il n'y a que des cocotiers. Un peu plus loin, il y a des buissons et d'autres arbres. Je n'ai pas encore vu de vraie route ici. Il y a juste des chemins piétinés par les gens.

On peut vraiment dire que cette île est merveilleuse.

Quand la nuit arrive, c'est comme si un autre monde caché pendant la journée se réveillait. Les grillons dans les arbres commencent leur musique apaisante et les vers luisants allument des milliers de lumières partout. C'est beau. La nuit, on entend aussi de grosses chauves-souris voler. Le ciel est tellement étoilé ici ! Il n'est pas du tout comme dans notre

Vieux Continent et surtout pas comme en Silésie où rien n'arrive à percer les éternels nuages de fumée.

Quand la lune se lève, c'est magnifique. Les indigènes l'attendent d'ailleurs pour commencer leurs danses païennes. On les entend bien, tous ces tambours qui rythment la danse tandis qu'à notre mission, toutes les lumières s'éteignent.

Il n'y en a qu'une seule qui reste allumée, celle qui se trouve dans notre église, devant le tabernacle. C'est là que veille le Dieu qui souhaite attirer vers lui la population de cette île.

Et c'est justement pour cette raison que je suis là. Pour évangéliser. Pour enseigner.

Les indigènes, ce sont des hommes de la nature qui travaillent uniquement par nécessité. Par contre, ils aiment manger et s'amuser le plus possible.

Tu vois, ma chère mère, que la foi et la science ont une grande tâche à accomplir ici.

J'écrirai plus sur les Papouas, les habitants de cette île dans ma prochaine lettre.

Vous pouvez me donner de vos nouvelles à l'adresse indiquée ci-après.

Je vous salue tous et je vous porte dans mes prières.

Votre Joseph »

Le silence tombe souvent à l'improviste mais parfois son arrivée est une chose évidente.

Celui qui enveloppa un long moment les quatre Stawietzky s'installa discrètement et fut intense en sentiments.

Chapitre 30

Ce fut une grande joie quand Julius apparut sur le seuil de la porte. Il se trimballa dans les escaliers, chargé de sa valise mais aussi d'un gros paquet un peu encombrant.

Julius venait pour les vacances et Johanna se réjouissait déjà à l'idée de l'avoir près d'elle pendant deux mois. Elle attendait son arrivée depuis quelques jours mais n'en connaissait pas la date exacte. Oskar lui avait juste confirmé comme quoi il avait organisé son voyage avec le même chauffeur. Cette fois, Julius devait descendre en chariot au village du chauffeur qui avait promis ensuite de le ramener dans sa camionnette jusqu'à Krolewska Huta. Julius n'avait plus besoin de prendre le train.

— Tu as encore grandi ! s'exclama Johanna. Si tu continues comme ça, tu vas vite dépasser Emanuel.

Elle regarda son pantalon qui s'arrêtait au-dessus de ses chevilles.

— Gertruda va avoir un peu de travail, dit-elle en le serrant dans ses bras.

Julius avait effectivement pas mal grandi mais il était également devenu plus mature. Un peu plus musclé aussi. Avec son teint bronzé et ses cheveux en bataille, il ressemblait aux montagnards que Johanna avait eu l'occasion de voir sur les cartes postales que son fils lui avait envoyées par deux fois.

— Assieds-toi mon garçon. Tu as faim ?

— Oui, un peu…

— Alors, raconte pendant que je te prépare à manger.

— Je ne sais pas par où commencer, maman. Il s'est passé tellement de choses.

— Commence par le début, sourit-elle.

Alors son fils lui raconta son logement chez un couple de montagnards, des gens âgés mais d'une gentillesse extrême, où il était nourri et logé, ce que Oskar avait organisé auparavant. La femme lui lavait et repassait aussi son linge. En contrepartie, Julius aidait le couple dans les diverses tâches ménagères. Il coupait le bois, il nettoyait le jardin, parfois il leur faisait des petites réparations et même de temps en temps des courses.

Quant à l'école, il était dans son élément. C'était exactement l'endroit qu'il lui fallait. Entouré de jeunes gens ayant la même passion que lui pour la sculpture, il ne s'ennuyait pas du tout. Il préférait les cours pratiques. Les enseignants les encourageaient à développer leur propre style artistique et les poussaient souvent à créer des formes selon leurs envies personnelles ce qui permettait aux élèves de s'exprimer librement. Oui, Julius avait trouvé sa voie.

— Tu sais, maman, j'apprends beaucoup. On nous enseigne aussi la théorie et parfois les sujets ne sont pas faciles mais je retiens ce qui est le plus important. Auguste Rodin a dit : « Quand un bon sculpteur modèle des corps humains, il ne représente pas seulement la musculature mais aussi la vie qui les réchauffe ».

— Auguste...

— Rodin. Un grand sculpteur français.

— Oui, bien sûr, je n'ai pas bien entendu... alors tu aimes sculpter quoi, mon garçon ?

— Moi, j'aime beaucoup sculpter des personnes... parfois des animaux aussi...

Johanna regarda son fils avec beaucoup d'admiration. Julius n'arrêtait pas de parler tout en mangeant. Une fois son assiette finie, il se leva, fit le tour de la cuisine puis entra dans la chambre, revint, marcha vers la fenêtre, jeta un coup d'œil dehors et sourit tristement.

— Là-bas, à Istebna, le ciel n'a pas la même couleur qu'ici.

— Joseph dit la même chose quand il parle du ciel de la Nouvelle Guinée.

— Ah... il a écrit ? demanda-t-il tout excité. Il n'a pas fui les cannibales en Papouasie alors ?

— Tu devrais lire sa lettre.

— Ah oui ! J'ai hâte. Et Emanuel ? Tu as des nouvelles ?

— Pas trop, avec ses études et son travail, il n'a le temps de rien, répondit sa mère d'une petite voix déçue.

L'horloge accrochée au mur mesurait le temps en coupant les silences avec son tic-tac régulier. Julius détourna la tête, un peu trop ému d'être à nouveau à la maison.

— Mais qu'est-ce que tu caches là, dans ce grand paquet ? lança sa mère pour changer le sujet.

— Ça... tu le verras bientôt. Je ne l'ouvre pas pour l'instant. Et... est-ce que nous pouvons aller demain sur la tombe de papa ? Avec Georg, Lena et Truda aussi ?

Le lendemain, ils se rendirent tous au cimetière. Julius porta son grand paquet sans dévoiler son contenu. C'était un beau dimanche du début de juillet. Lena marchait lourdement. Sa nouvelle robe plus claire et surtout plus ample, que Gertruda lui avait cousu, ne cachait plus ses rondeurs.

Julius était ravi en la voyant.

— C'est vrai ? Je vais devenir oncle ? C'est pour quand ? Est-ce que j'aurai le temps de fabriquer un berceau ?

— Oui, Julius, c'est pour mi-septembre, le rassura Lena.

Le calme du cimetière les transporta immédiatement ailleurs. Ils marchèrent au milieu des tombes souvent très fleuries. Les familles en Silésie avaient cette habitude de passer souvent au cimetière, de nettoyer les tombes de leurs proches et d'apporter des fleurs fraîches ou en pot.

En suivant Julius qui se trouvait en tête de leur cortège, ils découvraient des sépultures originales, des épitaphes étonnantes, des images. Chaque tombe était différente, chaque tombe cachait une histoire personnelle. Ils tentèrent de s'imaginer en marchant ce qu'avaient été les vies des défunts inhumés. De la tombe de droite ou de celle de gauche.

Le silence régnait partout.

Quelques oiseaux s'adonnaient de temps en temps à des vocalises comme s'ils voulaient égayer cet endroit en donnant un concert.

— Voilà, nous y sommes, dit Johanna en se penchant pour ramasser quelques feuilles qui s'aventuraient sur la pierre tombale.

Julius commença à déballer le paquet. Tout d'abord, ils aperçurent la tête d'un ange puis ses ailes et enfin le reste du corps. C'était une magnifique sculpture en bois que Julius avait fabriquée durant son année scolaire à Istebna. N'ayant pu venir aux obsèques, il avait décidé de rendre hommage à son père différemment. À présent, Franz avait son ange gardien qui veillera sur lui. Julius avait tout prévu pour fixer la sculpture. Une fois installée, Franz aura de la compagnie.

L'ange regardait au loin, son aile droite était penchée devant comme pour protéger la tombe, son aile gauche se levait vers le ciel pour montrer le chemin qui menait vers la vie au-delà du réel.

— Tu es quelqu'un de bien, Julius, ton père aurait été fier de toi, dit Adelheide qui était venue avec eux.

Julius fit ainsi un cadeau immense à son papa auquel il n'avait pas pu dire adieu lors de son enterrement du mois de décembre précédent.

Krolewska Huta se vêtit d'une robe d'été mais Julius n'en prit pas conscience.

Il passa presque tout son temps dans le cabanon de Georg dans lequel celui-ci gardait depuis toujours ses outils de menuisier.

Il rendit visite plusieurs fois à Oskar et Paula. C'était grâce à eux qu'il pouvait évoluer dans ce milieu artistique qui lui était si cher à présent.

À la fin de l'été, juste avant de quitter sa famille pour retourner à l'école, il se rendit chez Lena et Georg. Et pas les mains vides. Quand il posa au milieu de leur cuisine un berceau en bois, Lena ne réussit pas à cacher ses larmes longtemps.

— Mais il est... juste magnifique ! s'écria-t-elle en se jetant au cou de son beau-frère.

Le berceau était un vrai chef d'œuvre... ou presque.

En tout cas, Julius y avait mis tout son cœur en s'imprégnant de la culture des montagnards.

Le berceau à petite bascule, qu'il avait réalisé en pin, possédait deux anses au-dessus. Elles servaient à fixer le voilage de protection.

Mais ce qui était le plus original, c'était le magnifique cygne sculpté au-dessus de la tête de ce petit lit.

— J'ai pensé que ce cygne pourrait murmurer des contes à votre bébé ou lui raconter des secrets et surtout le faire rêver, expliqua-t-il. Car c'est si important de rêver.

L'enfant de Lena ne se fit pas attendre longtemps.

C'était une petite fille. Visiblement impatiente de voir le cygne lui raconter de jolies histoires, elle montra le bout de son petit nez le 10 septembre 1924.

— Oh... elle est adorable, murmura Adelheide en se penchant sur le berceau comme une fée sur celui de la Belle au bois dormant. Je lui souhaite la beauté, la grâce et l'intelligence. Mais... quelle sera sa vie ?

Lena lui jeta un regard surpris mais sa grand-mère continua.

— Est-ce qu'elle saura marcher dans cette impérissable grisaille ? Comme nous le faisons tous... Les Pawlik, les Stawietzky, les Sobota. Chacun le fait à sa manière. Pour vivre et pour survivre. Pour s'affirmer. Pour se construire et se reconstruire. Pour apprendre et pour donner le meilleur. Pour devenir quelqu'un... Car chacun d'entre nous est quelqu'un. Et toi, ma Lena chérie, avec toutes les difficultés qui t'attendaient presque à chaque angle de la rue, tu as su traverser le pire et trouver ton équilibre.

La petite Brigitta Stawietzky, que tout le monde appelait déjà Britta, gigota joyeusement dans son berceau.

Quelle histoire, belle ou triste, allait lui raconter le cygne ?

Ce petit animal en bois, perché sur son berceau... savait-il seulement que, quinze ans plus tard, une nouvelle guerre allait voler à Britta les meilleures années de sa jeunesse ?

FIN

Remerciements

Je tiens à adresser mes remerciements aux personnes qui m'ont aidée dans la réalisation de ce livre.

À Natalia, ma fille adorée, qui m'a toujours poussée à écrire et qui a été ma première lectrice.

À Rodney pour son soutien, sa patience et ses encouragements.

À mon frère pour les histoires de famille.

À Dominique, Chantal, Maud, Ania et Guy pour leur précieuses remarques.

À mes amis chers pour nos échanges tout au long de mon aventure d'écrivain.